Flashback

Flashback

Jenny Siler

Traducción de
Enrique Alda

Rocaeditorial

Título original: *Flashback*
© 2004 by Jenny Siler

Primera edición: mayo de 2005

© de la traducción: Enrique Alda
© de esta edición: Roca Editorial de Libros, S.L.
Marquès de l'Argentera, 17. Pral. 1.ª
08003 Barcelona
correo@rocaeditorial.com
www.rocaeditorial.com

Impreso por Brosmac, S. L.
Carretera Villaviciosa - Móstoles, km. 1
Villaviciosa de Odón (Madrid)

ISBN: 84-96284-70-0
Depósito legal: B. 16.812-2005

Uno

*L*a hermana Heloise se levantó del banco que ocupaba en la parte trasera del templo e hizo la señal de la cruz. Era la hora de completas, su oración favorita, y normalmente se quedaba hasta el mismísimo final, hasta que la mayoría de las hermanas habían abandonado la capilla y ésta se quedaba a oscuras y en silencio. Sin embargo, aquella noche, al no estar Eve, tenía que hacer el trabajo de dos personas antes de irse a la cama.

«Pasó sobre mí tu incendio —le oyó leer a la hermana Magdalene mientras se daba la vuelta y se dirigía hacia las escaleras—, tus espantos me han consumido.» Era el final del salmo 87, la oración de un hombre gravemente enfermo.

> Me rodean como las aguas todo el día,
> me envuelven todos a una;
> alejaste de mí amigos y compañeros:
> mi compañía son las tinieblas.

«Una oración sombría», pensó cuando salió al aire gélido, oscuro y hermoso al mismo tiempo. ¿Qué había dicho san Benito? Era algo sobre vivir constantemente con la muerte. La puerta se cerró tras ella y amortiguó las voces de las demás hermanas. «Señor, Dios mío, de día te pido auxilio, de noche grito en tu presencia. Amén.»

Era la primera semana de Adviento, cinco de diciembre, y el invierno arreciaba. Sobre la hierba y las ramas desnudas de los árboles había una blanca capa de escarcha. Una estrecha franja de luna pendía en el cielo cristalino. Docenas de velas votivas de color rojo titilaban y desprendían centellas en las hornacinas erosionadas por el tiempo de los muros pétreos de la iglesia.

Cerró las solapas del abrigo de lana sobre su cuello desnudo y echó a andar hacia la cocina del priorato, atravesando el césped helado. Eran treinta y cinco hermanas y, además, a la mañana siguiente llegaba un grupo visitante de una iglesia de Dijon, compuesto por dos docenas de mujeres. Aquello suponía casi sesenta bocas que alimentar, por lo que necesitaría unas veinte hogazas de pan, sin contar el desayuno. Tendría que trabajar media noche.

En la granja cercana al convento se oyó el ladrido de un perro y el de otro que respondía, ambos urgentes y enérgicos. Serían los perros guardianes de monsieur Tane, que seguramente estarían persiguiendo algún zorro. No era propio de la hermana Heloise negarle comida a ninguna criatura, pero el convento había perdido dos o tres buenas gallinas ponedoras la semana anterior y deseó que los perros tuvieran éxito. Sentía debilidad por aquellas candorosas aves.

Lanzó una protectora mirada hacia la negra silueta del gallinero. Todo estaba en calma. ¿O no? A mitad del jardín se detuvo, envuelta en el ingrávido halo de su propia respiración. Había oído algo. Estaba segura. Como un rumor en la gravilla de la parte más alejada del priorato. ¿Era el zorro que había subido la colina en busca de un tentempié nocturno? ¿O una de las hermanas que había renunciado a ir a completas y había salido a dar un paseo o a fumar un cigarrillo? A veces estaba tentada de hacer lo mismo.

Volvió a oír el ruido y estuvo segura de que era humano

y no animal, sólo alguien que se acercaba por el camino de grava. Aliviada, buscó en el bolsillo del abrigo, sacó un pesado llavero y siguió andando. Tenía que acordarse de llevarles por la mañana unos huesos a los Tane, una pequeña recompensa para los perros. Dejó que sus pensamientos volvieran a lo que tenía que hornear. Si lo dejaba todo preparado para que fermentase, aún podría dormir unas horas.

El sonido se repitió, más cerca esta vez, la monja volvió la cabeza y vio una oscura silueta en la esquina del priorato. Entrecerró los ojos e intentó distinguir las facciones de aquella persona con la escasa luz que proporcionaban las ventanas del edificio. No, no era una de las hermanas. Era un hombre, de eso no cabía duda, que se internó en las sombras y desapareció.

—¿Monsieur Tane? —llamó sin obtener respuesta.

De repente tuvo miedo, como una niña sola en la oscuridad.

«Sálvanos, Señor, despiertos.» Murmuró las primeras palabras de ese cántico y siguió su camino acompañada por el tintineo de las llaves.

Entonces, rápido como un zorro, alguien se le echó encima. Heloise empezó a gritar, pero una mano enguantada le tapó la boca.

—¡Calla! —susurró un hombre que camuflaba su cara con unas rayas de maquillaje negro y escondía los ojos detrás de unas extrañas gafas. «Como de robot —pensó Heloise—, inhumanas, para ver en la oscuridad.» Parecía un personaje de las películas de acción norteamericanas que le gustaba ver a la hermana Claire. La agarró por el abrigo y la atrajo hacia él.

«Sálvanos, Señor», rezó en silencio. Apretó las llaves y le dio un puñetazo en la cara con todas sus fuerzas. El metal se enganchó en las gafas, las levantó y el hombre echó hacia atrás la cabeza. Cuando volvió a mirarla, vio sus ojos y la pálida piel de unos párpados que brillaban en la oscuridad. Una de las llaves le había arañado la mejilla y sangraba, pero lo único que había conseguido era enfadarlo.

—¡La norteamericana! —gruñó mientras le sujetaba los brazos contra el cuerpo—. ¿Dónde está?

Era extranjero, hablaba francés con acento, pero no supo de dónde.

Heloise meneó la cabeza intentando entender qué quería.

—¿Dónde está? —repitió acercando la cara con tanta violencia que pensó que la iba a golpear, pero no lo hizo. En vez de eso, volvió la cabeza y miró hacia la iglesia. Heloise lo imitó y vio una docena de borrosas figuras que se dirigían lentamente hacia la capilla por el césped escarchado. Llevaban una larga barra negra en las manos. «Armas», pensó Heloise. Intentó volver a gritar, pero el hombre apretó la mano con más fuerza contra su boca.

En el interior de la capilla las hermanas rezaban una antífona a la Virgen. Heloise sólo consiguió escuchar la invocación de Magdalene y el coro de voces, más altas, que le respondió. El hombre empezó a andar mientras la arrastraba. En un momento de lucidez todo lo que le pasaba por la mente sucumbió ante la certeza de que, a menos que hiciera algo, moriría.

Abrió la boca tanto como pudo, la cerró sobre la mano enguantada y hundió los dientes en el cuero. El hombre se estremeció, aflojó la presa instintivamente y Heloise le estampó un rodillazo en la delicada carne de su ingle. El hombre retrocedió ligeramente con una expresión más de asombro que de otra cosa. Una fuerte patada en la espinilla con las botas de campo bastó para que se zafara de él y echara a correr hacia la maraña de árboles que rodeaba el convento.

«¡Corre!», se dijo a sí misma. Sintió que el hombre iba detrás de ella, pero no miró atrás. «Sálvanos, Señor», volvió a rezar fijando los ojos en el bosque oscuro, impulsándose hacia delante con brazos y piernas, y resbalando en la hierba. Oyó una explosión a su lado, después otra, ambas acompañadas del sonido de disparos. De pronto se encontró rodeada de maleza, rodando cuesta abajo sobre piedras y raíces.

Dos

¿*Q*ué es lo primero que se recuerda? ¿La primera vez que se vio el mar, el frío contacto de la nieve, o quizá la cara de tu madre, joven, aunque ya no lo sea? Mi primer recuerdo es la hora en que llegué a este mundo. Antes de eso, sólo me rodean fantasmas de lo que he olvidado.

El día de Todos los Santos, hace poco más de un año, me recogió de una embarrada carretera de Borgoña un autobús de vírgenes entradas en años. Cómo llegué hasta allí sigue siendo un misterio para todas nosotras. Recuerdo el olor del ganado, el contorno borroso de doce cabezas recortándose contra el cielo gris y un intenso dolor en el lado izquierdo de la cabeza. Lo que ellas recuerdan es un cuerpo magullado en una zanja, una cara cubierta de sangre y moraduras, y una joven que se resistió mientras hablaba un inglés casi inaudible.

Más tarde, los médicos utilizaron la palabra milagro cuando hablaron de la bala que había atravesado los huesos de mi cráneo. El pequeño trozo de plomo, que sin duda podría haberme matado, había recorrido los pliegues del cerebro con la misma habilidad que el bisturí de un cirujano y me había salvado la vida, la vista, todo, excepto la más misteriosa de las conexiones, la de los tiernos filamentos de la memoria.

Lo poco que sé de mí es lo que mi cuerpo dice, y no es mucho. No es de extrañar que la boca sea la que más cosas cuente y la mía deja ver que una vez me quisieron, o al menos, me cuidaron. Tengo tres empastes, me faltan las muelas del juicio y una fina película protege mis muelas de las caries. Alguien pagó para que me pusieran un corrector en la adolescencia. El incisivo superior izquierdo está reconstruido, pero deja ver una raya amarilla en el esmalte, recuerdo de una caída de cuando era niña. He imaginado ese accidente tantas veces —un día de verano, cielo azul, hierba, el frío metal de las barras de los columpios y un padre sin rostro en un banco cercano— que ha acabado por parecerme real. ¿Y quién puede decir que no lo es?

«Una dentadura muy norteamericana», señaló un dentista de Lyon, y dado el resto de pruebas, mi acento y las etiquetas estadounidenses de la ropa, probablemente tenía razón.

A excepción de la tragedia que me dio a luz, he conseguido salir relativamente indemne en lo que llevo de vida. En la parte exterior del tobillo derecho tengo una marca de nacimiento, tres puntos negros que, si los uniera con una línea, formarían un triángulo inclinado. La piel de la parte superior del brazo es muy suave y en ella no hay rastro de la marca circular de la vacuna de la viruela, lo que confirma que no nací antes de 1971. Sí que tengo una cicatriz antigua, el recuerdo de una herida curada, que es a la vez uno de los grandes misterios de mi cuerpo y su mayor pista. Es la pequeña sutura, que pasa inadvertida a menos que uno la mire de cerca, de un corte hecho en el perineo para facilitar la salida de un feto.

¡Un hijo! Piensa en todo lo que has olvidado y desearías recordar: la trascendencia que tuvo y la forma en que te besaron por primera vez; la última vez que viste a tu padre, a tu abuelo o a la gente que no volverá. Y sin embargo, ¿cómo se puede olvidar a un hijo? ¿Cómo es posible no acordarse de eso? Cuando me informaron en el hospital insistí en que era una equivocación.

El médico que me examinó era una mujer, pequeña y regordeta, con la cara salpicada de pecas que empezaban a perder color. Al final me trajo un espejo y lo sostuvo para que pudiera ver la borrosa y pálida línea de una episiotomía.

Hasta el momento me ha sido imposible determinar si mi aparición en esa cuneta fue accidental o intencionada. Al principio parecía inevitable que alguien viniera a buscarme, y la violencia de mi llegada a este mundo sugería que podría no ser con las mejores intenciones. «Mejor no hacer publicidad», me aconsejó la policía y, salvo una discreta correspondencia con la embajada norteamericana en París, el hallazgo de las monjas se mantuvo en secreto.

«No se preocupe —me dijo el cónsul con tono confiado—. La gente no desaparece así como así sin que alguien se pregunte dónde está. Sobre todo las personas con hijos o a las que evidentemente han cuidado bien.» «Sí», pensé, con la esperanza de que estuviera equivocado, sin saber aún que este último año confirmaría que lo estaba y que finalmente habría deseado que tuviese razón.

En ese momento sólo sentía miedo por la oscura vida que tenía por delante, un terror no solamente por el daño que alguien pudiera hacerme, sino por mi propia rabia. Con todo, no tenía por qué haberme preocupado. Al cabo de trece meses desde aquel día de Todos los Santos nadie había venido a reclamarme. Ni una sola persona había preguntado por una joven norteamericana de pelo castaño, ojos azules y un diente partido.

La vida que tengo, y todo en ella, incluido mi nombre, me lo dieron las hermanas. Les costó, pero al final se decidieron por el de Eve. El primero, me dijeron, un nombre puesto por Dios. Parece que el apodo es apropiado para alguien tan irremediablemente alejada de la vida que conoció. Aunque a menudo, mi alejamiento parece deberse a algo mucho más grave que un pecado.

En Lyon nevaba ligeramente, un manto bajo de nubes dejaba caer algún que otro copo, aunque era nieve al fin y al cabo, y la nevada amenazaba con hacerse más intensa. Observé los tejados de la ciudad y sus diversas tonalidades de gris, gordolobo y pizarra, ceniza y carbón, a través de la ventana del doctor Delpay.

—¿Sigue pensando en irse? —preguntó el médico desde el otro lado de la habitación.

—La semana pasada hablé con el cónsul y está haciendo gestiones —respondí apartándome de los cristales para mirarlo.

—¿Sabe dónde la enviarán?

Negué con la cabeza. No había pensado en ello. Algún sitio tranquilo, con montañas y pinos, y el tipo de gente sincera y honrada que sale en las películas del Oeste.

—Aún falta algún tiempo. Hablaron de buscarme un padrino. La parte burocrática es un poco complicada.

—Parece que eso la tranquiliza.

«Sí», pensé, pero no lo dije. Ir a Estados Unidos había sido decisión propia, idea mía, y sin embargo me sentía culpablemente contenta por posponerlo.

Delpay se sentó. Era amable, paternal en un sentido práctico, sin mimos, simplemente permanecía en silencio, y no quería decepcionarlo.

—Ya sabe que no tiene por qué irse —sugirió.

Pensé en los pocos norteamericanos que conocía: el cónsul, su secretaria pelirroja y un grupo de monjas benedictinas de Michigan que habían pasado dos semanas en el convento. Todos me parecían ajenos a mí, escandalosos y excesivamente cordiales y, sin embargo, recelosos al mismo tiempo. No

15

podía imaginar un país lleno de gente como ésa ni que aquel sitio fuese mi hogar. Aunque lo era, y en algún lugar, entre aquella extraña gente, había un niño. El mío.

—Sí, lo sé.

Delpay asintió como si comprendiera un problema más profundo y complejo.

—¿De qué tiene miedo?

Me volví hacia la ventana, apoyé la frente contra el cristal y miré hacia abajo, a la calle, a los capós helados de los coches y a los pálidos peatones que andaban encogidos por el frío húmedo de diciembre. Notaba la vasopresina en la garganta, la amarga acritud de ese medicamento.

El médico esperó pacientemente mi respuesta. Lo oí moverse en la silla. Los radiadores se encendieron con un sonido metálico y sibilante. Abajo, una mujer salió por la puerta principal del hospital y se subió en el taxi que la estaba esperando.

—Anoche volví a tener ese sueño. El de siempre.

—¿El del almacén?

Asentí. Hacía meses que no había tenido aquella pesadilla y Delpay y yo lo habíamos atribuido al piracetam que me recetó cuando empezó a tratarme. Entonces tenía el mismo sueño prácticamente todas las noches, una visión terrible y angustiante en la que me veía atrapada en un almacén abandonado, escapando de alguien o de algo.

—Y el final, ¿sigue siendo el mismo? —inquirió Delpay.

—Sí —contesté e instintivamente me llevé la mano a la garganta para tocar la piel sin rastro de marcas. En el sueño no estaba así. En los últimos y aterradores segundos de la pesadilla, la hoja de un cuchillo resplandecía en la tenue luz del almacén, dibujaba una elipse hacia mí y me cortaba el cuello. Una y otra vez me despertaba al ver aquella brecha mortal en mi garganta, mientras intentaba contener el flujo de sangre con los dedos.

Al final optamos por dejar el piracetam y el sueño desapareció. Ahora había vuelto y me estremecí al recordarlo.

—¿Y el hombre? ¿Sigue viéndolo?

—Sí —contesté. Era una nueva visión, no menos recurrente que la del almacén y casi igual de inquietante.

—Hábleme de él.

—Ya lo he hecho —dije volviéndome hacia él.

—Hágalo otra vez —me pidió sonriendo.

—Es igual que siempre. Estamos en un lugar alto, una azotea, creo, y hay montañas a nuestro alrededor.

—¿Y lo que hay escrito?

—Sí, en la colina. Hay algo escrito en ella.

—¿Puede leerlo?

—Está en un idioma que no conozco —contesté meneando la cabeza.

—¿Y las letras? ¿Puede ver las letras?

—No —negué con una voz que dejaba ver mi frustración.

—No pasa nada, Eve. Hábleme del hombre. ¿Es joven? ¿Viejo?

—Es joven. De mi edad más o menos, creo.

—¿Es norteamericano?

—No lo sé.

—¿Y qué más?

—Se está muriendo.

—¿Por qué?

—Le han disparado. Hay sangre por todas partes. —Tragué saliva para intentar hacer desaparecer el sabor de la vasopresina, para librar mi mente de ese recuerdo, pero no lo conseguí.

—¿Qué más, Eve?

—Tengo un arma en la mano, una pistola. Soy la autora del disparo.

—Eso no lo sabe.

Me puse frente a él. Por más que quisiera creerle, parte de mí sabía que yo tenía razón.

—Es de lo único de lo que estoy segura.

Cuando salí de la ciudad ya era tarde. En un cine cercano al hospital proyectaban una película norteamericana y fui a verla, como hacía en muchas ocasiones, con la esperanza de encontrar algo que me resultara familiar en la pantalla. Durante los primeros meses que pasé en el convento, dediqué mucho tiempo a la colección de películas de la hermana Claire, en un intento de que saltara la chispa del recuerdo. De vez en cuando veía sitios que conocía, o al menos creía que conocía: rincones de Nueva York, los desolados paisajes de las viejas películas del Oeste o el muelle batido por la lluvia de *Algo para recordar*. Pero el resto de Estados Unidos, desde la apocalíptica extensión de Los Ángeles al ártico paisaje del norte del Medio Oeste que retrata *Fargo*, me era totalmente ajeno.

La sesión de la tarde acababa a las cuatro, y para cuando compré el CD de Miles Davis que me había pedido Heloise y pasé por el *chocolatier* favorito de la hermana Theresa, era la hora punta, así que la gente que regresaba a sus hogares en coche empezaba a embotellar las calles. Salir de la ciudad con el viejo y oxidado Renault del convento me costó un gran esfuerzo.

Aún tenía resaca por la visita al doctor Delpay. Sentía la boca seca y un intenso dolor en la nuca. Llevábamos meses probando el «medicamento milagroso» en nuestras sesiones y de momento no habíamos conseguido ningún milagro, ni siquiera los repentinos avances que esperábamos. Sólo el mismo recuerdo sangriento que deseaba poder relegar al olvido del que provenía. Volvía a sufrir la pesadilla que me provocaba el piracetam.

Cuando salí de la autopista y me dirigí hacia Cluny y los pueblecitos de las colinas cercanas ya había oscurecido. El radiador del Renault traqueteaba y daba sacudidas. Encendí las luces y me dirigí a toda velocidad hacia el norte por la estrecha carretera, atravesando extensos viñedos de cepas desnudas y nudosas, podadas y atadas cuidadosamente para pasar el invierno, con las ramas extendidas como cuerpos crucificados.

La carretera atravesaba un pueblecito, un puñado de casas de piedra reunidas alrededor de un café. Reduje la velocidad y observé aquella población conforme iba desapareciendo. Las pocas ventanas en las que había luz brillaban como si fueran decorados: una mujer junto a la cocina, un hombre fumando, una docena de botellas verdes en una repisa. En mi reloj eran las seis y media. Si me daba prisa podría llegar al convento antes de las siete. Cambié de marcha y pisé el acelerador para conseguir toda la velocidad posible del viejo motor, mientras torcía por el camino aún más estrecho que conduce a la abadía.

Cuando me acercaba a la granja de los Tane, aflojé el pie del acelerador y eché un vistazo más allá de la luz de los faros del Renault en busca de los dos perros cobradores. Eran unos animales magníficos, pero suicidamente tontos, que tenían la fea costumbre de aparecer por donde menos se los esperaba. Aquella noche no había ni rastro de ellos. La casa estaba totalmente iluminada y las luces de las ventanas brillaban con una misteriosa fuerza. Los dos grandes focos que había en la antigua cochera iluminaban el patio y el camino que llevaba a él. ¿Celebraban una fiesta? Sin embargo, aquel resplandor no tenía nada de festivo. El Peugeot del señor Tane era el único coche que había en la entrada. Parpadeé y me dirigí hacia la oscuridad, en dirección al convento.

Cuando salí de la última curva vi el priorato de piedra y detrás de él la capilla. También allí pasaba algo. Los jardines

19

de la abadía estaban bañados de luz y los árboles sin hojas proyectaban sus desnudas sombras sobre el suelo helado. En el aparcamiento de gravilla de la entrada había media docena de vehículos y varias furgonetas de la policía. Vi un puñado de siluetas de pie en la fría noche y, por lo que pude distinguir, todas de hombre, unos fumando y otros hablando a través de teléfonos móviles. Reconocí a la mayoría de ellos, eran policías locales.

La escena desprendía un aire de catástrofe agotada, la obra había acabado hacía rato y los actores esperaban órdenes. Aparqué el coche detrás de una de las furgonetas y salí con el corazón acelerado por el miedo. «La hermana Magda —me dije a mí misma—. Finalmente ha sucumbido a los cigarrillos y a la grasa de ganso que le gusta ponerse en las tostadas», pero incluso mientras pensaba aquello, supe que había ocurrido algo mucho peor.

Uno de los hombres, un inspector que se llamaba Lelu, vino hacia mí. Llevaba una parka encima de una chaqueta arrugada y de una corbata.

—¿Qué ha pasado? —le pregunté.

—Ha ocurrido una terrible tragedia. Lo siento mucho —explicó meneando la cabeza y sacando un paquete de Gauloises de la chaqueta—. Me cuesta decirlo. Ha habido una masacre —continuó, golpeando el paquete ligeramente contra la palma de la mano izquierda y jugando con los cigarrillos como si fueran cuentas de un rosario.

Era una curiosa elección de palabras, y su significado resultaba tan disparatado que me costó asimilarlo.

—No entiendo —murmuré.

—Una masacre —repitió—. Aquí, en la abadía. Las hermanas... —Hizo una pausa.

—¿Las hermanas? —pregunté estúpidamente sintiendo que mis piernas se volvían de gelatina.

Asintió y me puso una mano en el brazo.

—Por favor —dijo amablemente—. No puede quedarse aquí esta noche. Madame Tane la espera en su casa. La hermana Heloise está allí también. Haré que alguien la lleve y, si se ve con fuerzas, necesitaríamos que contestara algunas preguntas.

—Sí, claro. —Sentí náuseas, estaba mareada y perpleja. Di un paso hacia el Renault y me apoyé en el capó para mantener el equilibrio—. ¿Y el resto? ¿Dónde están?

Lelu miró hacia atrás y le hizo una seña a otro hombre para que se acercara.

—Mademoiselle, creo que no lo ha entendido. Usted y la hermana Heloise son las únicas supervivientes.

Uno de los ayudantes del inspector me llevó a casa de los Tane. Era joven y estaba nervioso, parecía más granjero que policía. Daba la impresión de estar ligeramente aturdido, paralizado por lo que había visto en el convento. Nos sentamos en la cocina y contesté tantas preguntas como pude.

No, no sabía de nadie que pudiera tener alguna razón para hacer aquello. Ni siquiera podía pensar en un motivo. Sí, iba a Lyon dos veces al mes para ir al médico. Sí, siempre pasaba allí la noche previa a la cita, tenía que tomar ciertos medicamentos. Delpay podía confirmarlo. No, no era benedictina. Llevaba con las hermanas un año y ayudaba en la cocina. ¿Y antes? Vivía en Estados Unidos.

¿Dónde? Quiso saber el joven. Había pasado un tiempo en Florida, me explicó animado, imaginé que por el recuerdo de las playas y el sol.

Por ahí, contesté. Era la evasiva que utilizaba siempre. Sonreí débilmente. Aunque nunca en Florida.

Me miró y cayó en la cuenta, notando finalmente aquel dejo en mi acento que seguía delatándome.

—¡Ah! Usted es la norteamericana.

Asentí y sonreí.

Cuando acabamos pidió disculpas y regresó al convento. No obstante, antes de marcharse me dijo que seguramente me harían más preguntas, pero que de momento debía intentar descansar.

Madame Tane me trajo una copa de armañac. Era una mujer muy dulce, dentro de su sequedad, rolliza y endurecida por tantos años vividos en una granja. Sus hijos eran mayores, se habían ido y estaban desperdigados en trabajos de oficina en París o Toulouse. A veces venía a la cocina del priorato, imagino que más en busca de conversación que por el azúcar o la levadura que pedía prestados.

Se sentó al otro lado de la mesa de la cocina, frente a mí, me cogió la mano con su áspera manaza y observó cómo me tomaba el licor.

—¿Dónde está Heloise? —le pregunté.

—Arriba, está durmiendo —contestó madame Tane.

—¿Sabe qué ha pasado? ¿Cómo logró huir?

—Se escondió en el bosque. —La anciana levantó la mano e hizo la señal de la cruz—. Debe de haber estado allí toda la noche. No ha venido hasta bien entrada la mañana. Entonces hemos llamado a la policía.

Me estremecí pensando en la húmeda franja de árboles que había detrás de la abadía y lo frías que habían sido las últimas noches.

—¿Está bien?

—Tiene alguna moradura y está muy afectada, pero no tiene heridas, gracias a Dios —explicó madame Tane. Tomé otro sorbo de armañac. Era espeso y tibio, y lo sentí llegar al estómago—. ¿Le importa que suba?

—Claro que no —contestó al tiempo que se incorporaba. La seguí hasta el salón de la vieja granja y subimos las escaleras hasta el primer piso. Al fondo de un estrecho pasillo se detuvo y se llevó un dedo a los labios.

—Está aquí —susurró indicando una puerta cerrada—. Le he preparado una cama y he sacado unas toallas. En la puerta de al lado hay un cuarto de baño. Monsieur Tane y yo cenaremos pronto. Espero que se una a nosotros si no está muy cansada.

—Gracias.

—Lo siento —dijo antes de darse la vuelta y volver a bajar las escaleras.

Puse la mano en el pomo y abrí la puerta con cuidado. La lámpara de la mesilla estaba encendida y proyectaba un cálido círculo de luz sobre las camas gemelas que había en la habitación. En la de la derecha, con las piernas encogidas de forma protectora junto al estómago, estaba Heloise, que se despertó con el ruido de mis pisadas, abrió los ojos y me miró todavía medio dormida.

—¿Eve?

—Sí, soy yo —contesté. Me acerqué a la cama y me incliné sobre ella—. Perdona que te haya despertado.

Heloise se incorporó, apoyó la espalda en la cabecera y puso las manos sobre el edredón. En la mejilla derecha se le dibujaba una marca roja y tenía las palmas de las manos en carne viva y arañadas. Era la hermana que más quería y, a pesar de sentirme culpable por pensarlo, me alegré de que fuera la que se había salvado.

—¿Estás bien? —le pregunté poniendo suavemente una mano sobre las suyas.

Asintió y noté que luchaba para que no se le saltaran las lágrimas.

—Vino un hombre. Había salido de completas pronto e iba a la cocina.

Tenía el pelo suelto sobre la cara y le aparté un mechón de la mejilla. Normalmente dábamos juntas ese paseo todas las noches desde la capilla para dejar preparado lo que hornearíamos al día siguiente.

23

—No sé cómo lo hice —dijo mirando por la ventana hacia el patio iluminado y la oscuridad del fondo—. Eché a correr tan rápido como pude. Las oí, a las otras. Al principio pensé que estaban cantando. Eso parecía, pero estaban gritando.

—Calla —le pedí—. Ya hablaremos más tarde.

Meneó la cabeza y se secó las lágrimas con el dorso de la mano.

—Uno de los hombres me cogió.

—No pasa nada —dije suavemente intentando tranquilizarla.

—No, escucha —me pidió, mientras la expresión de su cara se endurecía, como si fuera algo por lo que tenía que pasar, como si no pudiera descansar hasta que lo hiciera—. Buscaban algo, a alguien. La norteamericana, dijo.

Me incorporé ligeramente con los pelos de punta.

24 —Vinieron a por ti, Eve —dijo mirándome con sus grandes y oscuros ojos.

Tres

La mayoría de los amnésicos no son tan afortunados como yo. De la poca gente que sufre algún tipo de traumatismo cerebral y pierde la memoria, la mayoría no solamente pierde el contacto con su pasado, sino también la capacidad para producir nuevos recuerdos. En pocas palabras, su cerebro ya no es capaz de aprender. Si se les presenta a alguien en una fiesta olvidan su nombre antes de tomar el siguiente sorbo de martini. Si se les pide que hagan una tarea intrascendente, como preparar un té, hay que recordarles cinco o seis veces qué es lo que están haciendo. La mayoría vive en un continuo terror, en una sucesión de momentos inconsistentes, independientes del anterior.

Entre las personas que sufren amnesia retrógada, sólo unos pocos, como yo, consiguen recordar cómo se desenvolvían en el pasado. A la mayoría hay que volverles a enseñar las cosas más sencillas, como freír un huevo o tirar de la cadena. Muchos se encuentran con que sus aptitudes y limitaciones, sus gustos y aversiones han cambiado drásticamente. Una vez conocí a un hombre, uno de los pacientes del doctor Delpay, que había sido un excelente abogado y en su nueva vida aprendió a pintar. No volvió a pisar un juzgado, ni quería, y sus cuadros, unas telas hermosas y de tonos apagados, se vendían por miles de euros.

Al día siguiente del accidente mi memoria estaba completamente a oscuras, negra, como las profundidades de la bodega del convento, en la que se experimenta esa terrorífica ceguera de no verte la mano frente a la cara. Más adelante, poco a poco, mi conocimiento del mundo volvió gracias a docenas de descubrimientos diarios, cosas que sabía, pero que había olvidado que sabía: mi facilidad para los idiomas, francés y alemán pasables y algunas nociones de español y ruso, los nombres de las constelaciones, conducir. Todo aquello resurgía como los destrozados restos de un naufragio arrojados por la marea a la playa más cercana. Y a pesar de que la mecánica de aquellas cosas me era familiar, como cambiar de marchas, la conjugación de un verbo o la forma de Orión, no sabía cómo lo había aprendido.

Al principio intenté reconstruir una vida a partir de aquellas escasas pistas, la de la mujer que me habría gustado ser. Una esposa que se había alejado del grupo y se había perdido en una excursión a los viñedos. Una escritora viajera. Una profesora. Sin embargo, había pruebas menos agradables que no encajaban, como cuando me senté en la capilla para rezar y me sentí obligada a buscar con la mirada la salida más cercana, o como cuando mis ojos se volvían inevitablemente hacia los bosques, como si esperara que algo fuera a salir de ellos. O cómo supe desde el día que llegué todos los sitios de la abadía en los que podía esconderse un hombre.

Entonces, una mañana, mientras Heloise y yo dábamos nuestro paseo hasta la cocina, me estremecí al oír la distante explosión del viejo rifle de monsieur Tane, que llegó hasta nosotras rebotando desde la granja cercana.

—El zorro —me explicó Heloise con voz calmada poniéndome una mano en el brazo, pero su cara me delató, pues sus ojos reflejaron el profundo e instintivo terror a mí misma que proyectaban los míos.

Durante un instante miré su frágil cuerpo, el pálido trozo de piel donde la camisa se abría alrededor del cuello e imaginé mis dedos en aquella garganta, la base de la palma de mi mano contra su esternón, todas las formas en que podía hacerle daño solamente con las manos.

Después de aquello y durante mucho tiempo, los únicos misterios que quería entender eran los relacionados con la cocina, las propiedades secretas de la levadura, la alquimia de mezclar mantequilla y harina para que la masa creciera o la forma en que Heloise marcaba las barras de pan para que se abrieran como fruta madura en el horno.

Me senté con los Tane durante la cena e intenté inútilmente tragar un poco de comida. Tendría que haber estado hambrienta, pero no fue así. Me sentía sin fuerzas, exhausta y crispada a la vez. Conseguí acabar un vaso del vino casero de monsieur Tane, pedí disculpas y me fui al piso de arriba.

Entré en la habitación de invitados intentando no despertar a Heloise, me quité los zapatos y me tumbé en la cama libre. Apagué la lámpara de la mesilla y dejé que los ojos se acostumbraran a la semioscuridad. La luz del patio proyectaba sombras afiladas en las paredes abuhardilladas, las retorcidas siluetas de las ramas de los árboles, la estrecha línea de un cable eléctrico. Oía la respiración de Heloise y el sonido del roce de las sábanas de algodón cuando se movía.

«Vinieron a por ti, Eve», le oí decir y volví a sentir que se me ponía la carne de gallina. «Estaba asustada —me dije para tranquilizarme—. No sabe bien lo que oyó.» Y sin embargo, el que lo había hecho buscaba algo.

Temblando con sólo pensarlo, tiré de la manta de lana para cubrirme los hombros y me di media vuelta. Dormir me parecía imposible, pero el agotamiento pudo conmigo. Cerré los ojos y cuando los volví a abrir vi que la luna estaba muy alta, una fina medialuna que parecía una uña cortada.

Saqué las piernas de la cama y dejé que los pies tocaran el suelo frío. Había estado soñando que corría con unas piernas que se obstinaban en no moverse. Tenía un bebé en los brazos, una niña con la cara de Heloise.

Apoyé la cabeza en las manos, inspiré con fuerza y sentí que el pulso se tranquilizaba. «Sí», pensé con la certeza repentina e inexplicable de que habían venido a por mí. Y de que volverían.

Cuando empecé a andar en dirección al convento por aquella lúgubre carretera comenzó a nevar. Una fina cellisca caía haciendo remolinos y formaba una suave película en el asfalto. Los perros cobradores de los Tane estaban dentro de casa por la noche y el único sonido que se oía era la casi imaginaria quietud de la nieve cuajando en las hojas secas y los troncos caídos del bosque oscuro. Cuando pasé por la cocina, el reloj marcaba las tres y cuarto. Confiaba en que el inspector y el resto de policías se hubieran ido ya.

La abadía seguía iluminada y las piedras grises brillaban a través de los árboles cuando salí de la última curva. Me paré un momento y presté atención al silencio de la noche. Algo se había movido en el bosque, algo pequeño, quizá un animal que se revolvía en sueños o una lechuza cazando. Más arriba se cerró la puerta de un coche y la distancia amortiguó el sonido que el frío hacía más nítido.

Me dirigí a la zona de maleza y continué subiendo con cuidado hasta que llegué al borde de los jardines del convento. La multitud presente minutos antes se había ido, pero en la entrada había un coche que no pertenecía a la congregación. Tenía el motor encendido y detrás del parabrisas distinguí las brasas anaranjadas de dos cigarrillos que se encendían y se apagaban. Un trabajo nada agradable en una noche tan fría como aquella.

Fui hacia el fondo del priorato dando un rodeo para evitarlos. Entré en el bosquecillo, salí por la parte de atrás del edificio y crucé el jardín cubierto de nieve en dirección a la puerta de la cocina. La capilla se alzaba a mis espaldas con sus oscuras ventanas y con la puerta ligeramente abierta. En el umbral había una nieve que parecía azúcar de pastelería espolvoreado, el toque final del pastelero.

Había sacado las llaves, pero no me hicieron falta. La puerta no estaba cerrada y se abrió con sólo tocarla. Dentro no hacía frío y el ambiente estaba cargado de olor a levadura y masa dejada fermentar demasiado tiempo. Las luces del jardín brillaban a través de las ventanas e iluminaban el interior del priorato con una espeluznante falsa luz diurna. Las hogazas que Heloise había dejado la noche anterior para que se hincharan habían desbordado las bandejas y se habían convertido en montones de masa deforme sobre la larga encimera de madera en la que amasábamos.

Crucé la cocina, salí al comedor y recorrí el pasillo de la planta baja en dirección a la escalera y los cuartos de arriba. Quienesquiera que fuesen los asesinos habían estado en el priorato buscando algo. Habían revuelto las habitaciones y desparramado violentamente las escasas pertenencias de las hermanas por todas partes. Me pareció la peor de las violaciones. La abadía no proporcionaba mucha intimidad, así que las pocas cosas que había en ella se trataban con respeto.

Mi habitación estaba al final del pasillo, una celda pequeña pero cómoda como todas las demás. La puerta estaba abierta y habían registrado los pocos muebles que tenía. Los cajones de la mesilla estaban a medio abrir y habían esparcido su contenido por el suelo: papeles y libros, antiguos inventarios de la despensa, cartas del cónsul de Estados Unidos y mi Biblia. Habían sacado la ropa del tocador y la habían amontonado encima de la cama. El colchón estaba de lado en su estrecho somier.

29

Un andrajoso chubasquero North Face, unos Levi's llenos de rotos, un jersey negro de cuello alto Old Navy y unas zapatillas Nike llenas de barro eran las únicas posesiones con las que había llegado a este mundo. No llevaba bolso ni cartera, dinero o pasaporte. La única pista sobre el misterio de quién era, el único indicio de dónde venía o adónde me dirigía era un arrugado trozo de papel escondido en uno de los bolsillos interiores del chubasquero, un billete manoseado del *ferry* que hacía el trayecto entre Tánger y Algeciras. Como pista no era gran cosa, pero era la única que tenía cuando llegué, y la guardé.

Cogí la Biblia del suelo, me acerqué a la ventana y miré hacia el jardín, a la extensión de nieve inmaculada que había entre el priorato y la capilla. Los policías estaban al otro lado del edificio. Podía arriesgarme a encender una luz. Apreté el interruptor de la lámpara de la mesilla de noche. Abrí el libro y con la uña despegué la cola que pegaba el forro de la tapa. En el interior estaba el billete del *ferry*.

Estaba impreso en español, en inglés y en árabe, era de un solo trayecto y había sido utilizado el treinta de octubre, justo dos días antes de que me dispararan y me dejaran por muerta. Saqué el papel de su escondite, dejé la Biblia y lo mantuve cerca de la luz. En la parte izquierda, escritas a lápiz y descoloridas, había cinco letras en árabe, dibujadas una encima de la otra.

Kāf, hā', yā', 'ayn, ṣād?, se leía. Después, escrito en cifras, aparecía el número veintiuno. Uno de los investigadores asignado a mi caso, un joven oficial de ascendencia argelina, las tradujo y meneó la cabeza cuando le pregunté qué significaban. «Son letras solamente, *mademoiselle* —dijo encogiéndose de hombros—, quizá sea un acrónimo.» Mi concienzuda búsqueda de empresas y organizaciones marroquíes no dio resultado alguno, ni obtuvo respuesta a aquel extraño acertijo, el único fragmento de mi pasado, y me alegré de olvidarme de ello y de ocultar el billete y el turbio pasado que se me escondía tras la cubierta desgastada de la Biblia. Sin embargo, mi pasado parecía haber vuelto él solo. Ningún sitio era ya seguro para mí ni para los que me dieran cobijo.

Doblé el billete, lo metí en el bolsillo y fui a la habitación de al lado, la de la hermana Theresa. Necesitaba una mochila, algo más práctico que la bolsa de fin de semana que utilizaba para mis viajes a Lyon. Encima del armario había una de piel, a la que el tiempo y el uso habían cubierto con una oscura pátina. La bajé, volví a mi cuarto y metí un par de mudas de ropa y lo más imprescindible.

Theresa y otras hermanas habían hecho un viaje a Tierra Santa a principios de otoño y todavía había algún souvenir dentro de la mochila: postales de Belén, un tubo de pasta de dientes israelí a medio usar y una entrada a la iglesia del Santo Sepulcro. En el bolsillo delantero estaba su pasaporte. Lo saqué junto con los recuerdos y lo extendí todo sobre la cama.

«Un pasaporte», pensé mientras metía la ropa en la mochila. Necesitaba uno para salir de la Unión Europea y un nombre de verdad, uno que fuera más verosímil que el que me habían puesto las monjas. Las repasé una a una mentalmente. Theresa era demasiado mayor que yo como para parecernos, Heloise muy baja y tenía los ojos castaños. La hermana Marie tenía más o menos la misma edad y talla que yo, ojos azules, y si me teñía el pelo de color rubio podría pasar por ella.

Me eché la mochila a la espalda, apagué la luz y salí al pasillo. La habitación de Marie estaba en el otro lado del priorato y, aunque tuve que buscarlo medio a oscuras, finalmente encontré su pasaporte en uno de los cajones de su escritorio. Lo metí en la mochila, bajé a la cocina y volví a salir al jardín nevado.

31

Me costó orientarme. Me detuve un segundo en el resplandor de las luces y observé cómo se elevaba y desaparecía mi aliento. Lo que más me apetecía en ese momento era volver a casa de los Tane y meterme en la cama de al lado de la de Heloise. Quería que Magda leyera la oración de la mañana mientras las monjas mayores dormían y a las más jóvenes nos costaba mantener los ojos abiertos. El tacto del brazo de Heloise junto al mío en la tabla para cortar el pan, el olor de la harina y la catalizadora levadura. Quería eliminar todo lo que había pasado, al igual que la nieve había tapado el paso de las hermanas en el jardín, sus pisadas en el barro y el grano que se les había caído al ir a dar de comer a las gallinas. «Si no me hubiesen encontrado ese día, estarían vivas», me dije a mí misma.

Consciente de que estaba dejando huellas en la nieve, crucé el jardín hacia la capilla. Cogí una caja de cerillas de madera que había en un hueco del muro, encendí una vela votiva y recé una oración. «Sálvanos, Señor. Y sálvalas a ellas, a Heloise y a las treinta y cuatro almas que me dieron cobijo tanto tiempo». Después, siguiendo lo que aún quedaba de mi borrosa estela, me dirigí hacia el bosque y a la carretera que se perfilaba más abajo.

Cuatro

¿*Q*ué se puede esperar de un lugar? ¿Una bienvenida a casa? ¿Pancartas en las calles? ¿Banderitas en las ventanas? ¿O la absoluta indiferencia de una ciudad que te ha olvidado y que quizá nunca te conoció? Tras veintisiete horas en trenes y otras trece aguardando los enlaces, seguramente esperaba demasiado de Algeciras.

Cuando acabé la última etapa de mi viaje y bajé al andén con la mochila de la hermana Theresa al hombro, dos días después de dejar el convento, era ya pasada la medianoche. Había hecho dedo hasta Lyon, cogido el tren a Perpiñán y después continuado hasta Barcelona, Madrid, hasta llegar a Sevilla, ciudad portuaria en la punta meridional de España.

Aparte de cama y comida, las monjas me daban algo de dinero por el trabajo que hacía en el priorato. Durante el año que estuve con ellas conseguí ahorrar unos miles de euros. Antes de dejar Lyon saqué todo lo que tenía en el banco y pensé que si gastaba poco podría estirar mis ahorros un mes o quizá dos. Cuando se me acabara siempre podía buscar trabajo en alguna cocina.

El tren desde Bobadilla estaba lleno de jóvenes mochileros con rastas, camino de Marruecos. Al salir de la estación seguí aquella masa de cuerpos hasta el puerto, donde había hoteles baratos. Si iba a hacer algo con mi pelo necesitaría una habitación y un cuarto de baño.

Encontré lo que buscaba en un pequeño hotel de una estrella a dos manzanas de la terminal del *ferry*. Veinte euros bastaron para conseguir unas vistas al ruinoso edificio de al lado, a través de una ventana que sólo se abría parcialmente para dejar entrar la peste a meados y desechos del puerto, una cama, un lavabo, un retrete y una bañera con un ligero cerco gris de suciedad.

Me quité los zapatos, dejé la mochila en la cama, cerca de la almohada, y me tumbé sobre la colcha. Había dormido algo durante el viaje, pero no lo suficiente. Me estiré, cerré los ojos y mi cuerpo siguió meciéndose y balanceándose con el recuerdo del movimiento del tren.

Me desperté temprano, mi sueño seguía acostumbrado al horario benedictino. Llovía, una llovizna gris y persistente. El cielo y los tejados de Algeciras tienen distintos tonos del mismo gris apagado, una monocromía deshecha aquí y allá por el enmarañado verde de las palmeras. Me levanté, me puse ropa limpia, me lavé la cara, cogí la mochila y salí a la calle con la esperanza —contra todo pronóstico— de encontrar lo que había ido a buscar, fuera lo que fuese, una persona o un lugar que actuara como una chispa en yesca seca, algo que hiciera que todo encajara.

Me detuve a tomar un café y después paseé hasta la estación y de vuelta al puerto, metiéndome por callejuelas. Lo que me era desconocido de noche seguía siéndolo a la pálida luz de la mañana. No reconocí nada en los anodinos cafés para turistas o en aquel puerto tan funcional. La terminal del *ferry*, una enorme estructura de cristal y acero, me era totalmente desconocida. Si había estado allí, no guardaba recuerdo alguno de ella.

Fui a una ventanilla, saqué un billete para el barco de la tarde a Tánger y volví sobre mis pasos hasta entrar en una tienda por la que había pasado. Antes de regresar al hotel compré un tinte, unas gafas para leer con poca graduación y varios productos de maquillaje barato.

Marie y yo no éramos gemelas en absoluto. Ella tenía los labios más gruesos que los míos, la cara más estrecha y la nariz más redonda. Lo que se puede conseguir con un lápiz de ojos, un perfilador de labios y un poco de colorete tiene un límite, pero con el maquillaje, las gafas y el pelo teñido hasta yo misma creí que la foto del pasaporte de Marie me la habían sacado a mí.

Salí del hotel a las dos y media y a las tres menos cuarto estaba en la terminal, cuarenta y cinco minutos antes de que saliera el barco. Ya le había echado un vistazo al control de pasaportes español cuando compré el billete. Había tres filas, y antes de elegir una quería ver bien a los policías que las atendían.

A eso de las tres, la gente empezó a embarcar. Había una extraña mezcolanza de pasajeros, mitad turistas mitad lugareños. Las chilabas y pañuelos se mezclaban con los estampados y vaqueros. En las cabinas de cristal había dos hombres y una mujer. A ésta la descarté inmediatamente. Era rápida, pero meticulosa, y comprobaba cuidadosamente todas las caras que pasaban. Sus ojos, ligeramente tristes, iban del pasaporte a la persona y vuelta a la foto antes de estampar el sello.

En la del medio había un tipo joven. «Demasiado joven», pensé, un matoncillo de veinte años escondido bajo las cicatrices que le había dejado el acné. Llevaba la camisa impecablemente planchada y el uniforme como una patena. Observé cómo hablaba con una anciana marroquí cuyo único equipaje eran unas bolsas de plástico. Como no le entendía, el policía, exasperado, meneó la cabeza, después le selló el pasaporte e hizo un gesto de impaciencia para que avanzara.

El segundo hombre parecía mi mejor opción. Era mayor

que sus colegas y parecía más relajado. Llevaba la corbata aflojada, la gorra un poco ladeada y sonreía ligeramente a todos los pasajeros.

Era el momento de mayor afluencia para embarcar y quería subir antes de que hubiera menos gente en la cola y todo fuera más despacio. Busqué el pasaporte, me eché la mochila a la espalda y me dirigí, con el corazón a toda velocidad, hacia la fila del policía mayor.

No había pensado en la posibilidad de que no me dejaran pasar, pero cuando vi que aquel hombre sellaba todos los pasaportes de los pasajeros en tránsito empecé a preguntarme qué pasaría si me hacía alguna pregunta sobre el mío. ¿Cómo iba a explicarle que viajaba con el de una monja muerta?

El grupo de jóvenes alemanas que había delante de mí se acercó a la cabina y noté que se me hacía un nudo en la garganta. El hombre sonrió y asintió con la cabeza. «Que tengan buen viaje», le dijo a una de ellas en español, después me hizo un gesto para que avanzara.

Metí el pasaporte por debajo de la ranura sonriendo. El policía lo abrió, miró la fotografía y juntó ligeramente sus canosas cejas. Vi que miraba con los ojos entrecerrados para leer lo que había escrito, después dirigió sus ojos hacia mi cara y de nuevo los bajó a la fotografía.

—Un momento —dijo en español con voz amable, pero firme. Cerró el pasaporte y se alejó de la ventanilla.

«Ya está», pensé al verlo desaparecer por una puerta en la que no había ningún cartel con mi documentación en la mano. Alguien refunfuñó en la fila detenida que había a mis espaldas. «¿Echo a correr?», me pregunté mirando hacia las escaleras que daban a la terminal. En el descansillo había dos policías. A lo mejor podía irme andando sin más, desaparecer sin que nadie se diera cuenta. Había empezado a darme la vuelta cuando la puerta por la que se había ido volvió a abrirse.

—¿Algún problema? —pregunté intentando que mi oxidado español sonara relajado.

Dejó el pasaporte en el mostrador y lo empujó hacia mí.

—Ningún problema, hermana —contestó meneando la cabeza—. Ha sido una confusión.

Una confusión. Sonreí y cogí el documento.

—Gracias.

—*Bon voyage* —se despidió también sonriendo.

Me obligué a seguir hacia delante intentando mantener firmes las piernas. Detrás de las cabinas había dos puertas batientes y al otro lado un largo pasillo de cristal que llevaba a la pasarela del *ferry*. Avancé con el resto de pasajeros con el estómago más relajado y el pulso casi normal. «Estoy a mitad de camino», me dije, consciente de que todavía tenía que pasar por la policía marroquí.

Embarcamos a través de la cubierta vacía en la que viajaban los coches y después subimos a la de pasajeros. Seguía lloviendo y en la oscura bahía empezaron a aparecer relucientes cabrillas. A través de las ventanas escarchadas con sal vi las rocosas laderas de Gibraltar y las líneas geométricas del puerto de Algeciras. Encontré una silla libre y me acomodé para el viaje.

Abrí el pasaporte de Marie por la página de la foto y leí la información que había escrita: nombre, lugar y fecha de nacimiento, número de documento de identidad. No, no decía nada de profesión ni había dato alguno que delatara que era monja. Y, sin embargo, aquel hombre lo había sabido. «Ningún problema, hermana —le había oído decir—. «Ningún problema, hermana.» De alguna forma se había enterado.

Cinco

No hay nada que pueda prepararte para Tánger. Nada consigue darte idea de la aglomeración de gente, las manos que te cogen el bolso, los conductores de taxis peleándose por llevarte, la pobreza y desesperanza del lugar. La ciudad arremete contra ti con el hedor de la desesperación, el sudor de los ilegales de Senegal o de Costa de Marfil que esperan apáticos en los cafés para hacer una travesía nocturna a España, el tufo a azafrán y lana de los cambistas de dinero del mercado negro a las afueras de la medina, la intensa peste a bronce de los soldados en el gran zoco. El penetrante olor del colonialismo putrefacto está presente en todas partes.

Atracamos en Tánger poco antes de la puesta de sol. Había conseguido un visado a bordo, el sello de un joven policía marroquí que ni se molestó en mirar la foto de mi pasaporte. Puso mi ficha de viajero en tránsito en un montón de papeles idénticos al mío, algunos se le habían caído al suelo, y me hizo un gesto de despedida.

En la cubierta de pasajeros había demasiada gente en muy poco espacio, ropa y pañales húmedos, comida frita. Me alegré cuando anunciaron nuestra inminente llegada por los altavoces y nos dijeron que bajáramos a la cubierta de los coches y esperáramos para desembarcar. Alguien abrió la jaula de tela metálica que hacía de compartimento de equipajes y la multitud se abalanzó temerariamente sobre ella para revolver en la parte superior y abrirse camino para coger mochilas y maletas maltrechas.

Al cabo de un rato se abrió la entrada del portalón. Bajaron la pasarela y uno a uno descendimos al continente de África con los pasaportes en la mano. Al entregar el mío tuve un momento de nerviosismo, aunque no había razón para preocuparse. Con cientos de cuerpos apretujados detrás de mí sólo había tiempo para una somera mirada y un movimiento de cabeza.

Cuando salí de la terminal y fui hacia el largo y desmoronado muelle me vi inmediatamente rodeada por una docena de hombres, unos con el típico albornoz largo con caperuza y babuchas en punta, y otros con imitaciones de Calvin Klein y gafas de sol, todos diciéndome a gritos que me podían ayudar de alguna manera. Negué con la cabeza y seguí mi camino apretando con fuerza las correas de la mochila y avanzando al mismo paso que la multitud.

En medio de toda aquella confusión y alboroto, mi mente empezó a esbozar un leve recuerdo. Parte de mí reconocía aquel lugar, la forma del puerto, el ritmo de aquel idioma. Miré hacia delante, al fondo distante del embarcadero y de alguna forma supe que allí había una puerta, y una plaza, y al noroeste, cuando empezaba a notarse la cuesta arriba, el laberinto de la medina, estaba segura.

Uno de los aspirantes a guía se plantó delante de mí cerrándome el paso y me puso una mano en el brazo.

—Por aquí —dijo enérgicamente en un inglés mal pronunciado—. ¡Mi taxi! —insistió tirándome del brazo y arrastrándome detrás de él.

—¡No, déjame en paz! —exclamé zafándome de él.

—No hace falta ser maleducada —dijo acercándose a mí y haciendo un gesto acusador con el dedo. Escupía a la vez que hablaba y un poco de saliva aterrizó en mi mejilla.

—No necesito un taxi —repliqué intentando suavizar la

situación, pero era demasiado tarde. Le había ofendido y no había forma de arreglar aquello. Eché a andar intentando sortearlo, pero me cortó el paso.

—¿Por qué maleducada? —preguntó agresivamente.

Meneé la cabeza e intenté pensar en la mejor respuesta posible. No creía estar en peligro, pues la multitud de pasajeros pasaba a nuestro lado, pero aun así, parecía no haber forma de librarme de aquel hombre y noté que me invadía el pánico.

Abrí la boca para decir algo y entonces oí una voz en árabe a mis espaldas. Mi acosador farfulló una respuesta desdeñosa.

—Déjala en paz —ordenó la voz, en aquella ocasión en francés.

Volví la cabeza y vi a un curioso hombre bajito con un largo sobretodo de lana y unas gafas de sol con cristales amarillos curvados que se cerraban sobre sus ojos.

El guía se hizo a un lado de mala gana.

—Gracias —le dije al hombre del sobretodo.

—De nada.

Eché a andar y mi salvador siguió mis pasos.

—Son inofensivos, aunque muy pesados. Especialmente durante el Ramadán. Creo que añoran más los cigarrillos que la comida. La gente se pone de muy mal humor a estas horas. ¿Es la primera vez que viene a Tánger?

—Sí —contesté tras meditar un momento la pregunta, fijándome en el disparatado conjunto de aquel hombre. Llevaba el asa curva de madera de un paraguas colgada del brazo derecho y zapatillas Nike de color naranja intenso con brillo metalizado. Tenía rasgos asiáticos, pero hablaba con perfecto acento británico—. ¿Y usted?

—Vivo aquí —dijo meneando la cabeza—. Acabo de estar un par de días en España, comprando pinturas —explicó indicando con la cabeza hacia su equipaje, una desgastada bolsa de piel.

—¿Es artista?

—Sí, nací en Japón. Estoy experimentando, busco aislamiento cultural.

Tenía una delicada forma de hablar y daba la impresión de que reflexionaba profundamente todo lo que hacía y decía.

Sonreí. Había algo vulnerable e infantil en aquel hombre, algo nada amenazador, incluso divertido.

—¿Puede recomendarme un hotel? —le pregunté al llegar a la puerta del muelle—. Alguno que tenga un precio razonable.

—El Continental, por supuesto. Abdesselam cuidará bien de usted —respondió tras pensar un momento.

—¿Abdesselam?

—El gerente —me explicó. Miró su reloj y frunció el entrecejo—. Se va a poner el sol. Durante una hora no habrá nada que hacer.

—Si me indica la dirección, esperaré.

—No está lejos. ¿Ve ese edificio rosa? —preguntó al tiempo que señalaba hacia la abigarrada ladera de la parte vieja de la ciudad.

—Sí —contesté al distinguir la fachada.

Arrugó la nariz y se detuvo un momento.

—Voy a cenar, si quiere puede venir conmigo. Después puedo acompañarla allí. Vivo al lado.

—No, no quiero molestarle.

—No es ninguna molestia —aseguró sonriendo.

Dudé un instante. No me hacía mucha gracia cruzar la medina sola. Aquel hombre parecía estar sin compañía y agradecido por la mía, y además yo tenía hambre.

—Vale.

—Me llamo Joshi —se presentó doblando ligeramente la cintura y estirando la mano.

—Marie —dije estrechándosela. La noté fría y suave.

41

Υ

Cenamos en el café África, un establecimiento bien iluminado cerca del gran zoco. Estaba limpio y era acogedor, con suelo de baldosas blancas, paredes con espejos y manteles recién lavados, una especie de copia exótica de una cervecería francesa. La comida era como un extraño baile. Tuve la incómoda sensación de que, a pesar de su escrupuloso aspecto, Joshi no tenía dinero suficiente para cenar fuera y que una comida era la tarifa tácita por su ayuda. Sin embargo, cuando cogí la cuenta al acabar de comer noté que se violentaba muchísimo.

Cuando salimos estaba lloviendo y las callejuelas se habían vuelto resbaladizas por la suciedad. Cruzamos el gran zoco y entramos por las puertas de la ciudad vieja, para después descender por la calle Siaghin, pasando por la Gran Mezquita.

—Ése es mi apartamento —indicó Joshi cuando nos acercábamos a las murallas orientales de la medina y entrábamos en una estrecha callejuela—. Allí es. ¿Ve la bandera?

Levanté la vista y miré hacia donde indicaba su dedo. Había una fila de techos bajos iluminados por parpadeantes farolas y detrás un edificio ligeramente más alto. En una de las sucias ventanas de aquella estructura había una bandera blanca con un sencillo círculo rojo en el medio.

—Ya la veo —aseguré asintiendo con la cabeza.

—Y aquél es el Continental —dijo dirigiendo mi vista hacia una puerta de yeso que había a pocos pasos de donde estábamos—. La acompaño.

El hotel estaba en un gran edificio de estilo colonial, un baluarte occidental encaramado en uno de los extremos de la medina. Al entrar, un patio de piedra conducía a un tramo de escaleras. En la parte de arriba había una espléndida veranda desde la que se veía directamente el puerto. Tenía una terraza lo suficientemente grande para los días, perdidos ya, de cócteles, bailes y vestidos de Dior, aunque mi primera impresión fue que incluso en sus mejores tiempos aquel hotel se había inclinado inexorablemente hacia la sordidez. En la actualidad, unas cuantas mesas y sillas, desvencijadas y vacías, miraban hacia la oscura bahía. La rosácea fachada del edificio estaba cuarteada y el yeso desconchado.

El interior era como un decorado de cine, las paredes estaban ricamente decoradas con mosaicos bordeados con molduras y madera. Los pocos clientes que había en el vestíbulo constituían una extraña mezcla, una nueva variedad de viajeros occidentales, más del tipo Lonely Planet que del de Paul Bowles. Unos cuantos miembros de un equipo de rodaje norteamericano se apiñaban frente a la recepción y atosigaban al recepcionista de pelo cano, protestando por las habitaciones que les había dado. Dos jóvenes alemanas esperaban junto al teléfono y se pasaban el auricular por turnos. Una mujer de mediana edad vestida con ropa de viaje adecuada: pantalones finos, botas de montaña y riñonera, estaba sentada en un viejo sillón hojeando una guía de viaje en inglés.

Me quedé al lado de Joshi y escuché disimuladamente a los contrariados norteamericanos mientras el recepcionista les atendía con paciencia y les explicaba que aquellas habitaciones eran las mejores que podía ofrecer. Convencerles no era tarea fácil, pero al final, los inexorables modales del recepcionista se impusieron y el equipo se retiró refunfuñando mientras el anciano empleado nos prestaba atención.

Cuando pasas un año esperando reconocer algo, las complejidades del rostro humano y la fragilidad de su expresión se llegan a entender profundamente. Durante los primeros meses de mi nueva vida vivía en un estado de continua expectativa y estudiaba a todas las personas que pasaban por la calle buscando en ellas el menor indicio que me fuera familiar, alguna pista de un pasado compartido, por breve que hubiera sido. Y a pesar de que nunca conseguí ver la desconcertada expresión de un conocido perdido hacía tiempo, vi prácticamente todos los semblantes posibles: el del amor, la desesperación e incluso el vacío.

Cuando el recepcionista dejó de mirar a Joshi para volverse hacia mí, la reacción que reflejó su rostro fue casi imperceptible, leve como la brisa que riza la superficie de un lago, breve como el cambio de luz en un minuto de puesta de sol. Sus ojos se posaron sobre los míos algo más de un segundo, lo suficiente como para que me diera la impresión de que nos conocíamos, antes de murmurar algo en inglés.

—Es cosa fácil para mí —juro que le oí decir.

—¿Perdone? —pregunté.

—Nada, mademoiselle —contestó meneando la cabeza y haciendo desaparecer la expresión que creía haber reconocido. Después se volvió hacia Joshi con sonrisa afable—. Veo que ha traído un huésped.

—Marie acaba de llegar en el *ferry*. Le he asegurado que tendrían una habitación.

El hombre volvió a mirarme, se puso unas gafas de leer y miró el libro de registro.

—Creo que encontraré algo.

Observé su perfil y la mano que bajaba por la página que tenía delante. Era marroquí, pero no totalmente, sus ojos azul grisáceo delataban una sangre francesa o británica no muy lejana en su árbol genealógico.

—En efecto. Tengo una habitación por doscientos dírhams, con baño compartido al final del pasillo —me ofreció finalmente.

—¿Tiene cambio? —pregunté sacando un billete de cincuenta euros del bolso.

—Por supuesto.

Abrió una cajita donde guardaba el dinero, contó un

montón de billetes, apartó doscientos para él y me dio el resto. Anotó algo en el registro y dejó una hoja de papel en el mostrador.

—Si no tiene inconveniente, mademoiselle.

Miré el impreso que tenía delante y las líneas en las que ponía nombre y número de pasaporte. Saqué el documento de Marie y anoté toda la información que pude. Tras dudar sobre qué dirección apuntar, puse el número de la calle de una chocolatería de Lyon.

Cuando acabé, el recepcionista cogió una llave de los muchos ganchos que había en la pared que tenía a su espalda y la dejó en el mostrador.

—Habitación doscientos cinco.

Cogí la llave y lo miré deseando recordar, forzando la mente para ver a través de la negra noche abierta detrás de todo lo que había olvidado.

—¿Nos conocemos? —pregunté.

—No creo —contestó.

—¿Está seguro? —insistí.

—La recordaría —aseguró mirando primero a Joshi y después a mí.

Agradecí a Joshi la ayuda que me había proporcionado y subí las escaleras para ir a mi habitación. «Un tipo peculiar —pensé mientras abría la puerta y dejaba la mochila encima de la cama—, tan estiradamente británico y asiático a la vez, con intenciones tan difíciles de descifrar.» Con todo, no podía decir que no estuviese agradecida por su ayuda. Dejé las luces encendidas, me dirigí a la ventana y miré hacia la encharcada veranda y al patio. La puerta del hotel se abrió y un grupo de turistas salió en fila en dirección a la medina. Un momento después apareció Joshi, el reflejo naranja de sus zapatillas era inconfundible. Se paró, sacó un paquete de cigarrillos del sobretodo y encendió uno, luego abrió la negra circunferencia de su paraguas. «Un hombre solitario», me dije.

Al otro lado de la puerta parpadearon unos faros y un taxi rojo entró en el patio. Vi que descendía una figura, un hombre con una larga gabardina. Le dijo algo al conductor y después subió las escaleras hasta donde esperaba Joshi. El coche mantuvo el motor en marcha. Desde donde estaba conseguí distinguir el rostro de aquel hombre. «Norteamericano», pensé entrecerrando los ojos para ver mejor. Sí, tenía toda la pinta: pelo rubio, dientes blancos y aspecto artificialmente saludable. Intercambió unas palabras con Joshi, rebuscó en el bolsillo, sacó un sobre de color marrón, se lo dio y volvió a subir en el taxi.

46   Me fui a dormir pronto, pero a eso de la medianoche me despertó una algarabía de canciones alemanas de taberna. Oí un coro de pasos ebrios en el pasillo, varios portazos y agua corriendo por las cañerías. Después todo quedó en silencio y me dormí de nuevo.

Más tarde volví a despertarme, arrebatada del sueño por la silenciosa presencia de otro cuerpo en la habitación. Medio dormida, lo primero que pensé fue que era Heloise que había venido a despertarme para la oración de la mañana. Me escondí aún más bajo la colcha, pensando que era demasiado pronto como para enfrentarse al frío paseo hasta la capilla y a la monótona voz de Magdalene.

Al poco, la persona se movió y la bruma desapareció de mi cabeza. Abrí los ojos y miré hacia la oscuridad con el corazón desbocado y el cuerpo arrebatado por una descarga de adrenalina. Agarrotada, me obligué a permanecer inmóvil.

La cortina se abrió y gracias al reflejo de luz azulada que procedía de la veranda distinguí una silueta. Era un hombre alto y ancho de espaldas. Tenía mi mochila en sus manos. Abrió con cuidado el bolsillo delantero y sacó mi pasaporte.

«¿Me pongo a gritar?», me pregunté. Seguro que el ruido lo asustaría. Tenía todo mi dinero allí, por no mencionar el pasaporte. No podía permitirme perder ninguna de las dos cosas. Entonces pensé en las hermanas, en la cara de Heloise tensa por el miedo y en lo que me dijo en casa de los Tane. ¿Era uno de aquellos hombres? ¿Había venido a buscarme? Abrió el pasaporte y sacó un objeto largo y estrecho de uno de sus bolsillos.

¿Me oirían los alemanes? ¿O estarían demasiado atontados por la borrachera? Oí un ruido y de su mano salió un pequeño círculo de luz. Llevaba una linterna. Dirigió el rayo hacia el pasaporte, supongo que para leerlo. Después apagó la luz y volvió a meterlo en la mochila.

Dudó un momento y dio un paso hacia mí, después otro, lenta y silenciosamente. Contuve el aliento y cerré los ojos. Podía matarme antes de que alguien oyera algo. Por la mañana sólo quedaría el recuerdo, deformado por el sueño, de un débil gritito. Mil uno, mil dos. Conté los segundos hasta que, milagrosamente, oí que se daba la vuelta.

Abrí un ojo y vi que ponía la mano en el pomo y tiraba de la puerta hacia dentro sin hacer ruido. La luz del pasillo entró en la habitación y lo iluminó brevemente mientras salía y cerraba tras él. Sólo lo vi un segundo, el tiempo suficiente para reconocerlo. Era el norteamericano, el hombre que había visto en la veranda con Joshi.

Seis

*P*ermanecí inmóvil una media hora con el cuerpo rígido y los oídos alerta al menor sonido, parte de mí suponía que el hombre volvería. Cuando finalmente saqué el brazo de debajo de la colcha y comprobé el reloj eran cerca de las cinco. Salí de la cama, me vestí, me cargué la mochila al hombro y salí al pasillo.

Bajé al vestíbulo vacío en dirección a la veranda y después crucé el patio. Al otro lado de las puertas del Continental la medina bullía tan viva como debía de estar, supuse, a mediodía. Las calles olían a carne asada y a pan caliente, a los preparativos del banquete de antes del amanecer y del día de ayuno que tenían por delante.

Retrocedí hasta el lugar en el que Joshi y yo nos habíamos detenido la noche anterior, divisé la bandera que marcaba su ventana. Unos cinco metros de pared lisa separaban la apertura rectangular del tejadillo que había debajo. Si quería entrar tendría que encontrar la forma de acceder al edificio. «Un apartamento que hace esquina», me dije a mí misma contando los pisos y estudiando la parte frontal de aquella estructura. La pesada puerta de madera estaba firmemente cerrada, atrancada por una gruesa barra de hierro.

Me alejé un poco para meditar las opciones que tenía. ¿Habría una puerta trasera? ¿Alguna ventana más baja? Cuando volvía sobre mis pasos vi a una mujer con chilaba y pañuelo en la cabeza que venía en mi dirección. Sujetaba una bolsa con el brazo izquierdo y portaba un manojo de llaves en la mano derecha. La dejé pasar y después la seguí a cierta distancia. Escondiéndome en las sombras del extremo de la calle, observé que se dirigía hacia el hueco por el que se entraba en el edificio de Joshi. Me apretujé contra el muro y esperé. A continuación oí un tintineo de llaves contra la cerradura y que entraba.

La puerta se cerraba detrás de ella, di un salto hacia delante y conseguí detener la suave madera con los dedos antes de que el pestillo acabara de entrar. Me agazapé en aquel hueco y esperé prestando atención a sus pasos y al abrir y cerrar de una puerta interior. Cuando estuve segura de que estaba en su apartamento, entré.

Por lo poco que había podido distinguir de los amontonados tejadillos y de la colocación aparentemente al azar de las ventanas, imaginé que la casa de Joshi estaba en el tercer piso. La mujer había encendido la luz temporizada del pasillo y una débil bombilla iluminaba la escalera. Volví a apretar el interruptor para ganar algunos minutos más de luz y empecé a subir. Cuando llegué al tercer descansillo, busqué el apartamento de la esquina y llamé con los nudillos.

El edificio empezaba a despertarse. Al otro lado de las puertas cerradas se oían voces de niños, el entrechocar de vajilla y la prisa por comer y beber antes de que saliera el sol. El único hogar que permanecía en silencio era el de Joshi. Volví a llamar, más fuerte, y esperé.

Finalmente, algo se movió en el interior de la casa y oí ruido de ropa de cama y pies descalzos en el suelo. Llamé una vez más y la puerta se abrió. Dos ojos adormilados me miraban. Empujé con el hombro para abrirme paso. El hombrecillo se echó hacia atrás, perdió el equilibrio y se dio un golpe contra la pared.

—¿Quién es? —pregunté cerrando la puerta.

Joshi se enderezó y se apartó. Llevaba un pijama de algo-

49

dón a rayas, zapatillas azules y bata del mismo color. En su cara aún era visible una marca de color rosa.

—No lo sé. No sé de qué me habla —tartamudeó.

Me acerqué a él, le cogí por las solapas y tiré hacia mí. Era más pequeño que yo y la expresión de su rostro se desmoronó como la de un niño asustado. Soltó un gemido, un débil intento de gritar.

—Te vi con él en la veranda del Continental. ¿Cuánto dinero te dio?

—No conozco a ese hombre. Sólo le pedí fuego —insistió mientras se retorcía entre mis manos.

—¡Y una mierda! Te pagó para que me siguieras.

Levanté un puño como si le fuera a pegar y se encogió, cerró los ojos y alzó un brazo para protegerse la cara.

—No me pegue —gimoteó.

—¿Quién es? —volví a preguntar.

—Un expatriado, norteamericano. Se llama Brian, es lo único que sé.

—¿De qué lo conoces?

—Del Continental, del bar. Lo he visto por ahí. No somos muchos. Me lo encontré en el *ferry* y me pidió que la vigilara —aseguró encogiéndose de hombros.

Aflojé la presión, se enderezó y estiró las arrugas del pijama.

—¿Dónde vive?

—No lo sé. Seguramente en Ville Nouvelle.

—¿Dónde puedo encontrarlo? —pregunté acercándome a él otra vez. Joshi se acobardó.

—Es miércoles, ¿verdad? —Pensé un momento y asentí—. En el pub que hay frente al hotel Ritz. El miércoles es la noche de los dardos. Normalmente se anima pronto, a la hora del cóctel. Si no está allí, inténtelo más tarde en el piano bar de El Minzah.

Me dirigí hacia la puerta y me detuve un momento para

mirar atrás. Joshi se apretó la bata contra el cuello y por primera vez me di cuenta de que el algodón azul de su pijama estaba remendado y el dobladillo deshilachado por el uso.

—Lo siento —se excusó.

Con una sola excepción, las habitaciones del priorato eran sencillas y carentes de decoración. Décadas, incluso siglos de la misma pintura blanca amarillenta cubría los pasillos, la cocina y las dependencias de las hermanas. Sin embargo, en algún momento de la historia del edificio, alguien decidió honrar la biblioteca con papel pintado y en los años siguientes otras hermanas añadieron capas y más capas.

La biblioteca, una habitación muy acogedora y espaciosa, con techo alto, chimenea de piedra y vistas al jardín, se utilizaba con mucha frecuencia. Pero para cuando llegué, evidentemente había sufrido años de abandono. Había sitios en los que el papel se había despegado y los jirones dejaban ver los dibujos de debajo. «Una forma de viajar en el tiempo», como me dijo en cierta ocasión Heloise. A veces las dos contemplábamos aquel registro que se remontaba en el tiempo y pensábamos en sus artífices.

La capa superior era lo suficientemente reciente como para que Magda se acordara de cuando la pusieron, aunque la hermana que lo había hecho hacía tiempo que descansaba en el pequeño cementerio que había al lado de la capilla. Era de un color verde, desvaído por el paso de los años, con un dibujo de hojas en un tono más oscuro. Debajo había más dibujos: flores chillonas, flores de lis doradas y rayas sencillas. El que más me gustaba era uno que reproducía una y otra vez una aldea china. Un pequeño mundo de pescadores y campesinos, de pagodas y puentes, y un solitario boyero en un serpenteante camino de montaña.

A menudo pensaba en la hermana que lo habría elegido.

51

¿Se sentaría por las tardes y lo contemplaría como forma de escapar de aquel extraño lugar? ¿Pensaría en aquellas vidas estáticas, en la mujer que se abanicaba constantemente o en el pescador que no había pescado nada?

Un día que estábamos en la biblioteca le pregunté a Heloise qué era recordar y contestó que era como aquellas paredes, el presente eran las hojas verdes desvaídas y el pasado asomaba aquí y allá, y siempre, más atrás, había otro misterio.

Cuando dejé a Joshi y volví a entrar por las puertas del Continental sentí como si parte de mi propio presente hubiera empezado a aclararse. En algún lugar, bajo las capas rígidas por la cola estaba esta ciudad, estaba segura. Debajo del descolorido estampado de Tánger estaban los bordes estropeados de un dibujo más oscuro, una parte de mí misma que hacía tiempo esperaba encontrar.

Subí las escaleras hasta la veranda y me detuve un momento para contemplar el puerto. El cielo, de un azul imposible, cercano al amanecer, brillaba como una joya sobre la bahía. «Conozco este sitio», pensé. Me resultaba internamente familiar, más que la propia ciudad, los olores de la medina y las figuras que se movían escondidas en albornoces y chilabas, allí se escondía la fuerza creciente de mi propia cólera.

Pensé en Joshi y su pijama raído, su pequeño brazo moviéndose para protegerse la cara y, de repente, tuve miedo. Lo hubiera machacado. Le hubiera sacado la información de cualquier forma. Sabía cómo hacer ese tipo de cosas.

Me dormí y después pasé la tarde deambulando por la ciudad. Todavía no eran las cinco cuando llegué al pub y la barra ya estaba llena de expatriados. Había chicas inglesas con la espalda descubierta y australianos quemados por el sol que flirteaban mientras tomaban cerveza con limonada y pintas de cerveza negra. Pedí una cerveza y me dirigí hacia el lugar donde estaban la diana de los dardos y la mesa de billar.

De no ser por el escaso paisaje de Tánger que se veía a través de la ventana podría haberse pensado que estábamos en cualquier rincón de Londres. Encima de la barra había una televisión enorme en la que echaban un partido de la liga inglesa. Al lado, una pizarra anunciaba las especialidades del día: gambas rebozadas con patatas, pan con queso y cebolla y pastel de riñones. Aparte de la licencia enmarcada, no había nada escrito en árabe en todo el establecimiento. No vi al hombre al que Joshi había llamado Brian por ninguna parte, así que me senté en una silla libre al fondo del bar, pedí gambas y patatas, y me dispuse a esperar.

No tuve que hacerlo mucho rato. Estaba devorando la última patata frita grasienta cuando se abrió la puerta y un grupo de chicas entró dando tumbos. Se dirigieron hacia la barra y se quitaron las camisas de manga larga y las chaquetas para dejar al descubierto sus camisetas cortas y ombligos con *piercings*, despojándose de la ropa como cangrejos listos para el apareamiento. Las estaba observando fascinada cuando la puerta volvió a abrirse y entró un hombre.

Había cambiado la gabardina por unos vaqueros desgastados, un jersey gris de algodón y zapatillas de deporte, pero era la misma persona que había visto en la veranda del Continental y en mi habitación esa misma mañana. «Sí —pensé al ver su forma de andar hacia la barra—. No cabe duda de que es norteamericano.» Pidió una cerveza y vino hacia mí, evidentemente para jugar a los dardos. Apoyé los codos en la mesa y le observé. De cerca era guapo, llevaba el pelo ligeramente despeinado, como si acabara de despertarse de la siesta. Pasó junto a mí, me echó una ojeada y siguió adelante.

53

Pedí otra cerveza y dejé que jugara una partida de dardos. Cuando hizo su segundo viaje a la barra me abrí paso hasta ponerme a su lado.

—¿Nos conocemos? —le pregunté.

—No creo —contestó tras hacerle una señal al camarero y mirarme con indiferencia.

—Estoy segura de que te conozco. ¿Te llamas Brian, verdad?

—Sí, tengo aspecto de llamarme así.

—Puede que esto te refresque la memoria. A las cuatro de la mañana en el hotel Continental, habitación doscientos cinco. —Llegó el camarero, pidió otra cerveza y dejó un billete de veinte dírhams en la barra—. ¿Quién cojones eres? ¿Y qué quieres?

—Perdona, creo que te has equivocado de persona —contestó después de coger el vaso y el cambio, y se dio la vuelta para irse.

Miré cómo avanzaba hacia la diana, saludando a la gente que salía a su encuentro. Parecía que la mayoría de los clientes se conocían y Brian no era una excepción.

Una joven con rastas avanzó dando codazos hasta ponerse a mi lado.

—¿Vienes mucho por aquí? —la interrogué.

—Tanto como puedo —contestó sonriendo.

—¿Conoces a ese tipo? —le pregunté indicando hacia Brian.

—Sí, claro.

—Se llama Brian, ¿verdad?

—Es guapo, ¿eh? —dijo asintiendo.

—¿Sabes algo de él?

—Es norteamericano. De California, creo. Pobre chaval —contestó encendiendo un cigarrillo y apartando el humo con la mano.

—¿Por qué?

—Ha venido a buscar a su hermano. Desapareció hace un año más o menos —me explicó.

—¿Lo conocías? Me refiero al hermano.

—No, eso pasó antes de que yo llegara —dijo meneando la cabeza.

—¿Qué pasó?

—Ése es el problema, que nadie lo sabe. —El camarero se acercó a nosotras y pidió un vodka con tónica—. Era una especie de buen samaritano. Ya sabes, de esos que intentan modernizar la medina y llevar Internet a los vendedores de alfombras.

Vi que Brian dejaba la cerveza y se dirigía hacia el baño.

—No te hagas ilusiones —me previno con tristeza—. Es un soltero empedernido y parece que le gusta. Créeme, todas lo hemos intentado.

—Bueno, pues entonces deséame buena suerte —le pedí sonriendo.

—Buena suerte —oí que decía mientras me dirigía hacia la parte trasera del bar.

Los baños estaban en un pequeño pasillo detrás de la mesa de billar. Dejé mi cerveza cerca de la de Brian, entré en el estrecho corredor y me apoyé en la pared, al lado del lavabo de hombres, atenta al sonido de las cisternas. Algo raro pasaba. A nadie le costaba tanto lavarse las manos. Puse la oreja en la puerta, llamé suavemente y no obtuve respuesta.

Apreté el pomo y tiré de él. El cuarto de baño y sus cubículos sin puerta estaban vacíos. La ventana era demasiado pequeña y estaba demasiado alta como para salir por ella. Volví al pasillo y miré a mi alrededor. Al lado del lavabo para hombres estaba el de mujeres y al fondo una puerta en la que ponía «Office» y otra sin cartel alguno. Lo intenté con ella y noté que el pomo giraba. La puerta se abrió hacia la calle y me encontré en un húmedo y pestilente callejón.

55

Algo se movió en la oscuridad. Asomé la cabeza y vi unas ratas revolviendo la basura del bar, una maraña de dientes y rabos sin pelo. Más allá, cerca de donde acababa el callejón, oí a un vagabundo con una tos ronca y profunda como un toque de difuntos. No había ni rastro de Brian.

Siete

*C*ogí un taxi de vuelta al Continental con idea de ir a El Minzah más tarde. No tenía muchas esperanzas de encontrar a Brian aquella noche en el piano bar y menos de que me dijera algo si me topaba con él, pero la información de Joshi era la única pista que podía seguir y había decidido hacerlo hasta el final.

Abdesselam no trabajaba esa noche y una mujer marroquí de mediana edad con el pelo mal teñido de naranja y demasiado maquillaje había ocupado su puesto en la recepción. Cuando le pregunté a qué hora empezaba a animarse El Minzah se cruzó de brazos y me miró con escepticismo.

—¿Va a ir al Caid's? —preguntó, y la miré confundida—. El piano bar —explicó—. A las diez, diez y media, pero no puede ir así. Es un sitio muy, muy elegante.

Miré mis botas del convento, la camisa vaquera desgastada y los tejanos con remiendos. La muda de ropa que llevaba en la mochila no era mucho mejor y, sin duda alguna, estaba más sucia.

—Tendré que arreglármelas.

Subí a mi habitación, cerré la puerta y hurgué en la mochila. Saqué un arrugado jersey negro y lo dejé encima de la cama. Lo alisé con la mano y le pasé un trapo húmedo para limpiarlo antes de ponérmelo. Me cepillé el pelo y me lo recogí en una coleta. Con un poco de suerte esperaba parecer una chica rica vestida de pobre.

«No tengo otra opción —pensé mientras me echaba un vistazo en el espejo—, tendré que ir así.» Escondí un mechón descarriado detrás de la oreja y fui hacia la puerta. Entonces me fijé en el librito abierto que había encima de la mesilla. Me detuve un momento y me acerqué. Antes no estaba, de eso estaba segura. «Debe de haberlo dejado la camarera», me dije mirando las páginas en árabe. Y, sin embargo, si la camarera había venido mientras estaba fuera, no había estado lo suficiente como para doblar las dos toallas que había dejado de cualquier forma en la barra metálica del lavabo.

Lo cogí. El texto estaba dividido en secciones cortas y numeradas, parecían versos. Era un libro religioso, aunque no la Biblia, seguramente el Corán. Lo cerré y, llevándolo conmigo, cogí la mochila. No era nada adecuado para ir a El Minzah, pero no podía dejarla sabiendo que alguien había entrado en mi habitación. Me la eché a la espalda, salí al pasillo y bajé al vestíbulo.

—¿Es del hotel? —pregunté a la recepcionista dejando el libro en el mostrador.

—¿Dónde lo ha encontrado? —preguntó frunciendo el entrecejo.

—Alguien lo ha dejado en la mesilla de mi habitación. ¿Sabe de quién es?

Acercó el libro de forma protectora hacia ella y lo dejó en el mostrador al lado del ordenador.

—Me encargaré de que se lo entreguen a su dueño. Buenas noches, mademoiselle.

Cuando me detuve frente al portal de piedra arenisca y la pesada puerta de madera tachonada que enmarcaba la entrada principal de El Minzah eran poco más de las diez y media. Pagué al taxista, salí del coche y entré en aquel establecimiento. Si el hotel Continental era el espectro geriátrico del colonialismo francés, El Minzah era su reencarnación adolescente, el espíritu del imperio incontenible de la globalización del siglo veintiuno, vestido de Versace y con móvil colgando.

En el interior del lujoso vestíbulo, barrigones enriquecidos con el petróleo se mezclaban con famosos de serie B. Predominaba el inglés norteamericano; una variedad de acentos de bella factura flotaba entre las palmeras plantadas en macetas y se elevaba hacia los mosaicos azules y blancos del techo. Olía a puro cubano y eucalipto.

Consciente de mi ropa de convento y de las uñas rotas por el trabajo, seguí las indicaciones de uno de los porteros hacia un tramo de escaleras, pasando por el intrincado patio de estilo andaluz que había en el centro del hotel, hasta llegar al piano bar. Entré en el elegante local, busqué el rostro de Brian entre el mar de caras, encontré una mesa vacía y me dispuse a esperar. Aquel lugar era más británico que francés o marroquí, oscuro y lujosamente forrado de paneles, como la biblioteca de la hacienda de algún caballero inglés. Un retrato al óleo de un escocés de aspecto severo vestido de militar dominaba el lugar. Parecía que miraba a una multitud marcada con el frecuente y desesperado tufillo del exilio.

Sin duda, es difícil imaginar la existencia de un sitio como el Caid's cuando se está en las húmedas y laberínticas calles de la medina. No resulta fácil concebir semejante lujo insensato y despreocupado, el suave tintineo del hielo en el vaso de cristal, el sonido sibilante del champán, la espalda desnuda de una mujer elevándose como una frágil flor blanca desde el negro tubo de su vestido. En el Caid's no había mendigos, ni niños sucios peleándose por unas monedas, sólo un penetrante olor a orquídeas y tabaco, y una nauseabunda mezcla de perfumes caros. «Éste es el sueño que el dinero puede comprar, la quimera victoriana de la separación entre ese mundo y el salvaje, el que representa este reducido grupo reunido bajo los pálidos pasajes abovedados y las oscuras cortinas drapeadas, como exóticas orquídeas en un invernadero», pensé.

El personal era únicamente marroquí y masculino, incluido el pianista, un hombre bajito y rechoncho con una sonrisa tan blanca como su esmoquin. Cantaba una sensiblera versión de *Ne me quitte pas* mientras algunas parejas se manoseaban en la pista de baile. Uno de los camareros, un joven muy guapo con una chaqueta roja cuidadosamente cortada y pantalones negros, vino hacia mí y al acercarse se le iluminó la cara.

—Señorita Boyle —saludó calurosamente cuando llegó a mi mesa. Se puso la bandeja bajo el brazo y se inclinó hacia mí evidentemente sorprendido—. Casi no la había reconocido.

«Boyle —pensé—. Señorita Boyle.» Miré la delicada cara color caramelo de aquel hombre e intenté descubrir en ella algo que me resultara familiar.

—Soy Nadim —dijo señalándose con el dedo a sí mismo.

—Sí, claro, Nadim —repetí sonriendo.

Se quedó de pie y se produjo un incómodo silencio. Después hizo una leve inclinación.

—Su bebida, ahora mismo se la traigo —ofreció dándose la vuelta.

Observé cómo se dirigía a la barra. Le dijo algo al camarero y los dos miraron en mi dirección y asintieron. Después cogió una botella transparente de la estantería que había a sus espaldas. «He estado en este sitio», pensé mientras pasaba la vista del pianista a la hilera de oscuras ventanas que había detrás de él y a los cristales que reflejaban los borrosos rostros de los presentes en el bar. Había estado allí y sin embargo no conseguía recordarlo. El camarero volvió con una copa de martini y dejó una servilleta de lino sobre la mesa.

—¿Cuándo vine por última vez? —le pregunté.

Nadim dejó la bebida sobre la servilleta y se enderezó.

—Hace tiempo —contestó frunciendo el entrecejo, intentando recordar—. Hace un año, puede que más. Se hospedó aquí.

Miré la copa, en el fondo había una delicada rodaja de limón.

—¿Estaba sola?

—Sí.

—¿Y había estado antes?

—Por supuesto, señorita Boyle. ¿Va todo bien? —preguntó echándose hacia atrás extrañado.

—¿Sola?

—No, con el señor Haverman.

Tomé un trago. Llevaba vodka, estaba frío y ácido, salpicado con trocitos de hielo.

—¿Un amigo?

—Pues claro, madame.

—¿Qué hace el señor Haverman?

—¿Hacer? —preguntó desconcertado.

—Como trabajo.

—Es norteamericano —contestó, como si serlo fuera una profesión en sí misma—. Como usted. Un hombre agradable.

—¿Y qué aspecto tiene?

—Joven, como usted —explicó moviendo el pie con nerviosismo.

—¿Pelo castaño? ¿Rubio?

—Castaño —contestó, cada vez más receloso por aquellas preguntas.

Un cliente sentado unas mesas más allá le hizo una señal y, agradecido, se excusó. Dejé la copa en la mesa y le agarré por la muñeca.

—¿Qué más, Nadim? ¿Qué más sabes? —pregunté desesperada por que permaneciera a mi lado.

El camarero me miró y su cara reflejó miedo.

—Es clienta del hotel, señorita Boyle. Y una dama encantadora. Bebe vodkas con martini ligeramente revueltos —contestó mientras intentaba calmarse.

—¿Y el señor Haverman?

—Un amigo —dijo repitiendo su anterior respuesta—. Un cliente como usted. Es todo lo que sé.

Nadim no había hecho ningún intento por zafarse y le temblaba el brazo. El hombre de la otra mesa volvió a llamarlo y aflojé la presión.

—Lo siento —me excusé mientras se iba a toda prisa, violento por lo que acababa de pasar.

Me acabé la copa, pedí otra y estudié las idas y venidas de aquella gente. Hacia el final de la noche apareció el equipo de rodaje que se alojaba en el Continental. Eran alborotadores, no iban vestidos adecuadamente, como suele pasar con la mayoría de norteamericanos, y empezaron a repartir dólares y a pedir whisky escocés a precio desorbitado.

No era posible que aquella hubiera sido mi vida y, de repente, deseé que no lo fuera. Quería volver a ser la de antes y, si no podía ser en el convento, en algún sitio parecido, una habitación pequeña y sencilla, un jardín en una colina y una campana marcando las horas.

El pianista acometió los primeros acordes de *As time goes by* y en las mesas se escuchó un apagado aplauso. Renuncié a encontrar a Brian, me acabé la copa, me levanté y salí del bar. Era lo suficientemente tarde como para que el resto del hotel estuviera prácticamente desierto. En el patio sólo se oía el chapoteo de una fuente y una risa queda de mujer que provenía de alguna de las ventanas de arriba. Habían salido las estrellas, una alfombra de lejanas receptoras del sol. La negra silueta de un murciélago pasó en silencio por encima de mi cabeza.

Subí al vestíbulo vacío y me dirigí al mostrador principal, en el que una joven vestida con traje azul se inclinaba sobre el teclado de un ordenador. Cuando me oyó llegar levantó la vista, se enderezó y se alisó una inexistente arruga en la chaqueta. Miré su cara para descubrir alguna demostración de que me reconocía, pero no la encontré.

—¿Puedo ayudarla en algo? —me preguntó

Asentí acordándome de la ficha que había rellenado en el Continental. Seguramente un hotel tan elegante como El Minzah requeriría la misma información a sus clientes, si no era más. Me había alojado allí y puede que en el ordenador hubiera algún dato.

—¿Cuánto tiempo lleva trabajando aquí? —pregunté acercándome y apoyando los codos sobre el mostrador de mármol.

—Seis meses —contestó. Iba cuidadosamente maquillada y llevaba los labios teñidos con el mismo rojo oscuro que las cortinas del piano bar. En su distintivo ponía «Ashia».

—Me alojé aquí hace un año y estoy intentando saber la fecha exacta. No logro acordarme. ¿Tienen un fichero de clientes?

Ashia asintió. Me miró expectante y cuando no contesté se aclaró la garganta.

—¿Su nombre, señora?

—Boyle.

—¿B-o-y-l-e? —preguntó tecleando el apellido en el ordenador.

—Sí —contesté esperando que fuera la respuesta adecuada.

Apretó una tecla, miró la pantalla y arrugó la frente mientras apretaba el ratón.

—¿Hannah? —preguntó sin levantar la vista.

—¿Perdón?

—Su nombre de pila, señora.

—Ah, sí. Hannah.

—Ahí está. Estuvo aquí en otoño del año pasado. Pasó ocho días con nosotros. Del veintiocho de septiembre al cinco de octubre —especificó sonriendo, contenta de su propia eficacia. Después volvió a teclear y frunció el entrecejo.

—¿Tiene la hoja de registro que rellenan los huéspedes? —pregunté desafiando mi suerte sin importarme—. Ya sabe, dirección, número de pasaporte, de tarjeta de crédito...

Asintió, preocupada por algo que había visto en la pantalla.

—Normalmente sí, pero no logro encontrar esa información. —Volvió a apretar el ratón y sus ojos oscuros recorrieron la pantalla—. ¡Vaya! —murmuró para ella misma y luego se volvió hacia mí—. Parece que dejó algo en la caja fuerte.

Me miró, un tanto escéptica de repente, y sentí que se me ponía la carne de gallina.

—¡Ah, sí! —exclamé tranquilamente fingiendo estar molesta y sorprendida por mi propio descuido—. Casi lo había olvidado. ¡Qué tonta! Es un regalo que compré en la medina. No puedo creer que lo hayan tenido aquí todo este tiempo.

—Faltaría más —dijo la recepcionista ofendida de que pudiera poner en duda la fiabilidad del hotel.

Retrocedí un paso y me recogí un mechón de pelo despreocupadamente. «Es solamente una baratija que dejé olvidada», me dije a mí misma intentando dominar la aceleración que sentía en el corazón.

—¿Puede ir a buscarlo?

—Si me deja ver su pasaporte, señora...

—Sí, claro —bajé la mochila, abrí el bolsillo delantero, aparté el pasaporte de Marie y saqué un billete de cien euros de mis ahorros. Pensé un segundo y me fijé en el lujoso vestíbulo y el traje azul de aquella chica. No, no quería que aquello saliera mal y a regañadientes saqué un segundo billete.

—¿Valdrá con esto? —pregunté incorporándome y dejando el dinero en el mostrador.

La mujer dudó un momento y sentí que se me paraba el corazón. Después alargó la mano y estudió la cantidad que tenía delante.

—Sí, señora Boyle, valdrá —aseguró finalmente.

«Hannah Boyle», repetí el nombre paladeando todas sus sílabas con la esperanza de sentir una cadencia familiar en su sonido, la de las palabras usadas hasta que encajan a la perfección, como el saliente bajo el altar de la capilla del convento, cuya piedra habían ahuecado todas las rodillas que se habían apoyado en él. Durante los meses que pasé con las monjas imaginé que tendría una especie de manifestación divina, un recuerdo de mí misma en forma de flash; que tropezaría con algo, un lugar, un nombre, y el pasado volvería como una puerta recién engrasada.

Y, sin embargo, en el vestíbulo de El Minzah, nada había cambiado. El Tánger en el que había estado Hannah seguía siendo un misterio, la propia mujer un espectro sombrío, una persona a la que le gustaban los martinis con vodka, a la que el camarero recordaba con cariño incluso un año después. Mientras veía salir a la recepcionista por la puerta por la que había desaparecido poco antes, recordé algo que me había dicho el doctor Delpay. Nos esforzamos por conocernos, toda la vida.

La joven traía una caja negra en las manos, un poco más pequeña que una de zapatos. Salió de la recepción, se acercó hasta donde estaba sentada y la dejó en la mesita que tenía delante. Estaba cerrada con un cerrojo, una banda de metal con una hendidura por la que introducir una llave.

—Gracias.

Asintió, cumplida su obligación, y se dio la vuelta.

Me quedé sentada un momento mirando aquel vestigio del pasado, acordándome de cómo había actuado con Joshi, indecisa sobre cuánto quería saber realmente. «Es sólo una baratija», me repetí, y quizá sólo era una bagatela olvidada, tal vez un callejón sin salida.

Oí una risa en el patio. Un grupo de gente que venía del piano bar entró dando tumbos en el vestíbulo y salió por la puerta principal. La recepcionista levantó la cabeza cuando pasaron y volvió a bajar la vista y a enfrascarse en lo que estuviera haciendo. «Necesito intimidad», pensé. Miré a mi alrededor y me fijé en una fila de cabinas telefónicas de madera que había al fondo del vestíbulo, detrás de ellas había una puerta con el cartel «W.C.». Cogí la caja y me dirigí hacia el lavabo de señoras.

Me metí en uno de los cubículos, me senté en la tapa de la taza y me puse la caja en las rodillas. Saqué dos horquillas de la mochila, las doblé, las metí en la cerradura una encima de la otra y las moví suavemente. Sí, sabía cómo hacer esas cosas. Cuando oí que el cerrojo cedía, puse los dedos en el borde y la abrí.

«No es una baratija», pensé cuando la tapa giró sobre sus bisagras y mi corazón pareció detenerse por un instante. En la parte de arriba, envuelto en un trozo de fino terciopelo verde había un abultado objeto en forma de *L*. No cabía duda de lo que era y cuando finalmente lo desenvolví no me sorprendí al ver la bruñida culata de una pistola. La levanté y leí la inscripción que había en el cañón: «PIETRO BERETTA, GARDONE V.T. — MADE IN ITALY». Debajo, en letra más pequeña ponía: «MOD. 84F — CAL. 9 SHORT».

Llevaba un cargador, lo solté y me cayó en el falda, inmaculado y lleno, con sus diez balas perfectamente dispuestas. Puse la mano alrededor de la empuñadura y mi palma reconoció su tacto y su peso. Reconocía su contorno, el dibujo de las cachas y el sello circular del fabricante, igual que llegué a conocer la suave textura de una masa de pan perfectamente amasada.

Aparté el arma y seguí inspeccionando la caja. Debajo de la tela había un grueso fajo de dólares usados, el billete de encima era de cien. Cogí el dinero y pasé el dedo por el borde. Imaginé que habría unos cinco mil dólares por lo menos. «Un buen apoyo, suficiente para los malos tiempos», pensé mientras los dejaba en el regazo y miraba lo que quedaba debajo.

En el fondo había media docena de pasaportes, siete para ser exactos. Las tapas eran de distintas nacionalidades: dos de ellos norteamericanos, uno canadiense, otro francés, otro británico, uno suizo y el último australiano. Los abrí y hojeé su contenido fijándome en los nombres, fechas de nacimiento y en el brillante rostro que aparecía en cada uno. Había una Sylvie Allain, castaña con el pelo corto y la cara pálida; Michelle Harding, de cara morena y pelo aclarado por el sol de Australia; Meegan McCallister, pelirroja, nacida un día de abril en Toronto, y Leila Brightman, una británica de mirada severa. Sin embargo, el que esperaba encontrar en el montón no estaba. Entre aquellos rostros, sorprendentes por su familiaridad, cuyos rasgos, narices, bocas y ojos ligeramente asimétricos eran los míos, no estaba el de Hannah Boyle.

Todos tenían visados y sellos de entrada y salida. Quienesquiera que fueran esas mujeres, viajaban mucho, tal como demostraban aquellos borrosos sellos: Hong Kong y China continental, Argentina, Sudáfrica y varios países de la antigua Unión Soviética. No eran viajes de placer, imaginé, a menos que ir a las playas del mar Negro se considerara unas vacaciones tropicales. Era un conjunto de destinos disparatado con poca relación entre ellos, aparte de que, según las fechas, ninguna de aquellas mujeres había viajado en los últimos cinco años.

La puerta del baño se abrió y oí unos tacones en el suelo encerado. Me incliné, miré por la rendija de la puerta y observé a la recién llegada avanzar hacia los lavabos. «Su cara me suena», pensé, y entonces me di cuenta de que bajo el maquillaje y sencillo vestido de tubo negro estaba la mujer de la riñonera del vestíbulo del Continental. Dejó el bolso en el mármol que rodeaba el lavabo y se inclinó hacia el espejo para estudiar su cara.

Dudé un momento, volví a meterlo todo en la caja y cerré la tapa. Después me levanté, tiré de la cadena, puse la caja en la mochila y salí del cubículo. Miré a la mujer. Había sacado un lápiz de labios del bolso y tenía su roja punta sobre los labios. Parecía absorta en lo que estaba haciendo, concentrada en el doble arco del labio superior, pero cuando me dirigí hacia la puerta me fijé en que se volvía ligeramente para mirarme.

68

Cuando el taxi pasó por el cementerio judío y los muros de la ciudad vieja en dirección al Continental, intenté en vano encajar las piezas del nuevo rompecabezas. Tenía la caja en las rodillas y sus implicaciones pesaban cada vez más en mi conciencia. Había ido a Tánger en busca de respuestas, pero sólo había encontrado un caos de preguntas cada vez mayor.

El pequeño automóvil rojo giró a la izquierda y subimos traqueteando a través de la puerta abovedada que marcaba la entrada sudeste de la medina. Tenía que encontrar al norteamericano, a Brian, estaba segura de que ahora que sabía que lo estaba buscando intentaría pasar inadvertido. Al pasar junto a la gran mezquita miré hacia arriba y vi la bandera japonesa de Joshi ondeando en la ventana de su apartamento, una luz eléctrica brillaba detrás de ella.

—Déjeme aquí, por favor —le pedí al conductor. Estábamos lejos del Continental, pero cerca de la casa de Joshi. Puede que sí supiera dónde vivía Brian después de todo. Al menos, merecía la pena intentarlo. Aquel hombrecillo a lo mejor notaba que su memoria mejoraba si tenía una Beretta delante.

La calle en la que quedaba la puerta principal era demasiado estrecha como para que pudiera pasar el coche. El taxista frenó en la entrada del callejón y se volvió con mirada escéptica.

—Es peligroso, señora —dijo primero en francés, meneando la cabeza, y después en inglés para asegurarse de que le había entendido—. No seguro.

Era un hombre mayor que tenía una cuidada pelusilla gris en la cabeza y una gruesa bufanda de lana anudada al cuello. Pagué y bajé del coche.

—No se preocupe —dije, pero no pareció quedar muy convencido.

Siguió con el motor en marcha mientras avanzaba por la adoquinada calle y sus luces me fueron de gran ayuda. No sabía muy bien cómo franquearía la puerta de madera, pero despedí al taxista sabiendo que hiciera lo que hiciese no le parecería bien. Sin embargo, el tozudo taxi seguía inmóvil y el sonido del motor retumbaba en la medina.

Mientras me acercaba al hueco en el que se escondía la puerta repasé mis posibilidades, pero cuando la tuve a la vista me fijé en que estaba entreabierta, solamente un centímetro, pero abierta. Avancé hacia ella, apoyé la mano en el pomo y entré dejando atrás el resplandor del callejón e internándome en la oscuridad del vestíbulo del edificio.

Tanteé la pared para localizar el interruptor que había

apretado en mi anterior visita. La bombilla que había encima de mi cabeza se encendió y alumbró con su luz mortecina y ramplona las manchas y marcas de las paredes en los lugares en los que la pintura había saltado. Empecé a subir.

La puerta de Joshi estaba cerrada y llamé suavemente. No obtuve respuesta ni oí ruido alguno en el interior. El edificio estaba silencioso como una tumba. Volví a llamar, esa vez más fuerte, y apoyé la oreja contra la puerta. Nada. En la escalera sonó un golpe seco y la luz se apagó dejándome envuelta en una oscuridad que sólo deshacía la estrecha franja brillante que salía por debajo de la puerta de Joshi. Pasé la mano por la madera, localicé el pomo y lo accioné. No estaba cerrado y la puerta se abrió al contacto con mi mano.

Permanecí un momento en el rellano y eché un vistazo al interior del apartamento. Desde donde estaba veía directamente un estrecho pasillo detrás del que suponía estaba el cuarto de estar, pero sólo era visible una parte de la habitación: el brazo de un sofá, una mesa pequeña de madera y dos sillas, y la bandera japonesa en la ventana. En la parte más alejada de mi campo de visión, inmóviles en la alfombra, había cuatro dedos muy pálidos, una mano que pertenecía a alguien que quedaba oculto tras la jamba de yeso.

—¿Joshi? —llamé quedamente, sin saber muy bien qué hacer. Lo primero que me vino a la mente fue que ese hombre estaba muerto, pero también podía estar enfermo o herido y necesitar ayuda. Pensé en las palabras del taxista: «Es peligroso».

Entré en el pasillo, dejé la mochila, saqué la caja y busqué la Beretta. Metí el cargador en la culata y oí cómo encajaba; después, apretando la espalda contra la pared avancé hacia el cuerpo.

El apartamento estaba limpio como una patena. A poca distancia, a la izquierda, había una pequeña cocina y sus armarios abiertos dejaban ver una escasa, pero ordenada, colección de platos y cazuelas, una tetera inglesa y un puñado de palillos en un vaso de agua, como tallos que no hubieran florecido. Un poco más adelante, a la derecha, un pequeño cuarto de baño sin bañera ni ducha, solamente un lavabo manchado de herrumbre y un retrete.

Aparte de esos dos cuartos sólo quedaba el cuarto de estar, que evidentemente hacía las veces de dormitorio, comedor y oficina. En un rincón vi una sencilla estera para dormir, con la almohada y las mantas cuidadosamente dobladas y en la mesa cercana a la ventana un Macintosh PowerBook encendido.

Parte de mí esperaba ver a Joshi tal como lo había dejado esa misma mañana, en pijama y bata, pero estaba vestido, con pantalones de lana, chaleco de punto, camisa Oxford blanca y corbata. Excepto por la falta de gafas de sol, vestía más o menos igual que cuando lo había encontrado en la calle, con sus zapatillas de deporte de color naranja y de cordones brillantes. Tenía la mano derecha, la que había visto desde el pasillo, por encima de la cabeza, como si estuviera nadando de espaldas en la alfombra. Yacía boca arriba con los ojos fijos en el techo y una rodilla doblada en un forzado ángulo. El cuello mostraba una fina línea negra, una arruga en donde alguien había puesto una cuerda o un cable y había tirado lo suficientemente fuerte como para que dejara de respirar.

Al poco de llegar al convento, una de las hermanas de mayor edad, una monja que se llamaba Ruth, murió mientras dormía. Que yo pudiera recordar había sido mi única experiencia con la muerte. La hermana Ruth era una anciana frágil, casi centenaria, y en alguna ocasión le habían oído pedir en la capilla que le llegara su fin. Cuando finalmente se fue, su cuerpo mostraba una sincera paz, una expresión casi de alegría por haber muerto.

En Joshi no había nada que reflejara paz. Sentí repulsión

al verlo y noté la violencia que hubo en su muerte. Pero también me sentí fascinada, como clavada en el suelo momentáneamente por aquella lúgubre visión, presa contradictoria de la curiosidad y de la prisa por salir de allí. «¡Corre!», me dije a mí misma. Obedecer mi propia orden me costó un tiempo, pero finalmente empecé a desandar mis pasos.

Cuando entré había dejado la puerta entornada y al llegar a la cocina vi que se encendía la luz de la escalera. Me paré en seco y presté atención. Un cuerpo se movía al fondo de la escalera, oí el roce de su ropa al subir y el de sus pasos en los escalones, amplificados por las firmes paredes y un techo tan alto.

Inspiré profundamente y contuve la respiración, después me metí en la cocina. Una mujer europea no pasaba inadvertida en esa parte de Tánger y lo último que deseaba era que alguien me viera saliendo del apartamento de un hombre muerto. Desde el umbral de la cocina conté los pasos, si se detenían en el segundo piso no pasaba nada.

Pero siguieron subiendo, suelas de cuero que se arrastraban sobre las arenosas baldosas. «El seguro», pensé instintivamente buscando en la pistola hasta que el pulgar encontró la palanca. Oí que aquella persona llegaba al tercer piso, se paraba y después continuaba sigilosamente. Una mano empujó la puerta, que se abrió hacia dentro, haciendo chirriar las bisagras.

En el apartamento no hacía calor, diciembre había llegado con un frío otoñal y la temperatura en el interior del edificio era la misma que la del exterior, pero yo estaba sudando. «Puedes hacerlo», me dije a mí misma apretando la espalda contra la pared y controlando la respiración. No tenía ninguna duda de que había disparado un arma anteriormente. «Es como montar en bicicleta», me dijo el doctor Delpay, y tenía razón. Las cosas que sabía hacer habían vuelto a mí y apretar un gatillo también lo haría, como la delicada e inolvidable hazaña de mantener el equilibrio sobre dos ruedas estrechas.

El intruso entró en el pasillo tan silenciosamente que sólo conseguía notar su presencia por pura intuición. Sin duda ya habría visto lo mismo que yo, los pálidos dedos en la alfombra.

«Tranquila —me dije—, tranquila.» Aquella persona dio un paso más hacia delante y salí con la Beretta a la altura de los ojos, las muñecas rectas y los antebrazos tensos.

—¡No te muevas! —dije apoyando el cañón de la pistola en la sien izquierda de aquel hombre.

Ocho

*E*l norteamericano se detuvo y se quedó inmóvil, a excepción de un músculo de la mandíbula que se le tensaba y se relajaba como un pulso fuera de su lugar.

Me coloqué detrás de él con el arma fija en su cabeza y cerré la puerta con la punta del pie.

—Antes te has escapado, ha sido muy descortés por tu parte.

Llevaba la misma gabardina con la que le había visto la primera vez y debajo una sudadera y unos vaqueros. Le pasé la mano libre por el interior de la gabardina y después por las piernas.

—No encontrarás nada —aseguró, y no mentía.

—Te llamas Brian, ¿verdad? No estoy segura de si te presentaste en el pub —dije sin moverme. Él asintió moviendo la cabeza—. Muy bien, Brian. ¿Qué te parece si charlamos un ratito en el cuarto de estar? —sugerí empujándole con el cañón de la Beretta.

—¿Está muerto? —preguntó Brian cuando empezamos a andar.

—Eso me temo.

Entró en el cuarto de estar y lo conduje hacia el sofá. Se sentó y miró a Joshi.

—¿Lo has matado tú?

No contesté. Pensé que si no había sido él, cualquier insinuación de mis tendencias violentas me daría cierta ventaja.

—¿Qué hacías en mi habitación? —pregunté.

—Eres tú, ¿verdad? —dijo sin hacer caso a mi pregunta—. Cuando te vi por primera vez en la terminal no estaba seguro y después, en tu cuarto, pensé que estaba equivocado, pero no lo estaba.

—¡Corta el rollo o te unirás a tu amiguito! —le amenacé avanzando hacia él con la pistola en la mano.

Cruzó las piernas y estiró los brazos sobre el respaldo del sofá. Tenía cuerpo de nadador, alto y flexible.

—No me matarás —aseguró recostándose sobre los cojines.

—¿Quién eres? Joshi me dijo que le habías pagado para que me vigilara.

—Y tú ¿quién eres? —replicó—. ¿Marie Lenoir? ¿Hannah Boyle?

—¿Quién es Hannah Boyle? —exigí saber inclinándome sobre él y poniéndole la punta de la pistola detrás de una oreja. Movió la cabeza para mirarme. Sus ojos eran tan azules como los míos, claros e inmaculados, fríos y desdeñosos.

—Esperaba que me lo dijeras tú —replicó haciendo un movimiento con la mano derecha como para coger algo de la gabardina.

Meneé la cabeza y le empujé con la punta del cañón.

—Mi cartera. La llevo en el bolsillo —explicó mirándose el pecho.

—Yo la cogeré —dije buscando con la mano izquierda hasta que saqué una billetera de piel muy desgastada.

—Ábrela —me pidió.

Di un paso hacia atrás sin apartar los ojos ni la pistola de él, saqué una de las sillas de madera de debajo de la mesa y me senté. «Si hubiera querido matarme lo habría hecho en el Continental», me dije. Y sin embargo, sentí que la muerte no era lo único que debía temer.

—Ábrela —repitió.

Dejé la cartera encima de la mesa y la abrí. Unos cuantos billetes asomaban por el borde y en los compartimentos había media docena de tarjetas de crédito cuidadosamente ordenadas. En el centro, protegido por una funda de plástico había un carné de conducir de California con su cara: «Brian Haverman, 1010 Bridgeway, Sausalito, California».

—Detrás del carné hay una fotografía —me indicó.

La saqué con el dedo índice y la desdoblé. Era en color, los bordes estaban desgastados de tanto manosearla y la imagen aparecía borrosa donde la había doblado para que cupiera en la cartera. No era atrevida, pero sí lo suficientemente íntima para llevarla escondida, para la persona que la había sacado. Estaba hecha en un tren, eso estaba claro. La mujer dejaba ver el cansancio propio de los viajes. Estaba despeinada y tenía los ojos todavía hinchados por el sueño. Estiraba la mano como para protegerse del fotógrafo, pero sonreía de todas formas, una sonrisa que yo no recordaba haber puesto, aunque debía de haberlo hecho, en un tren en algún sitio, en un viaje que no recordaba.

Era yo y no lo era. Era mi cara, mi cuerpo, incluso mi ropa. La mujer se cubría con la misma cazadora North Face con la que me habían encontrado, como si fuera una manta. Y, sin embargo, fuera lo que fuese lo que le había ocurrido a aquella mujer, no me había pasado a mí; cualesquiera que fueran las experiencias que habían modelado aquella soñolienta sonrisa eran solamente suyas.

—La encontré en el apartamento de mi hermano. Me escribió y me habló de ti antes de desaparecer.

—¿Qué te dijo?

—Que eras la chica de sus sueños.

—¿Y qué más?

—No mucho. Que eras norteamericana y que te había conocido en la piscina del hotel Ziryab. Solía ir allí a darse un chapuzón barato.

—¿Cuánto tiempo hacía que nos conocíamos?

Dudó, sorprendido por la pregunta y por qué necesitaba formulársela.

—¿Cuánto tiempo? —repetí.

—Un mes o algo así.

Volví a mirar la foto, a ese fantasma de mí misma. ¿Era la misma mujer que bebía martinis con vodka en el Caid's? ¿La que había dejado una Beretta y un fajo de pasta en la caja fuerte de El Minzah? ¿La chica soñada por alguien?

—¿Y tu hermano? ¿Tienes una foto de él?

Brian asintió y le entregué la cartera. Sacó una segunda fotografía de la billetera y me la pasó. Mostraba dos hombres con corbata y camisa de etiqueta, con un brazo encima de los hombros del otro y una amplia sonrisa. Era evidente que se profesaban un gran afecto.

—La sacaron hace dos años. En la boda de nuestra hermana —explicó.

Disimulé un escalofrío y estudié al más moreno de los hermanos en la vieja fotografía. Era una cara que conocía muy bien. Tenía los mismos párpados pálidos que había visto cerrarse tantas veces, el recuerdo manchado de sangre que mi mente hecha añicos había conservado. El hombre de la azotea. El hombre de mis sueños.

—¿Por qué te fuiste corriendo del pub?

—No estoy seguro. Supongo que tuve miedo —dijo haciendo un gesto hacia la pistola—. Al parecer, no sin motivo.

Miré el cuerpo de Joshi extendido en la alfombra. No creía que lo hubiera matado él. Si lo hubiera hecho, no tenía sentido que hubiera vuelto al apartamento. Me puse de pie, retrocedí sin darle la espalda, quité la cubierta de la cama y la puse encima del cadáver.

—Gracias —dijo Brian.

—Yo no lo he matado —aseguré.

—Lo sé —dijo sonriendo.

—Háblame de tu hermano —le pedí sentándome de nuevo.

—¿Por qué?

—Porque soy la que tiene la pistola. ¿Qué estaba haciendo en Marruecos?

—Trabajaba para Unid Vuestras Manos.

—Sorpréndeme —dije poniendo cara de no entender—. Sé menos de lo que crees.

—Es una organización sin ánimo de lucro. Pretenden llevar tecnología a los países menos desarrollados.

—¿Ordenadores? —pregunté acordándome de lo que había dicho la chica del pub.

—No se puede pertenecer a un mercado global sin estar conectado.

—Pareces saber mucho del tema —observé.

—Yo también estoy en el ajo.

—¿Otro altruista? —comenté, y se encogió de hombros—. ¿Crees que ha muerto?

Era una pregunta terrible y me arrepentí de habérsela hecho en el mismo momento que la formulaba.

—¿Lo mataste? —inquirió mirándome como si le hubiera dado una bofetada.

—No lo recuerdo —contesté relajando la mano en la Beretta y bajándola hasta dejarla sobre el muslo.

—¿Qué significa eso?

—Quiere decir que no me acuerdo. —Le devolví la foto, volví la cabeza ligeramente, me aparté el pelo a la altura de la sien y le enseñé el trozo de pálido cuero cabelludo que había debajo. Rocé con los dedos el borde de la cicatriz, el limpio círculo de la herida curada—. ¿Lo ves?

Por el rabillo del ojo vi que Brian se inclinaba hacia mí.

—¿Qué te pasó?

—Me dispararon.

—¿Por qué?

—Es todo un misterio. Hace un año me desperté en una cuneta en Francia con una bala en la cabeza, y nada más. No recuerdo nada más.

—¿Amnesia? —preguntó escéptico.

—Yo tampoco lo creería.

—Pero conoces a Pat, te acuerdas de él.

Me costó un tiempo contestar y cuando lo hice fue con una mentira.

—No, tampoco me acuerdo de tu hermano.

—¿Y qué haces en Tánger?

—En uno de mis bolsillos había un billete usado del *ferry* entre Tánger y Algeciras. Pensé que recordaría algo, que alguien me reconocería.

—¿Por qué ahora? Después de un año.

Pensé en qué decir, en cuánto podía confiar en aquella persona.

—Quedarme donde estaba no era seguro. —Meneó la cabeza sin acabar de creérselo—. ¿Cuándo fue la última vez que vi a tu hermano?

—A finales de octubre, hace un año.

—¿No sabes la fecha?

—El veinte. Era uno de los clientes habituales del pub. Aquella noche había campeonato de dardos. Lo vio un montón de gente.

—¿Solo? —Asintió—. ¿Y qué más?

—Según Unid Vuestras Manos, el día veinticuatro acudió a una reunión en Marrakech y después se dirigió hacia Uarzazat. Se suponía que a la vuelta pasaría por la oficina, pero no apareció. Una semana más tarde llamaron a mis padres a Estados Unidos para preguntarles si sabían dónde estaba. Entonces nos dimos cuenta de que algo no iba bien.

—¿Dónde está Uarzazat?

—Al sur de Marrakech, al otro lado de la cordillera del Atlas.

—¿Y qué hacía allí?

—Cosas del trabajo. Parece ser que quería poner en marcha un proyecto para una plantación de dátiles. Los de Unid Vuestras Manos no saben mucho más. Pat iba mucho a su bola.

—¿Lo vio alguien en Uarzazat?

—No que yo sepa.

—¿Fuiste a la policía?

—Por supuesto.

—¿Y?

—¿Sabes cuántos africanos desaparecen en el estrecho de Gibraltar todos los años? Hay un límite en la cantidad de tiempo que un policía de aquí puede o quiere invertir en un cándido norteamericano que se equivocó de calle en la medina.

—¿Y el consulado?

—En Tánger no hay, pero he estado unas doce veces en la embajada de Rabat. No pueden hacer gran cosa. En nueve de cada diez casos asumen que cuando alguien desaparece así no quiere que se le encuentre.

—Y tú ¿qué opinas?

—No lo sé. A veces se ven viejos en los cafés del pequeño zoco, ya sabes, blancos vestidos con albornoces marroquíes bebiendo té con menta. Al principio pensé que podía ser lo que le había pasado a Pat, que había leído demasiado a Paul Bowles y había decidido adoptar las costumbres del lugar. Pero él no era así. No me malinterpretes, le gustaba estar aquí, pero también quería volver un día a casa, casarse, tener un par de hijos.

—Con la chica de sus sueños.

—Sí.

Nos quedamos tan silenciosos como el cadáver que había a nuestros pies.

—¿Adónde nos lleva todo esto? —preguntó Brian.

—No lo sé. En este momento yo diría que a cualquier sitio menos a éste.

Miré por última vez a Joshi. La colcha no le cubría la mano y se la veía, pálida e incorpórea, buscando algo todavía.

—Tiene algo raro en el dedo —dije.

Brian se acercó y le levantó la mano. El dedo meñique caía formando un ángulo antinatural.

—Está roto.

Me estremecí al pensar en mi primer encuentro con él la noche anterior. La mínima insinuación de violencia había bastado para que hablara y, sin embargo, alguien le había hecho daño. ¿Qué quería esa persona? ¿Qué tipo de información tenía que proporcionarle? ¿La misma que le vendió a Brian? ¿El número de mi habitación en el Continental?

—Salgamos de aquí —propuso Brian.

Asentí.

—No puedo volver al hotel.

—Puedes quedarte en mi casa.

—No.

—Como quieras —dijo encogiéndose de hombros. Después se volvió hacia donde yacía Joshi—. Me ha dado la impresión de que tú y yo buscábamos las mismas respuestas.

—No es seguro. Conmigo puedes estar en peligro.

—Correré el riesgo —repuso al darse la vuelta y dirigirse hacia la puerta.

Nueve

—*E*ra el apartamento de Pat —me explicó cuando nos detuvimos frente a un edificio residencial indescriptible, no muy lejos de la Oficina de Información y Turismo. Habíamos caminado por la medina hasta la entrada del puerto y después cogimos un *petit taxi* hasta Ville Nouvelle.

Brian pagó al taxista, abrió con llave la puerta y me indicó que entrara.

—¿Cuánto tiempo llevas aquí? —pregunté mientras subíamos las escaleras.

—Ocho meses.

—¿Y no has pensado nunca en rendirte?

—Todos los días —admitió—. Pero cuando lo medito, cuando me doy cuenta de lo que significaría tomar esa decisión, irme... —Se calló y me miró—. Si fuera yo el que tuviera problemas y Pat me estuviera buscando, él no se rendiría.

Seguimos subiendo en silencio. El apartamento estaba en el quinto piso, en la parte delantera del edificio. Era más bonito que el de Joshi, pero insípido, más utilitario, todo ángulos cuadrados y pintura blanca. Un recibidor en forma de «ele» daba a una cocina larga y estrecha y a un cuarto de estar bastante amplio en el que había un pequeño balcón. Dos puertas medio cerradas dejaban entrever un cuarto de baño y un dormitorio.

Era evidente que aquel apartamento era muy extraño.

Los muebles eran marroquíes, elegantes, pero los accesorios sugerían una vida abandonada. Sobre la mesa del ordenador del cuarto de estar había un tablero de noticias lleno de fotografías: chicas muy arregladas con trajes de verano, jardines nada africanos en plena floración y un picnic en una playa. En un armario abierto cerca de la televisión había varias docenas de vídeos, en las etiquetas negras y blancas escritas a mano ponía: «Yankees/Red Sox» o «NHL Finales Este». Al fondo, sobre una mesita auxiliar había un balón de rugby.

—¿Quieres algo? —preguntó mientras dejaba la gabardina en el respaldo de una silla—. ¿Té? ¿Algo de comer? Tengo una mantequilla de cacahuetes muy buena.

—No, gracias —rechacé. Eran más de las tres y lo único que me apetecía era dormir.

—En el armario del dormitorio hay ropa de mujer. Supongo que era de Hannah. También puedes coger todo lo que quieras, ya sea mío o de Pat. Sólo hay una cama, pero es muy grande, si no te importa compartirla, claro. Si no, siempre puedo dormir aquí fuera.

—No, la compartiremos.

—Te dejo que te cambies —dijo indicando con la cabeza hacia el dormitorio.

El guardarropa de Hannah era el de una viajera, prendas sencillas, poco ostentosas y prácticas. «El cinco de octubre», pensé acordándome de la última fecha en la que Hannah había estado en El Minzah. No había tardado mucho en irse del hotel para vivir con Pat. Dejé la mochila en el suelo, me quité la ropa sucia y me puse una camiseta enorme.

Cuando salí del dormitorio, Brian me estaba esperando en la puerta.

—Dale las gracias a mi madre —dijo dándome un cepillo de dientes nuevo—. Cada dos semanas me envía un paquete con productos de aseo. Se toma muy en serio lo de la higiene bucal.

—Gracias, mamá.

—En el cuarto de baño hay una toalla limpia. ¿Necesitas algo más?

Negué con la cabeza.

Cuando salí del baño, Brian ya se había metido en la cama. Me acosté junto a él y me tapé hasta los hombros con la colcha. Era cómoda y las sábanas estaban limpias y tenían un contacto suave.

—¿Te criaste en California? —pregunté.

—En Massachusetts, en un pueblecito a las afueras de Boston.

«Massachusetts —pensé—, muy académico, lleno de ladrillos, hiedra y arces. Cabo Cod está allí, y Harvard.»

—¿A qué se dedican tus padres?

—Mi padre es profesor de historia en un instituto privado y mi madre es artista, escultora —contestó. Se estiró para apagar la luz y volvió a apoyar la cabeza sobre la almohada—. ¿Qué se siente? Me refiero a no ser capaz de recordar nada.

Pensé un momento, mis ojos todavía no se habían acostumbrado a la oscuridad y sólo conseguía distinguir el contorno de su cuerpo al lado del mío.

—Es difícil de explicar. Me acuerdo de muchas cosas: datos, idiomas, cómo hacer las cosas... Pero es de mí de quien no recuerdo nada. —Me callé, frustrada por mi torpeza para expresarme—. Es como un rompecabezas, sólo que faltan la mitad de las piezas —dije, aunque eso tampoco era cierto del todo.

Brian no dijo nada. Le oía respirar, profunda y acompasadamente. Estaba casi dormida cuando sentí su voz en la oscuridad.

—¿Cómo quieres que te llame?

—Eve, me llamo Eve —contesté sin dudarlo.

Abrí los ojos y vi su rostro a escasos centímetros del mío, también tenía los ojos abiertos, alertas, brillaban en la oscuridad casi como si me estuviera vigilando.

ϒ

En un primer momento no fui a ver al doctor Delpay, no quise hacerlo, sino que él venía todos los días mientras estuve en el hospital y hablábamos de cosas triviales, como su jardín, de lo mucho que se estaba alargando el otoño o del precio de los caquis en el mercadillo de la Cruz Roja. Sus visitas no me molestaban, incluso me consolaba lo mal que lo estaban pasando sus rosas trepadoras y que sus manzanos estuvieran llenos de gusanos. Se sentaba en la silla acolchada de las visitas y se dedicaba a cascar nueces o pistachos y a darme los frutos. Jamás me preguntó qué había perdido, pero el día que me enviaron a la abadía me trajo una bolsa de higos en la que había metido su tarjeta de visita y supe, sin necesidad de que dijera nada, que si lo llamaba o iba a verlo, sería para obtener respuestas.

Ya he dicho que al principio prefería el olvido. Cualquier cosa era mejor que las oscuras heridas del recuerdo, que iban y venían tan sigilosas como el zorro, con su rojiza piel asomando y ocultándose entre las zarzas en los límites del bosque. La mayoría de las veces se trataba simplemente de una sensación, de miedo o inquietud, de la descarga de adrenalina cuando entraba en la carnicería de Mâcon y sentía el olor a sangre fresca.

Más adelante, una tarde de primavera, en un viaje a las ruinas de la abadía de Cluny, vi entrar a una niña que llevaba un vestido amarillo por lo que había sido el pórtico de aquella enorme iglesia unos mil años antes. Tenía alrededor de cuatro años, llevaba sandalias blancas, jersey color crema y el vuelo del vestido salpicado de margaritas amarillas y blancas. Llevaba el pelo recogido en dos coletas, con la raya ligeramente torcida y la cara manchada por lo que parecía helado de chocolate.

Estaba a unos cinco o seis metros y sólo la vi un momen-

85

to, pero tuve la sensación de que era como una prolongación de mi propia carne. Cerré los ojos y fui capaz de oler su pelo, el olor penetrante de un niño sin lavar. Olí el helado en su mejilla y la pegajosa acidez de su aliento. Era un espectro despeinado con manos pegajosas por el caramelo y la saliva, y las rodillas sucias por haberse arrodillado para observar alguna piedra. Cuando quise volverla a mirar había desaparecido y sentí su ausencia como el dolor que provoca una vieja herida cuando se aproxima una tormenta.

Aquello sucedió a principios de mayo, y a finales de junio, para la fiesta de san Juan Bautista, acabé por creer en la niña y en otra versión de mí misma más inocente. Llegué a creer de la forma en que las monjas creían en Dios, en ese gran espectro incognoscible, en una casa en algún sitio, en una familia, en un trabajo, incluso en un amor que como un traje colgado y olvidado en un polvoriento armario, esperaba a que alguien volviera a reencontrarlo.

No se me había ocurrido que la persona que temía y deseaba recordar podía ser una y la misma, que la mujer cuyos ojos estudiaban cuidadosamente la multitud y la que se despertaba a media noche por el espectral dolor de unos pechos cargados de leche podían ser una sola. No parecía posible combinar semejante furia y amor en un mismo ser humano. Y por ello había creído que podría encontrar a una sin la otra.

Cuando telefoneé a Delpay tuve la impresión de que esperaba mi llamada, como si el que me sintiera preparada fuera tan predecible como los primeros frutos de sus manzanos.

—La niña —tartamudeé.

—Sí, entiendo.

«No —pensé, aunque no se lo dije—, no lo entiende.» Lo que quería era únicamente a la niña. Nada más. Como si pudiera ensamblar un pasado con los pocos recuerdos intensos que había recogido: el olor de las tortitas, el perezoso sonido de una puerta con mosquitera al cerrarse. Como si pudiera elegir.

Incluso cuando solamente conseguíamos resucitar lo peor de mi pasado me convencía de que las respuestas que esperaba estaban en otro sitio, en mi extraño país de origen. Y ahí estaba yo, tan lejos de las calles de las películas de Estados Unidos como podía imaginar, buscando a la persona que no quería encontrar.

Cuando me desperté ya era de día y la luz mate del sol del Magreb se colaba por una rendija de la ventana cerrada del dormitorio. Me sentía drogada, grogui por mi primera noche de sueño profundo en lo que me había parecido una eternidad. Me estiré en la cama y me di la vuelta. Brian se había ido.

Saqué los pies de la cama, encontré unos pantalones de chándal en uno de los cajones y salí del dormitorio. Había café recién hecho y una nota sobre la mesa de la cocina que decía: «He ido a por algo para desayunar, vuelvo enseguida».

Me serví una taza de café y después, a falta de algo mejor que hacer, me senté frente al escritorio de Pat. «Un loco de la informática», pensé mientras miraba la pantalla apagada de su ordenador y el montón de juguetes electrónicos, un sistema mucho más sofisticado que el anticuado Mac del convento. Pensé en encender el ordenador, pero me contuve. De momento era mejor mostrarme tan sutil como pudiera en lo tocante a mis indagaciones.

Centré mi atención en los aspectos menos tecnológicos de lo que Pat había dejado, abrí el cajón de arriba y examiné su contenido. Brian había vivido en el apartamento lo suficiente, así que la mayoría de cosas que encontré eran suyas.

Había un montón de cartas del consulado de Rabat, escritas en el enloquecedor tono condescendiente tan común en las interacciones con los mecanismos de la burocracia, repetidas solicitudes de los números de la seguridad social y del pasaporte de Pat, y media docena de cartas de funcionarios del consulado en las que le decían que para obtener más información tenía que ponerse en contacto con un superior. Por las fechas, acabar con todo el papeleo consular le había costado casi seis meses y, al final de esa exasperante correspondencia, había recibido la confirmación de que no podían hacer nada para ayudarle.

Había también otras cartas, pulcros sobres con remite de Linda Haverman, en Andover, Massachusetts. «De mamá», pensé, apartando una postal de cumpleaños de Snoopy.

No había gran cosa en papel sobre Unid Vuestras Manos o los proyectos de Pat e imaginé que la mayoría de su trabajo estaría en el ordenador. Lo único que tenía verdadero interés en ese escritorio era una agenda de direcciones encuadernada en cuero. «Una herramienta extrañamente arcaica para un informático como Pat», pensé. En el interior de la cubierta había una breve dedicatoria: «Para Pat, para que siempre encuentres a las personas que quieres. Con cariño. Mamá». Las entradas eran una mezcla de viejos conocidos de Estados Unidos y direcciones marroquíes. Kimberly Abbott de Greenwich, Connecticut, compartía página con Hasan Alfani de Rabat.

Fui a la *B* y después a la *H*, estudié todos los nombres, pero no encontré a Hannah Boyle, sólo Borak, Brown, Hamidi, Hasan y una dirección, al parecer en lugar equivocado, escrita a lápiz al final de la *H*: «Mustafá, Pharmacie Rafa», decía, seguido de un número de teléfono y una dirección de Marrakech.

Oí el ruido de una llave en la cerradura de la puerta del apartamento, metí rápidamente la agenda en el cajón y me puse de pie. Brian apareció en el recibidor con una bolsa de plástico en la mano.

—Buenos días —saludó sonriendo.

—Gracias por el café.

—¿Has dormido bien?

—Mejor que en mucho tiempo —contesté asintiendo con la cabeza.

Se acercó a la diminuta mesa de la cocina, dejó la bolsa y sacó una hogaza de pan, huevos y un paquete con dátiles.

—¿Revueltos o fritos?

—Fritos —contesté entusiasmada. Había pasado bastante rato desde la grasienta comida en el pub.

Puso los dátiles en un cuenco que había en la mesa y sacó una sartén de uno de los armarios.

—¿Has encontrado algo interesante? —preguntó encendiendo la cocina de gas.

—No debería haber fisgoneado. Lo siento.

—No lo sientas —me excusó, echando una generosa cantidad de aceite de oliva en la sartén—. Me alegraría mucho que encontraras algo que se me hubiera pasado por alto, aunque dudo de que lo consigas. He revisado el ordenador una docena de veces por lo menos.

—¿Y la agenda?

—Son un montón de callejones sin salida —dijo mientras cogía los huevos. Rompió uno dentro de la sartén que chisporroteó en el aceite caliente.

Cogí un dátil y miré cómo cocinaba.

—He pensado en bajar a Marrakech y hacer una visita a los amigos de Unid Vuestras Manos. ¿Sabes a qué hora sale el próximo tren? —pregunté.

Brian siguió cocinando y miró su reloj.

—Hay uno a la una y otro nocturno que sale pasada la medianoche. Si vas a Marrakech, voy contigo.

—Iré sola —aseguré negando con la cabeza.

—No voy a discutir contigo —replicó dejando los huevos en dos platos y poniéndolos después en la mesa.

«No pienso hacerlo», pensé, y crucé los dedos por detrás de la espalda con un movimiento instintivo, un gesto infantil.

—Cogeremos el nocturno.

Hay una parte de mí, una parte en todos los amnésicos, que funciona puramente por fe ciega. Si a uno le quitan los recuerdos, poco le queda, sólo cierta intuición, un conocimiento de las personas y sus motivos tan preciso y misterioso como el de un murciélago respecto al espacio en el que habita. A pesar de la mantequilla de cacahuetes, las cintas de la Super Bowl y las fotografías, mi fe me decía que había algo raro en Brian.

Además, si había llegado a saber algo de mí misma desde aquel viaje de vuelta de Lyon era que los que estaban a mi alrededor corrían peligro. Las hermanas habían muerto por mi culpa y no tenía ninguna duda de que Joshi también lo había hecho por su relación conmigo. Brian Haverman me gustaba y lo último que quería era tener las manos manchadas con su sangre. «Es mejor para los dos que vaya sola a Marrakech», pensé.

Durante el desayuno urdí la estrategia para escaparme. ¿Ir al banco? No, mejor una visita al Continental para buscar algo que había olvidado. Aunque, ¿cómo explicarle que tenía que llevarme la mochila? Más tarde, cuando estaba fregando los platos, Brian dijo que iba a correos y decliné amablemente su invitación de acompañarle.

Esperé hasta que salió y después me dediqué a equiparme con la ropa que había desechado Hannah Boyle y a cambiar la que llevaba por la suya, que estaba limpia. Me metí en el bolsillo dinero suficiente para el viaje en tren y algo para imprevistos, y después puse todo lo demás en la mochila, incluido el contenido de la caja negra y la Beretta.

Cuando miré el reloj eran más de las doce. Brian imaginaría tarde o temprano dónde había ido, pero esperaba ganar el tiempo suficiente como para subir al tren de la una yo sola. Copié la dirección de Unid Vuestras Manos de la agenda de Pat y garabateé una nota que dejé en la mesa de la cocina: «Vuelvo enseguida. Eve». Después me colgué la mochila al hombro y salí por la puerta.

Diez

*I*maginad diez horas en una mezcladora de pintura llena de seres humanos y os haréis una idea de lo que es coger un tren de Tánger a Marrakech. A pesar de haber pagado treinta y cinco dírhams, bien gastados por otra parte, por un asiento en primera clase, sabía que mi cuerpo me maldeciría unos cuantos días.

Las primeras cinco horas, de Tánger a Rabat, compartí compartimento con tres bulliciosos australianos, compañeros de instituto, que buscaban aventuras en sus vacaciones navideñas y que acababan de pasar una semana en la Costa del Sol. A pesar de su propensión a las canciones desafinadas de borrachos y de sus entusiastas chistes malos mezclados con relatos de desventuras alcohólicas, me alegré de tenerlos por compañía. Cuando llegamos a las afueras de Rabat me dio pena verlos coger sus cosas para bajar del tren.

Los pasajeros que subieron en esa estación eran muy diferentes a los de Tánger. En primer lugar había menos turistas y los viajeros marroquíes iban mejor vestidos, con más estilo, más cosmopolitas. Las mujeres llevaban traje de calle y tacones altos, y los hombres corbatas que hacían juego con las camisas. El tren se llenó rápidamente y cinco hombres abarrotaron mi compartimento, colocaron sus maletines y bolsas, y ocuparon sus asientos mientras nos alejábamos de la ciudad.

El que tenía frente a mí, un hombre mayor que vestía un elegante traje gris y brillantes zapatos negros, abrió un ejemplar de *Le Monde* y escondió la cara detrás del periódico. Junto a él había un par de urbanitas ligeramente desaliñados, imaginé que representantes de alguna cosa, por las descomunales maletas de cuero que habían subido. En el asiento del medio, junto a mí, había un hombre joven con chaqueta y pantalones de cuero. Era guapo, aunque de belleza peligrosa, con la nariz ligeramente torcida, como si se la hubiera roto. El quinto pasajero estaba sentado junto a la puerta, en mi lado del compartimento, con los ojos ocultos detrás de unas gafas de espejo y con sus largas y delgadas piernas cruzadas con delicadeza. Más de uno llevaba demasiada colonia y el ambiente estaba cargado de fragancias que se peleaban entre sí.

Aquellos viajeros parecían amodorrados por la saciedad, por haber roto el ayuno del día no hacía mucho rato. La gente permanecía en los pasillos y fumaba con calma, con las caras vueltas hacia las ventanas abiertas del vagón. Uno de los representantes sacó un pastel de pichón espolvoreado con azúcar, lo cortó en gruesos triángulos y los ofreció a su alrededor. Cogí un trozo y le di las gracias.

Cuando dejamos atrás las afueras de la ciudad y entramos en campo abierto, el hombre que había a mi lado, el de la nariz torcida, se volvió hacia mí.

—¿Norteamericana? —preguntó.

—*Française* —contesté negando con la cabeza.

Me examinó detenidamente y se encogió de hombros nada convencido.

«¿Qué hay en mí que sea tan indiscutiblemente norteamericano? ¿Cómo sabía aquel hombre que yo no era quien pretendía ser?», pensé.

—¿Está sola? —preguntó con marcado acento francés.

—Voy a ver a mi novio en Marrakech —contesté con la esperanza de atajar una atención indeseada, pero aquel hombre continuó impertérrito.

—Salim —se presentó indicando hacia él mismo—. Soy estudiante. ¿Usted también estudia?

Meneé la cabeza y bostecé.

—Tengo sueño —dije, aunque no era cierto. Apoyé la cabeza contra la ventanilla y fingí que estaba cansada. Sin duda no era peligroso, pero si tenía que mantenerlo a raya todo el tiempo, el viaje hasta el sur se me haría muy largo.

—¿Por qué está sola? —preguntó para provocarme.

—Voy a ver a mi novio —repetí.

Abrió la boca para decir algo, pero el hombre de las gafas chasqueó la lengua de forma desaprobatoria. Observé agradecida que mi interrogador se recostaba con desánimo en su asiento, frunciendo el ceño como un niño al que hubieran regañado.

Aproximadamente una hora después de abandonar Rabat el tren volvió a aminorar la marcha para detenerse en Casablanca, y los dos representantes y el hombre del periódico cogieron sus cosas y salieron al pasillo. Salim se puso de pie y se sentó en uno de los asientos que habían dejado libres delante de mí.

En aquella parada subió poca gente y cuando el tren se encaminó de nuevo hacia el sur disfrutábamos del compartimento sólo nosotros tres. El hombre de las gafas de sol y las piernas largas dormitaba, pero Salim, evidentemente resentido todavía, fijó sus ojos en mí y se dedicó a mirarme con todo descaro. «Quedan cuatro horas», me dije intentando concentrarme en el oscuro paisaje. Al otro lado de la ventanilla, el campo estaba a oscuras, perforado aquí y allá por alguna luz eléctrica o un par de faros cuando las vías del tren corrían cercanas a una carretera. «Diez horas para hacer este trocito de África y sin embargo hubo quien imaginó que podía conquistar todo el continente», pensé.

Cerca de dos horas después de salir de Casablanca apareció un revisor y comprobó nuestros billetes antes de continuar hacia el siguiente compartimento. Excepto por el chasquido de lengua de antes, mis compañeros de viaje no habían hablado entre ellos y creía que no se conocían, pero en cuanto se fue el revisor se hicieron una seña con la cabeza e intercambiaron unas palabras. Su comportamiento era desconcertantemente formal. El hombre de las gafas de sol miraba hacia el pasillo, sin duda vigilando al revisor. A los pocos minutos estiró la cortina de la puerta de su lado del compartimento y Salim hizo lo mismo, impidiendo completamente la visión desde el pasillo. Entonces, rápida y hábilmente echó el pestillo.

Me incorporé y sentí un hormigueo en la piel de miedo y adrenalina. «La Beretta», me dije, pero no tuve tiempo de acercarme a ella. Salim había cogido mi mochila. En menos de un segundo, el otro hombre se puso encima de mí y me sujetó el hombro con una mano y las piernas con las suyas. Salim dejó la mochila en el asiento de enfrente y la abrió.

Me hundí en el asiento y permanecí inmóvil, pensando en las posibilidades que tenía. Gritar pidiendo ayuda no tenía sentido. El ruido del tren ahogaría cualquier sonido y al final sólo conseguiría agotarme. Inspiré profundamente y le di un golpe en la ingle con la rodilla. Mis huesos conectaron perfectamente con aquel trozo de piel blanda y el hombre se dobló. Soltó un juramento en árabe y después se tambaleó y perdió el equilibrio por las sacudidas del tren.

Levanté otra vez la pierna y en esa ocasión la suela de mi bota le dio en el pecho. Fue dando traspiés hacia atrás, se golpeó en la pared y cayó de rodillas dando arcadas.

Salim dejó la mochila, buscó en su bolsillo y sacó una navaja con cachas de hueso.

—Ya veo que no has olvidado cómo se comportan las zorras, Leila —dijo con desprecio en un perfecto inglés de colegio privado británico. Plantó con fuerza los pies en el suelo y blandió el arma frente a mí.

Permanecimos un momento así, con los cuerpos balanceándose por los vaivenes y zarandeos del vagón y los ojos fijos el uno en el otro. «Puedes hacerlo —me dije, con la mitad de mi mirada fija en la figura que había en un rincón, la del hombre que seguía resollando e intentaba recuperar el aliento—. Puedes hacerlo.»

Salim sonrió ligeramente y su expresión exageró la deformación de su nariz. Avanzó un paso hacia mí y en ese momento el tren dio un fuerte bandazo hacia la izquierda y el vagón se escoró peligrosamente. Le cogí con el pie por el tobillo poniendo la bota detrás de su pantorrilla y disparé el puño derecho contra el cuello. El hombre se tambaleó un momento, se llevó las manos a la tráquea y se desplomó en el asiento.

Cogí la mochila, abrí la puerta y salí al pasillo. Eché a correr hacia el final del tren y pasé de un vagón a otro mirando hacia atrás por encima del hombro, al tiempo que avanzaba. No les costaría mucho recuperarse y mis perseguidores no estaban lejos. La gente me miraba desde los compartimentos, una anciana y un niño, cuatro jóvenes mochileros y un extraño grupo de mujeres cubiertas por chadores negros, a las que sólo se les veían los oscuros ojos bajo los pliegues de la tela.

Me detuve frente a ese compartimento y miré hacia la negra ventana que marcaba el final del vagón y del tren. Más allá sólo estaban las vías que desaparecían vertiginosamente, con Salim y su amigo de piernas largas a mi espalda.

Abrí la puerta del compartimento y entré. Las mujeres se volvieron hacia mí todas a la vez. Eran cuatro, dos mayores que las demás, pues la piel de alrededor de los ojos se les arrugaba delicadamente. Incluso en Marruecos, un país musulmán, es extraño ver chadores y había algo irreal en aquel grupo, algo casi perverso en aquellas silenciosas y enigmáticas mujeres.

—¡Ayúdenme! —supliqué en francés con respiración forzada.

Las mujeres permanecieron en silencio. Una de ellas se movió ligeramente debajo de su manto y parpadeó.

—¡Ayúdenme! —repetí en inglés entrando más en el compartimento.

Una de las mujeres mayores apoyó la cabeza en la puerta y miró hacia el pasillo. Se dio la vuelta, les gritó algo a las otras y entonces ella y la que tenía enfrente echaron las cortinas. Rápidamente se pusieron todas de pie. Una cogió la mochila y la metió en el portaequipajes mientras otra bajaba una de sus bolsas. La abrió y sacó un fardo de tela negra. En menos de veinte segundos las ocho manos me habían cubierto por completo. Se oyó un golpe en la puerta y una mano me obligó a sentarme.

Volvieron a llamar y la mujer que había hablado levantó la cortina. Mis perseguidores miraron dentro del compartimento, la nariz de Salim casi tocaba el cristal. La mujer mayor abrió ligeramente la puerta y les dijo algo en tono severo y reprobatorio. El hombre de las gafas sonrió e hizo una ligera reverencia, una muestra burlona de respeto. La mujer dio un portazo en sus narices y se dio la vuelta.

Los dos hombres dudaron un momento y sus ojos nos estudiaron una a una. Después, el de las gafas le dijo algo a Salim y siguieron hacia el final del tren. Inspiré profundamente y dejé escapar el aire. Pasó un minuto, después otro. Finalmente volvieron por donde habían venido, con más prisa esta vez. La mujer que había a mi lado me cogió la mano. Apretó con fuerza, tenía la mano fría y suave.

—Gracias —dije, y las cuatro cabezas asintieron a la vez.

Una vez roto el silencio, empezaron a hablar aliviadas. Me di cuenta de que hasta ese momento realmente no había oído el árabe de las mujeres. Era completamente diferente al que utilizaban los hombres, mucho más suave y pulido, como una canción. Una de ellas gesticulaba y su chador se desplegaba como si fuera un gran pájaro negro, como un ala abierta para cobijarme, como los muros del convento y la comunidad de mujeres que protegían.

Charlaban animadamente, como para relajar la tensión y, mientras lo hacían, empecé a notar lo diferentes que eran. Había una chistosa, otra mandona y, junto a mí, la seria del grupo, la que me había apretado la mano. Todas eran únicas, como cada una de las monjas. Las hermanas. Al pensar en aquella noche en el convento me estremecí bajo el chador. La pálida cara de Heloise. Retiré los pliegues de tela y miré el reloj. Faltaban dos horas para llegar a Marrakech y no había más paradas.

El tren aminoró la velocidad ligeramente, me levanté y me acerqué a la ventanilla. Más adelante, una docena de linternas parpadeaban a lo largo de los raíles, sus luces parecían luciérnagas haciendo un arco y moviéndose en la oscuridad. El tren redujo aún más la velocidad y se detuvo. En el resplandor de cada luz divisé a un niño, un grupo de caras oscuras y dientes blancos. Acercaron sus carritos al tren y enseñaron su cerámica y sus baratijas, suplicando a los ocultos pasajeros. Algunas manos ofrecieron billetes y monedas a cambio de su escasa mercancía.

«Salim y sus amigos tienen dos horas para encontrarme», pensé mirando a las mujeres. Me puse de pie, me quité el chador, lo doblé y lo dejé en el asiento.

—Gracias. *Shūkran* —les dije, aquella palabra en árabe había acudido con facilidad a mi boca.

—De nada —contestó la mujer que había a mi lado. Se incorporó, me ayudó a bajar la mochila y me apretó la mano una vez más antes de que saliera al pasillo—. Tenga cuidado.

Me dirigí rápidamente hacia el final del tren, abrí la puerta y salí a la pequeña plataforma que sobresalía del furgón de cola. Me aseguré de que llevaba la mochila bien agarrada al hombro, me apoyé en la barandilla y salté. Aterricé en la berma con un ruido sordo y rodé ligeramente. El tren empezó a traquetear y fue cogiendo velocidad poco a poco.

Me levanté y me limpié el polvo mientras veía alejarse las luces del vagón de cola. Algunos de los niños me habían visto saltar del tren y se acercaron en grupo, corriendo en manada por el arcén, como un ejército liliputiense que fuera a entrar en batalla. Busqué en el bolsillo, saqué un fajo de dírhams y los mantuve por encima de mi cabeza, agitándolos como una bandera blanca.

—¡Aquí! —insistió el mayor de ellos indicando hacia una estructura baja, prácticamente desprovista de ventanas.

—Autobús a Marrakech —dije, repitiendo por duodécima vez la misma petición.

—¡Sí, sí! —aseguró asintiendo con la cabeza. Me agarró por la muñeca y tiró de mí mientras el resto de niños nos seguían—. No autobús ahora.

Además de ser el mayor chapurreaba una especie de inglés norteamericano urbano, el idioma del nuevo colonialismo, el de las películas de cine, la música y la televisión por satélite.

—Tranquila, señora. Primero come algo —dijo para calmarme y después masculló algo a los otros niños, que se apartaron y se dispersaron en la oscuridad con sus linternas. Dejé que me llevara al interior del edificio y me arrastrara como si fuera una criatura exótica que acababa de descubrir, como un mesías largo tiempo esperado, como un prisionero—. Mi casucha —explicó cuando entramos.

En el interior se oían risas y música, como si hubiera una fiesta. El niño se descalzó y lo seguí pegada a él mientras me guiaba por un corto pasillo hasta llegar a una lujosa habitación cubierta con alfombras de lana. En aquel reducido espacio había una docena de adultos, mujeres con ropas brillantes y hombres con los típicos albornoces de color marrón.

Habíamos interrumpido una especie de cena. En el centro había una alfombra dispuesta con fuentes y tazas, platos medio vacíos de cordero, verduras, cuscús y un pastel de ave similar al que había comido en el tren. Todos se callaron cuando entramos y sus caras se volvieron hacia mí.

El niño me señaló con el dedo y dijo algo, como si yo fuera un perrito perdido. Fuera lo que fuese lo que dijo, el ambiente cambió considerablemente. Al final de su corto discurso una de las mujeres me sonrió cortésmente e hizo un gesto para que me sentara mientras otra mujer desaparecía por una puerta en la que había una cortina.

—Siéntate —me pidió el niño dejándose caer en el suelo. Le obedecí—. Por la mañana —explicó mientras cruzaba las piernas y ofrecía la mejor de mis sonrisas a los comensales—. El autobús sale por la mañana. Mi tío te llevará en su máquina. Esta noche te quedas aquí.

Lo dijo con firmeza, no como una oferta, sino como un hecho. No merecía la pena discutir con él.

La mujer que había salido volvió con una pequeña jarra de cobre, una palangana y una toalla. Me lavé las manos como me indicaron y cuando acabé me pusieron una taza y un plato delante, y me sirvieron un espumoso té con menta.

—Comerás, por favor —dijo el niño.

Asentí e imitándolo me serví algo de comida.

—¿Cómo te llamas? —pregunté entre mordisco y mordisco de cordero. La carne sabía ligeramente a limón.

—Mohamed, ¿y tú?

—Eve.

—Eve —repitió para familiarizarse con la pronunciación.

—¿Cuántos años tienes?

—Doce.

—Hablas muy bien inglés. ¿Lo has aprendido en el colegio?

Sonrió, meneó la cabeza e indicó hacia una enorme televisión que ocupaba todo un rincón de la habitación.

—Programas norteamericanos. ¿Eres norteamericana?

—Francesa.

—Norteamericana —insistió moviendo la cabeza—. Conozco Norteamérica.

—Viví un tiempo allí —dije sonriendo.

—Entonces eres norteamericana —aseguró con toda naturalidad, como si me estuviera enseñando las reglas de la nacionalidad—. ¿Estás casada? —preguntó al cabo de un rato. Negué con la cabeza—. ¿Niños? —Pensé un momento y cuando finalmente contesté que no, pareció que mi respuesta le entristecía. Debía de parecerle mayor para él, una doncella extremadamente mayor—. ¿Por qué no?

Me encogí de hombros y tomé un sorbo de té.

101

Dormí en una habitación pequeña al fondo de la casa, el dormitorio, según me había explicado Mohamed, de su hermana mayor, que se acababa de casar. Tenía una diminuta ventana, una abertura cuadrada en lo alto de una de las paredes, desde la que pude ver brevemente la luna. Antes de meterme en la cama saqué la caja negra de la mochila y busqué entre los pasaportes hasta que encontré el que estaba buscando, el británico. La foto era la más oscura de todas, llevaba melena larga de corte recto y la piel alrededor de los ojos era gris. Leila Brightman, así me llamaba. ¿Qué me había dicho Salim en el tren? «Ya veo que no has olvidado cómo se comportan las zorras, Leila.» Volví a meterlo en la caja y cerré la tapa.

Once

*C*uando me despedí de Mohamed y de sus amigos era media mañana. Cambié mis dírhams por una docena de pulseras con cuentas y un pañuelo para la cabeza, y me subí al asiento trasero de la desvencijada Honda del tío de Mohamed.

—Adiós, hermana —dijo el niño cuando su pariente la puso en marcha. Se quedó de pie en la sombra de una acacia, rodeado por sus mudos amigos de ojos oscuros. Lo miré por encima del hombro mientras nos alejábamos y el polvo y el humo de la moto, que empezaba a ponerse en marcha, formaban una nube alrededor de sus piernas, mientras, entusiasmado, me decía adiós con la mano.

«Tiene doce años —pensé mientras salíamos del pueblo hacia la carretera—. Podría tener un hijo de su edad, moreno, larguirucho y lleno de preguntas. O más joven, como los más pequeños del grupo de los vendedores con linterna.» Parecía imposible y, sin embargo, no lo era.

Tras esperar una hora en la parada de la Compañía de Transportes de Marruecos en Mechra Bennabu subí al autobús a Marrakech. Unas dos horas más tarde, aturdida por el continuo gemido de la música pop marroquí y sofocada por el calor, llegué a las murallas de la gran ciudad roja. Siguiendo el consejo de mi compañero de asiento, un joven lugareño que iba camino de casa desde la universidad de Rabat, paré un *petit taxi* y me dirigí hacia el dédalo de calles al sur de Jemaa El Fna para buscar uno de los muchos hoteles baratos para turistas que aquel joven había prometido que encontraría.

No buscaba el Ritz, sino algo limpio y seguro, y encontré el hotel Alí, un pequeño y luminoso establecimiento en la calle Mulay Ismail, escondido entre una oficina de correos y la pastelería Mik Mak. La dueña, Ilham, una mujer robusta y meticulosa que vestía una chilaba de color rosa e iba cuidadosamente maquillada, me condujo a una habitación en el segundo piso y de camino me indicó dónde estaba el cuarto de baño compartido y las duchas. Aquella mujer tenía algo, un aire de indiscutible competencia, de práctica entereza, que me recordó a madame Tane, lo cual me provocó un repentino ataque de nostalgia por las charlas con aquella francesa en la cocina.

Una vez sola, me duché, me puse ropa limpia y saqué el resto de ropa y enseres de la mochila. El hotel Continental me había vuelto muy escéptica respecto a la seguridad de los hoteles marroquíes e imaginé que era mejor llevar la mochila, y su contenido más difícil de reemplazar, conmigo todo el tiempo. Colgándomela al hombro, me dirigí al mostrador de la entrada.

—¿Podría preguntarle por algunas direcciones? —le dije a la propietaria enseñándole el trozo de papel en el que había escrito la dirección de Unid Vuestras Manos.

—Está en Ville Nouvelle —me explicó tras estudiar atentamente lo que había escrito—, detrás de la oficina de correos, en la plaza 16 de Novembre. No queda lejos. Tuerza a la derecha al salir y otra vez a la derecha en la avenida Mohamed V. Lo encontrará enseguida.

Si Tánger es el alma moribunda del Marruecos colonial francés, Marrakech es el corazón del mundo bereber, una ciudad de barro cobijada a la sombra del Gran Atlas y bañada por la clara luz africana. Incluso en diciembre el sol brillaba con la serena pureza del desierto, limpia, inexorable y familiar como mi propia voz. Fue esa luz, más que otra cosa, lo que me convenció de que conocía el lugar. «Sí —pensé mientras las dos ciudades, la nueva y la vieja, aparecían en mi mente como un mapa largo tiempo escondido que por fin se despliega—, he estado aquí.» Había andado por esas calles, por la ordenada cuadrícula de Ville Nouvelle y los laberínticos callejones de la medina.

Dejé el hotel y me dirigí hacia la avenida Mohamed V, pasando por el imponente minarete de la mezquita de la Koutoubia, salí por la puerta Bab Larissa y me adentré en el bullicio del siglo veintiuno de Ville Nouvelle. Incluso en la parte moderna de la ciudad, una especie de letargo impregnaba el ambiente. La gente parecía irritada y lanzaba duras miradas a causa del dolor crispado que producían el hambre y la sed, una languidez nacida de las largas horas de ayuno. Me recordó el tiempo de cuaresma en el convento, la sombría vigilia del sábado por la noche antes de la exaltación de la Semana Santa.

Llegué a la plaza 16 de Novembre y a las oficinas de Unid Vuestras Manos a primera hora de la tarde. En la puerta sin ventana había una placa que anunciaba el bienintencionado nombre en inglés, francés y árabe. Estaba cerrada, al igual que las ventanas del edificio. Llamé varias veces, pero no obtuve respuesta. «Estará cerrado los viernes por la oración, como tantas otras cosas en la ciudad», pensé. Sólo podía esperar que alguien trabajara en sábado.

Me dije que volvería a primera hora de la mañana y volví por el mismo camino, pero en vez de ir al hotel, torcí hacia la mezquita de la Koutoubia y me dirigí hacia Jemaa El

Fna. Aparte de los pocos vendedores cuyas tiendas habían permanecido abiertas para atender a los turistas y de los que eran demasiado jóvenes para ayunar, la plaza estaba vacía. Los extranjeros permanecían ociosos en las terrazas de los cafés, europeos, norteamericanos y unos pocos japoneses, que bebían té con menta y comían con cara de culpabilidad.

Como no tenía nada mejor que hacer que pasear, atravesé la plaza y seguí caminando. Me libré de la omnipresente multitud de aspirantes a guías y bajé la calle Suq Smarin, hacia el mercado cubierto, las tiendas de telas y los puestos de souvenirs, hacia la maraña de callejuelas que veía en mi mente.

Caminar por los zocos de una ciudad marroquí es como regresar en el tiempo, muy atrás, y sin embargo, al mismo tiempo, permanecer firmemente anclado en el presente. En el laberinto del mercado, similar a un enjambre, los burros recorren unas calles demasiado estrechas para los coches con sus robustos lomos cargados con sacos de harina, pilas de pantalones vaqueros o fardos de pieles de cordero todavía con restos de sangre en dirección a las tenerías. En el zoco de los caldereros, los artesanos trabajan en fuegos abiertos con caras ennegrecidas y sudorosas, mientras que en los puestos de telas, hombres ataviados con albornoces con capucha hacen negocios a través de sus móviles, mientras exhiben sus mostradores forrados con brillantes adhesivos de Visa y MasterCard.

En todos ellos hay un olor persistente, el acre hedor de las tenerías mezclado con el almizclado perfume del azafrán, el penetrante tufo de la carne curándose y la asfixiante dulzura del gasoil. En el punto en el que se cruzan las principales arterias, la marea de cuerpos avanza como un río crecido a través de un estrecho cañón. Los gritos nerviosos de «¡Zīd!» de los muleros se mezclan con la monótona cantinela de los niños en las madrasas y la tos tuberculosa de los mendigos.

Deambulaba sin dirección fija, siguiendo la multitud a través del hedor del zoco de los carniceros, del resplandeciente zoco de los joyeros, por la calle de las babuchas, hasta que finalmente me encontré en las callejuelas del mercado de especias. Aquellas calles eran las más estrechas y los vendedores volcaban sus mercancías en los adoquines. Sacos de arpillera que llegaban a la cintura llenos de comino y cayena, distintas clases de curry y la mezcla de especias que llaman *garam masala*. Había cestas con huesos secos y quebradizos de animales pequeños, pieles desecadas y picos de aves. Aspiré y olí la familiar dulzura del clavo, la macis y el jengibre, las últimas semanas de Adviento en la abadía, y algo aún más antiguo, no el convento sino el lugar, tan absolutamente extraño y sin embargo tan completamente familiar a la vez.

—¡Señora! —dijo un hombre poniéndose a mi lado, un joven guía vestido con cazadora y pantalones de cuero—. ¿Quiere ir a la farmacia bereber? —Negué con la cabeza y seguí andando—. *La pharmacie berbère*. Yo se la enseño —dijo señalándose a sí mismo.

Me di la vuelta dispuesta a decirle que no y entonces me paré un momento.

—¿Conoces la *Pharmacie Rafa*? —le pregunté acordándome de la extraña entrada en la agenda de Pat, la que había anotado en la letra *H*.

—Sí, claro. Por aquí —dijo asintiendo vigorosamente con la cabeza.

La farmacia no quedaba lejos, a poco más de una manzana de las europeas, bajando la calle principal del zoco. Le pagué por su ayuda y después volví a darle dinero para que me dejara sola, deshaciéndome en agradecimientos antes de entrar en el pequeño y abarrotado negocio.

No sé exactamente qué esperaba encontrar, quizá protectores labiales y laxantes y una mujer con bata blanca, pero la habitación en la que acababa de entrar no era en absoluto como las farmacias que conocía. Las paredes estaban llenas de estanterías repletas con cientos de tarros de cristal. La mayoría contenían polvos, pero en algunos había trozos de plantas o de animales, versiones más exóticas de lo que mostraban los expositores del escaparate. Traducciones en inglés, francés y alemán, hechas teniendo en cuenta a los clientes occidentales, identificaban algunos de los remedios. «Ceniza de cuervo», decía una de las etiquetas.

La parte frontal era estrecha, pero la de atrás se abría hasta formar una pequeña sala con butacas. Un grupo de turistas de mediana edad, del norte de Europa por su aspecto, atestaba aquel lugar y escuchaba a un hombre alto vestido con albornoz y fez que alababa las virtudes del azafrán.

—Es la especia más cara que existe —explicaba manteniendo en alto el tarro de rojizos filamentos para que todos pudieran verlo—. ¿Sabe alguien de dónde se saca?

—De una flor —contestó una mujer.

—La señora tiene razón. Es el estigma de la flor del azafrán. Imaginen el cuidado que ha de ponerse en su recolección. —Los turistas asintieron con respeto—. Dígame, señora, ¿cuánto cuesta en el mercado de su ciudad?

—Es muy caro —contestó encogiéndose de hombros evasivamente.

—¿Y a cambio de qué? —continuó el vendedor. Tenía un inglés casi perfecto, con entonación norteamericana. Estaba segura de que su francés era igual de bueno. Dio un paso adelante y se le abrió ligeramente el manto marrón. Debajo llevaba pantalones de traje y zapatos Oxford negros de cuero. A pesar de haberla visto fugazmente, era evidente que su ropa no era barata—. De polvo de color rojo, basura. No saben realmente lo que están comprando —Abrió el tarro y lo pasó—. Éste es auténtico. Cien por cien puro.

Era verdad, incluso desde donde estaba, el olor que me llegaba era intensísimo.

—Para ustedes, precio especial —dijo el hombre cerrando la tapa del tarro—. Una cuarta parte, no, menos de una cuarta parte de lo que pagarían en su país por esta preciada especia.

Dijo una cifra en dírhams y un murmullo se elevó de entre el grupo. Una mujer marroquí que había detrás de ellos, sin duda su guía, asintió impresionada por el precio.

Hice un cálculo mental. En el priorato había encargado alguna vez azafrán y el trato que les ofrecía era un poco menos de lo que se pagaba en Francia. Con todo, el grupo parecía ansioso por comprar y hubo un momento de actividad frenética en el que empezaron a sacar tarjetas de crédito de las carteras que llevaban colgadas al cuello.

El vendedor levantó la mano con gran teatralidad, como para frenar la avalancha de compradores.

—De uno en uno —les pidió, mientras atendía aquella marea de clientes y clavaba los ojos en la tienda con mirada voraz.

Como vendedor era muy bueno, un consumado embustero, como la mayoría de ellos, pero cuando me vio en la parte de atrás de la tienda su mirada se detuvo en mí un instante demasiado largo. ¿A quién había visto? Me pregunté si habría sido a Hannah Boyle o a Leila Brightman. O a alguna de mis otras personalidades. Parpadeó una vez y después, como si le hubiese dado un vuelco el corazón, le dio la espalda al grupo y dio una palmada.

Un joven que cojeaba ligeramente de la pierna izquierda apareció de detrás de una puerta tapada con una cortina. Se instaló sin decir nada tras un mostrador de cristal y empezó a pesar las bolsas de azafrán.

Permanecí en la parte frontal de la tienda hasta que el grupo se fue, conducido por la guía hacia su próxima parada, seguramente algún vendedor de alfombras o calderero.

Cuando no quedaba nadie más, el vendedor me miró.

—¿Puedo ayudarla, madame? —preguntó fríamente. Chasqueó los dedos en dirección al joven y su ayudante desapareció detrás de la cortina por la que había salido poco antes.

—¿Es usted Mustafá? —pregunté acercándome al mostrador.

Asintió abriéndose la capa para que pudiera ver el fino traje y la almidonada camisa blanca que llevaba debajo. En una estantería detrás del mostrador había un móvil y un llavero de Mercedes-Benz. Ricos accesorios para un farmacéutico bereber, por mucho azafrán que vendiera. La foto que había al lado de la caja registradora mostraba a un Mustafá más joven, más esbelto, prácticamente en el mismo lugar en el que se encontraba en ese momento, estrechando la mano de una estrella de cine norteamericana. En otra aparecía con una antigua primera dama.

—Le conozco —dije.

—No creo, madame —dijo sonriendo, aunque el tono de su voz no era nada cordial.

—Sí, estoy segura. Nos hemos visto antes. Es amigo de Pat Haverman.

—Lo siento, madame, creo que se equivoca —repuso encogiéndose de hombros—. No conozco a nadie que se llame así. Y ahora, si no le importa, vamos a cerrar.

Salió de detrás del mostrador y se acercó a mí. Su corpulenta figura era toda una invitación física a que me fuera, pero me quedé un momento más, segura de que me estaba mintiendo, aunque sin saber muy bien qué hacer.

—Ya, perdone que le haya hecho perder el tiempo —dije antes de dirigirme a la puerta.

Estaba justo detrás de mí y cuando llegué al umbral me volví para mirarlo.

—Buenas tardes, madame —se despidió y en sus palabras advertí un tono de amenaza, de implícita advertencia.

Puso la mano en la puerta y la cerró dando la vuelta a la llave a mis espaldas.

Para cuando encontré el camino de vuelta a la calle Suq Smarin el sol ya se había puesto. La llamada a la oración había sonado en todos los minaretes de la ciudad y había llegado a las oscuras callejuelas de la medina. La única actividad a partir de ese momento era comer y beber. La gente que no tenía hogar se apiñaba en los cafés o se ponía de cuclillas en la acera con un cuenco de espesa *harira*. Había algo en el ritual del Ramadán que me reconfortaba, el ciclo de ayuno y oraciones. Durante el año que pasé en el convento me acostumbré a la cadencia diaria del culto y no veía gran diferencia entre la llamada del muecín y la campana de la capilla benedictina que avisaba la liturgia de las horas. Sólo que en esta parte de África todo el país vive al ritmo de la oración.

Cuando llegué a Jemaa El Fna, la plaza estaba abarrotada de turistas y lugareños en la misma proporción. Acróbatas, contadores de cuentos, encantadores de serpientes y herbolarios pregonaban su talento o su mercancía. Los artistas con la alheña pululaban alrededor de la multitud. Los puestos de comida estaban llenos.

Mientras me abría paso entre la gente sentí que alguien me tiraba de la bastilla de la camisa y al volverme vi a un niño con sandalias, pantalones vaqueros y camiseta Adidas.

—Señora —dijo—. Por favor, señora, venga. —Negué con la cabeza e intenté soltarme, pero me agarró con fuerza—. Venga aquí, por favor —insistió indicando hacia una mujer bereber vestida con una chilaba azul y pañuelo a la cabeza—. Mi tía, por favor, hablar contigo.

—No, gracias —contesté, pero parecía no haber forma de disuadirlo.

—Tu fortuna —me explicó moviendo sus oscuras pestañas como una tentadora hurí—. Te gusta.

—¿Cuánto? —pregunté a regañadientes, pensando que a lo mejor me sentaba bien algo de lo que me dijera aquella mujer. Además, el niño me recordaba a Mohamed.

—Para ti regalo —contestó encogiéndose de hombros.

—Cinco dírhams —dije meneando la cabeza, ya que sabía que si no ponía precio mi «regalo» podía salirme caro.

—Cinco para mi tía y cinco para mí.

—Lo siento —dije dándome la vuelta para alejarme, pero el niño se plantó delante de mí.

—Cinco dírhams —aceptó sonriendo y estirando la mano.

Asentí con la cabeza, saqué un billete del bolsillo y, siguiendo las instrucciones del niño, me senté en un taburete de madera frente a la mujer.

La anciana se inclinó hacia mí y me miró. Tenía el ojo izquierdo nublado por una catarata, pero el derecho se movía alerta y vivaz. Cuando abrió la boca vi que los pocos dientes que le quedaban estaban desgastados y moteados de caries. Me habló en bereber y repitió las mismas palabras una y otra vez. Su tono de voz y la mano con la que apretaba mi brazo eran insistentes, incluso irritantes, como si tuviera que entenderla y no fuera capaz de hacerlo.

—Dice que eres un espectro —tradujo el niño, que no perdía detalle.

—¿Eso significa que no tengo que pagar? —pregunté, pero el niño le estaba prestando atención a la anciana, que había vuelto a hablar.

—Dice que te conoce, que has venido a buscar algo.

La mujer me cogió las manos mientras el niño hablaba. Tenía los dedos ásperos como el papel de lija y la piel de sus palmas era dura y basta.

—¿Lo encontraré? —pregunté pensando que su conjetu-

111

ra no era nada arriesgada. ¿Acaso no van todos los occidentales a Marrakech en busca de algo?

El niño repitió mi pregunta y la mujer meneó la cabeza.

—Está hablando con el espectro —me explicó el niño.

La mujer dijo algo entre dientes y me apretó la mano con fuerza fijando su ojo en mí. Era una coreografía impresionante, un baile que el niño y la anciana debían de haber perfeccionado con el tiempo. Cuando me di cuenta ya era demasiado tarde. Vi el cuchillo con el rabillo del ojo, la hoja de acero que brillaba a la luz de la linterna. Entonces sentí que la mochila se separaba de mi espalda limpia y cuidadosamente y el niño se escabullía entre la multitud.

Sin dejar que aquello me aturdiera me zafé de las manos de la mujer y corrí en pos del ladrón. La multitud se cerró a mi alrededor y por un momento pensé que lo había perdido, pero después vislumbré un trozo de mi mochila que iba a toda velocidad por los puestos de comida. Me abrí paso a codazos intentando no perder el contacto visual mientras el niño esquivaba chilabas y pantalones vaqueros en dirección a la parte más alejada de la plaza.

Era rápido, pero el peso de la mochila y sus piernas aún sin fortalecer me daban ventaja. Salió de la plaza en dirección a la pobremente iluminada maraña de callejuelas y torcí hacia allí, siguiendo el ruido de sus chancletas baratas de plástico y el borroso rumbo que me marcaba la mochila. Empecé a acortar distancia con el raterillo, lenta pero constantemente. Torció una esquina, sus sandalias resbalaron y estiró el brazo que tenía libre para equilibrar su cuerpo con el peso de la mochila y cayó de lado dando con la pierna en el suelo.

Salté sobre él y apreté con fuerza las correas de la mochila. Después, con la mano libre, le agarré el brazo. Lo tuve sujeto por la muñeca un momento, pero se libró hábilmente de mí, escurriéndose como un pez que se soltara del anzuelo. Salió como pudo hacia la oscuridad y sus pasos se perdieron en una esquina, disminuyendo en intensidad en la distancia.

Me quedé allí, asiendo agradecida la mochila y oyendo cómo huía. Primero los hombres del tren y después aquello. Algo me decía que era algo más que un ladronzuelo haciendo de las suyas. Pero, ¿por qué? De camino al hotel Alí me repetí lo que había dicho el niño: «Has venido a buscar algo». Al parecer no era la única.

Doce

$\mathcal{A}$ la mañana siguiente preferí creer las promesas de Il-ham de que las cajas de seguridad eran seguras y dejé la mochila en una de ellas antes de ir a la oficina de Unid Vuestras Manos. Era el menor de los males, pero la propietaria transmitía una fiabilidad absoluta y, la verdad, no tenía mucho donde elegir. Recé una pequeña oración mientras guardaba todas mis pertenencias en una de las taquillas con malla metálica y observé cómo Ilham cerraba el candado y se guardaba la llave en el bolsillo. Después abandoné el hotel Alí y me dirigí hacia Ville Nouvelle.

Como era sábado y bastante temprano, tenía pocas esperanzas de encontrar a alguien trabajando. Cuando finalmente llegué a la plaza 16 de Novembre, las ventanas del edificio estaban cerradas, como el día anterior. La puerta, con su logotipo de manos de todas las razas unidas para formar un círculo, cerrada con llave. «Dos días», pensé nada contenta ante la idea de tener que esperar todo el fin de semana y mosqueada conmigo misma por no haber ido antes la tarde anterior. Volvería más tarde. Con suerte encontraría alguna alma ambiciosa quemándose las cejas en fin de semana.

Mi otro plan para el día era volver a Jemaa El Fna e intentar encontrar al raterillo y a su tía bereber. Tenía la corazonada de que eran asiduos de la plaza y suponía que si esperaba lo suficiente aparecerían para ofrecer sus servicios. Tuve la desagradable sensación de que alguien había inducido a aquel niño a cometer el robo, la misma persona que había reclutado a Salim y a su amigo del tren. Puede que la misma que había ordenado asesinar a las hermanas.

Cuando pasé por el punto de referencia que marcaba la mezquita de la Koutoubia y torcí para ir hacia la plaza, era media mañana. Había varias docenas de vendedores y toda una caterva de artistas con la alheña, vestidas con chilabas, y de adivinas que merodeaban entre la multitud de turistas, como tiburones en busca de comida. Con el pelo cubierto y sus cuerpos tapados con telas era difícil distinguir a la mujer, pero tras unos quince minutos de observación estuve casi segura de que el niño y su tía no estaban por allí.

Cuando una joven vestida con una túnica azul se me acercó y me ofreció en un buen francés tatuarme las manos, acepté. Al igual que la anciana tía, la acompañaba un niño desgarbado que sacó dos taburetes. Me senté frente a ella y le ofrecí las manos. Se buscó bajo la ropa, sacó una jeringuilla llena de pasta y con la destreza de un cirujano comenzó a trabajar en un complicado dibujo sobre uno de mis dedos índice.

—Estuve con una adivina —comencé a decirle mientras avanzaba hacia el final del dorso de mi mano derecha—. Una anciana con un ojo nublado. ¿La conoces?

La mujer no contestó. Me grabó unos pétalos de flor y después levantó la jeringuilla y trazó un tallo que bajaba hasta la muñeca. Aquella pasta estaba fría y húmeda, y mi piel se iba arrugando en las partes en las que empezaba a endurecerse y secarse.

—Iba con un niño. Ayer estaba aquí. Me leyó la mano y me gustaría volver a verla.

La mujer meneó la cabeza con los ojos fijos en lo que estaba haciendo.

—Diez dírhams. Yo te digo la buenaventura.

—No, gracias —repliqué.

115

—Ocho dírhams —ofreció.

—Te doy veinte si me dices dónde puedo encontrarla.

Sin hacer ningún comentario sobre mi oferta, acabó el dibujo y volvió a guardar la jeringuilla en la túnica.

—Acabado, cinco dírhams.

Me levanté, me busqué en el bolsillo y saqué un billete.

Cogió el dinero, lo escondió en uno de los muchos pliegues de la tela que cubría su cuerpo y desapareció entre la multitud con el niño tras ella.

La observé alejarse, miré a mi alrededor y calculé mis posibilidades. La plaza estaba rodeada por infinidad de cafés baratos, todos con terrazas con vistas al bullicio. El mejor parecía el café Glacier, un amplio establecimiento anejo al hotel CTM, que disponía de un balcón en el segundo piso. Iba a ser un largo día de tomar cafés, pero si conseguía una mesa fuera tendría una buena perspectiva de la plaza y podría observar las idas y venidas de las mujeres bereberes. Me abrí paso entre la gente y me dirigí hacia el vestíbulo del hotel. Compré un ejemplar de *Le Monde* y después entré en el café Glacier.

Hacía muchas horas que había comenzado el ayuno y la clientela estaba compuesta exclusivamente por extranjeros. Unos camareros con cara de hambre vestidos de blanco y negro circulaban entre las mesas sirviendo prohibidos vasos de Ricard y *pan au chocolat*. La decoración era francesa: sillas de mimbre, mesas con tablero de mármol, azulejos blancos y visillos.

Encontré una mesa en la terraza, en un rincón cercano a la barandilla, desde el que se veía bien la zona de la plaza en la que se reunían la mayoría de las mujeres bereberes. La que me había tatuado las manos había encontrado una nueva clienta y las dos estaban encorvadas en los taburetes. No había rastro del niño. Imaginé que habría ido a comprar un trozo de caramelo o dátiles. Como muchos otros, era demasiado joven para participar en el ayuno. Pedí un café y me acomodé para la espera.

En la capilla de la abadía había dos representaciones de Jesucristo completamente diferentes. Una de ellas, por supuesto, era la que todos conocemos, el Cristo en la cruz, el aterrador sufriente, demacrado y con los ojos hundidos, en el que han esculpido y matizado cuidadosamente todo su suplicio corporal. Las hermanas se ponían frente a él para rezar, el Cristo ante el que decían todas sus plegarias y delante del que hacían una genuflexión con un movimiento casi erótico. El otro observaba desde el fondo de la capilla, escondido en una oscura hornacina, un niño, un inocente de mejillas sonrosadas medio desnudo sentado en la cadera de su madre.

«Nos dio a su único hijo», solía decir la hermana Magdalene para recordarnos la magnitud de su sacrificio. ¿Pero qué hijo?, me preguntaba yo. ¿Qué Cristo? Mi mirada se sentía atraída por el niño regordete y la mano que alzaba hacia los pechos de María, con los pezones firmes y redondos bajo el plisado lienzo de su vestido. Parecía que eso era lo que un padre o una madre recordaría, que María, en el Gólgota, habría levantado la vista y habría visto en la cruz al hijo que había alimentado con su leche.

«Ése era el sacrificio —pensaba yo—, no el de Dios sino el de María. El no haber podido ofrecer su cuerpo al verdugo a cambio del de su hijo.»

«Es un Dios cruel», le dije una vez a la hermana Heloise. Fue en agosto, poco después de la fiesta de la Virgen. Nos habíamos levantado a una hora en la que todavía brillaba la luz de la luna para enfrentarnos al largo y humeante proceso de enlatar el exceso de judías verdes del huerto. A pesar de lo temprano de la hora, en la cocina hacía un calor abrasador y la docena de ollas que hervían habían conseguido que desapareciera lo poco que quedaba del frescor de la madrugada.

Al principio, Heloise no dijo nada. Acabó de llenar la cazuela que tenía delante y metió con cuidado los tarros de cristal en el agua hirviendo. Cuando se dio la vuelta tenía el pelo y la cara húmedos y la piel roja y arrebatada. Creía que no estaría de acuerdo conmigo, que argumentaría algo sobre la luz y la salvación, pero no lo hizo.

«Sí, cruel», aceptó. Se arremangó hasta el codo, se secó las manos en el delantal y sacó un paquete arrugado de Gauloises del bolsillo. Después se apoyó en la encimera, se llevó un cigarrillo a los labios y lo encendió.

«Y, sin embargo, aquí estoy», continuó. Cerró los ojos, dio una profunda y lenta calada, y saboreó su breve momento de descanso. El único sonido que se oía en la cocina era el tintineo de los tarros golpeándose unos con otros en su baño.

Me trajeron el café en una taza desportillada, con una cucharilla a la que el lavavajillas había quitado todo brillo, pero era un buen torrefacto, espeso y espumoso. Metí dos terrones de azúcar en la tacita y mantuve el líquido dulzón en la boca un instante.

En la plaza, dos jóvenes tropezaron cerca de los puestos de fruta con los labios perfilados con pintura plateada y los rostros excitados, mareados por la inhalación y la pobreza. En uno de los extremos, cerca de los encantadores de serpientes y de los herbolarios, una niña bereber posaba para una fotografía y extendía la mano para coger la moneda que le habían ofrecido antes de que se cerrara el objetivo.

«Sí —pensé—, ése era el sacrificio». ¿Y mi capacidad para el amor? ¿Cómo la reconocería? ¿Pondría las manos en la áspera madera o entregaría a mi hijo? ¿Cómo reconocería mi propio valor, mi propia cobardía? ¿Cómo reconocería a mi propia hija?

A lo lejos se oyó la larga y lenta llamada a la oración de mediodía: «*Allāhu Akbar, Allāhu Akbar... Ashhadu a lla Ilāha illā Allāh... Ashhadu anna Muhammadan Rasūlu Llāh... Hayya 'ala aṣṣalāh... Hayya 'ala aṣṣalāh*». «Alá es grande. Testifico que Mahoma es su profeta. Venid a la oración. Venid al éxito.»

«¿Sentiría el amor como una herida?», me pregunté.

Abajo, en la plaza, un grupo de hombres se había congregado alrededor de un grifo y llenaba cubos de agua para lavarse las manos y los pies antes de la oración. Y en el desierto, cuando no hay agua, se lavan con arena. Y cuando no hay arena hacen los movimientos de las abluciones. ¿Cómo sabía todas esas cosas?

En el interior del café se oyó un alboroto, una escaramuza. Volví la cabeza y vi a tres camareros que se acercaban a una pequeña figura. Era un niño, un mendigo que al parecer había entrado para ir al servicio. Los hombres lo rodearon como si fuera una rata en un banquete real, lo cogieron por sus frágiles brazos y lo arrastraron hacia las escaleras.

Miré hacia la puerta a través de la barandilla. Al poco rato volvieron a aparecer los camareros medio llevando medio empujando al niño. Lo arrojaron a la plaza vociferando en árabe y entraron otra vez.

El pequeño esperó un momento antes de volver la cabeza hacia donde estaba yo. Era el niño bereber, el que acompañaba a la mujer que me había puesto la alheña un rato antes. Hizo un gesto hacia mí y luego se puso la otra mano en el ojo como cubriéndoselo con un parche. Lo miré y repitió la misma operación. «La mujer del ojo nublado», pensé. ¿Habían aceptado la oferta de veinte dírhams?

Hice un gesto de comprensión con la cabeza, pagué rápi-

119

damente y bajé las escaleras. El niño me esperaba fuera, al lado de la puerta. Cuando salí se me acercó y mostró cuatro sucios dedos.

—Cuarenta dírhams —pidió en un francés con acento muy marcado.

Negué con la cabeza, aquello no eran ni cuatro euros, pero me hacía sentir como si me estuviera tomando por idiota.

—Te llevaré con la mujer del ojo roto —ofreció.

—Veinte, y al que quiero encontrar es al niño —insistí.

—Treinta. Te llevo ahora —replicó.

Me busqué en el bolsillo, saqué diez dírhams y se los di.

—El resto cuando lo encontremos.

Miró el dinero enfadado, se lo metió en un bolsillo del pantalón y me indicó que lo siguiera.

En la medina hacía frío. El espeso hormiguero de muros retenía el frescor matutino y protegía del calor diurno. El niño desapareció en una esquina como un conejo en un agujero y me precipité tras él, adentrándome cada vez más en la madriguera de callejuelas. Sobre nuestras cabezas sólo veía una estrecha franja de color azul. Estaba perdida y lo sabía. Y no me cabía duda de que el niño era consciente de ello. Si me abandonaba, podría estar dando vueltas día y noche antes de encontrar la salida. Miré hacia un callejón cubierto y vi un montón de harapos y una cara cubierta de mugre. Alguien demasiado enfermo o débil como para hablar que levantó una huesuda mano cuando pasamos a su lado. Busqué una moneda, pero el niño aceleró el paso. Olvidé la limosna y, por miedo a perder mi guía, redoblé el paso tras él.

Mientras caminábamos hacia el corazón de la ciudad vieja, era cada vez más consciente de mi insensatez. Estaba completamente a merced de aquel niño e imaginaba que intentaría robarme, o algo peor. Sin duda, al final de aquella excursión me esperaba una sorpresa mucho más desagradable que el simple raterillo. Había dejado la Beretta en la consigna del hotel pensando que era el lugar más seguro, pero empezaba a desear no haberlo hecho.

Torcimos en otro callejón, el niño se paró en seco y cesó el sonido de sus sandalias de plástico sobre los adoquines.

—Treinta dírhams —pidió estirando la mano.

Contuve la respiración y eché un vistazo a mi alrededor. Las casas que daban a la calle no tenían ventanas, en sus fachadas sólo había sólidas puertas de madera. No se veía un alma.

—¡Allí! —insistió indicando hacia la entrada de un callejón aún más estrecho—. Mi dinero ahora.

—Antes llévame donde está el niño —exigí negando con la cabeza.

Mi guía suspiró exasperado. Fue con cautela hacia el callejón y le seguí de cerca.

—¡Allí! —repitió señalando con el dedo. Miré hacia donde decía, hacia el final del pasaje encañonado. Al fondo había un grupo de pequeños cuerpos—. El niño.

—Te daré diez más si me llevas de vuelta —dije sacando del bolsillo el dinero prometido.

«Lo tengo crudo», pensé al verlo sonreír y asentir.

Estiró la mano, cogió el billete y, rápido como un gato, salió disparado y desapareció detrás de una esquina.

Apoyé la espalda contra el frío yeso y miré hacia el grupo. Estaban jugando a algo, a los dados o algo parecido. Oí el repique de los dados rebotando en los adoquines. Había seis en total, todos pequeños, más o menos de la misma edad, en el filo entre la niñez y la adolescencia. «Y todos —me recordé a mí misma— conocen al dedillo este laberinto.»

Con todo, a pesar de la desigualdad de nuestro nivel de conocimientos y la ventaja que les confería su juventud, había algo a mi favor. Por lo que podía ver, el callejón en el que jugaban no tenía otra salida; para escapar tendrían que pasar delante de mí. También influía la simple cuestión del tamaño, superaba en peso y estatura incluso al más grande de ellos. Distinguí a mi raterillo entre el grupo y me preparé. Inspiré con fuerza y caminé hacia ellos.

Absortos en su juego, al principio no se dieron cuenta de mi presencia. Cuando uno levantó la cabeza, un tanto confundido, ya estaba a pocos metros. Lo saludé con una enorme sonrisa, intentando encandilarle, pero no picó. Le dio un codazo al niño que tenía al lado, dijo algo en bereber y todos se volvieron hacia mí. El ladronzuelo me vio y me reconoció al instante.

Soltó un grito y se dispersaron pasando a mi lado como cucarachas que escaparan de un repentino rayo de luz.

Me mantuve firme en donde estaba sin quitarle los ojos de encima. El callejón era tan estrecho que si extendía los brazos casi podía tocar las paredes. El niño avanzó agachándose y arremetió contra mí para evitar que lo cogiera, pero estiré la mano y lo agarré con fuerza por la muñeca.

Gritó pidiendo ayuda, pero sus amigos habían desaparecido. Intentando soltarse, me dio una fuerte patada en la espinilla y me clavó los dientes en el brazo.

Me estremecí por el dolor, aparté el brazo y di la vuelta a la mano para ponerle la muñeca contra la espalda.

—¡Llamaré a la policía! —le amenacé.

Su rostro se ensombreció y en su cara se dibujó una inconfundible expresión de puro terror. Dejó de luchar y se volvió hacia mí.

—Mi mochila. ¿Quién te pidió que me la robaras? —le pregunté.

—¡Nadie! —contestó negando con la cabeza vehementemente. Por la forma en que lo sujetaba sabía que le estaba haciendo daño, pero no me iba a dar la satisfacción de que se le notara.

—La cogí para mí —insistió.

Para ser tan buen ladrón era un pésimo mentiroso.

—No te haré daño —prometí aflojando la presión—, pero sé que alguien te pagó para que me la robaras. ¿Quién fue?

Me miró con unos ojos que empezaban a llenársele de lágrimas, pero no contestó.

Murmuré algo sobre la comisaría de policía con la esperanza de que no se diera cuenta de que era un farol y empecé a andar empujándolo delante de mí.

—Por favor —suplicó—. Fue *l'allemand*.

Debido a su acento, me costó un momento entender lo que había dicho. *L'allemand*. El alemán.

—¿Cómo se llama? —exigí, y se encogió de hombros—. ¿Fue a buscarte a Jemaa El Fna?

—No —contestó meneando la cabeza, frustrado por mi ignorancia de adulto—. Tiene una casa muy grande en Ville Nouvelle. La hermana de mi madre trabaja allí.

—¿Dónde en Ville Nouvelle?

—Cerca del Jardín Majorelle —especificó encogiéndose de hombros otra vez.

—Llévame allí —dije tras meditar un momento.

—Por favor, madame. Policía no —rogó.

—No la llamaré —prometí.

Debido a que las calles de gran parte de la ciudad vieja son demasiado estrechas como para que quepan vehículos de ninguna clase, las mercancías se transportan en burros o al hombro. Cuando muere alguien envuelven su cuerpo con una tela blanca y lo llevan por la medina sobre las cabezas de sus familiares, flotando por encima de la corriente como hojas arrastradas por un arroyo al río y después al mar.

Fue esa misma corriente la que nos llevó hacia la puerta Bab Dukkala. En cuanto dejamos atrás las vacías callejuelas y llegamos a una de las arterias principales de la medina, no anduvimos sino que nos dejamos llevar, arrastrados por la multitud. Cuando salimos de las rojas murallas y llegamos al bullicio de Ville Nouvelle era media tarde. Paré un *petit taxi* e hicimos el resto del camino en él, siguiendo las indicaciones del niño.

Como suele pasar en las ciudades marroquíes, lo que se ve desde la calle da muy pocas pistas del interior de las casas y las fachadas sin ventanas del barrio en el que finalmente nos detuvimos no revelaban prácticamente nada de lo que había tras ellas. Sólo algún jardín bien cuidado, grandes flores de pascua y altas palmeras. El predominio de europeos bien vestidos y de Mercedes con cristales tintados insinuaban lo lejos de los zocos que habíamos llegado.

El coche paró en el bordillo y el niño hizo un movimiento como para salir.

—¿Qué casa es? —le pregunté reteniéndolo.

—Allí —dijo indicando una enorme entrada.

Busqué en el bolsillo, saqué el dinero que llevaba encima, cuarenta dírhams y algunas monedas, bastante más de lo que costaba el viaje y se lo di al niño.

—Llévele de vuelta a la medina —le pedí al taxista. Después, abrí la puerta y bajé a la acera.

Trece

*L*os periodos de amnesia retrógrada son frecuentes entre los supervivientes del holocausto. Una vez hablé con una paciente del doctor Delpay que había estado en Bergen-Belsen cuando era niña y que estaba angustiada al no recordar nada de los dieciocho meses que había pasado allí. Resulta tentador pensar que eso es una bendición, un acto de resistencia del cerebro. Pero, para ella, para la que poder dar testimonio era su mayor salvación, para la que la existencia de docenas de seres queridos sólo podía conocerse a través del recuerdo, era insoportablemente doloroso.

—Teníamos hambre a todas horas —dijo sacando una chocolatina del bolsillo como prueba de su compulsión. Sesenta años después todavía no era capaz de salir de casa sin llevar comida encima—. Bueno, eso dice mi hermana —añadió con tono de culpabilidad—, yo no me acuerdo.

—Su pasado no es un menú *bouchon* —me explicó el doctor Delpay cuando le hablé por primera vez de mi idea de ir a Norteamérica—. Va todo en el mismo plato: *quenelles, andouillette, tablier de sapeur*. No se puede elegir.

—Sí —acepté, aunque se dio cuenta de que no le creía.

—La encontrará, ya lo sabe —insistió—. Su amigo de la azotea. A él no le preocupa que usted quiera seguir perdida.

Pensé que estaba equivocado, pero en aquel momento me acordé de la mujer de la chocolatina, en la forma en que su mano pecosa la buscó en el bolsillo.

Mientras observaba cómo el taxi daba la vuelta para volver a Bab Dukkala, volví a acordarme de ella y de aquella mañana en la cocina con Heloise y su Dios cruel. «Sí —me dije—, no se puede elegir, no se puede tener una sola respuesta sino todas las respuestas y la certeza de que saber, incluso lo peor, merece la pena.»

Crucé la calle intentando parecer una turista dando un paseo. La gran puerta de madera y metal, la única entrada visible de aquella villa, estaba cerrada e imaginé que, por el interfono con teclas numéricas que había en el muro, con llave. Una tapia de adobe, alta y ancha, coronada por trozos de cristal en punta rodeaba la finca. La dirección estaba escrita en una placa de porcelana, pero no así el nombre. Aparte de llamar y preguntar no parecía haber otra forma de conseguir información sobre la vivienda o su dueño.

«Tocar el timbre es una locura, aunque no tanto como parece», pensé. Me acerqué más a la puerta y apreté el botón rojo que había debajo del interfono.

Pasaron unos segundos de silencio hasta que oí un chisporroteo en el altavoz y una voz femenina, entrecortada por la electricidad estática, que, educadamente, me pedía que me identificara.

—Soy Chris Jones —dije en inglés, tras pensar en el nombre norteamericano más común que recordaba, sin tener en cuenta que mi interlocutora me había hablado en francés—. He venido a ver al señor Thompson.

Al otro lado pareció producirse un momento de confusión y después la voz me habló en un inglés perfecto.

—Perdone, madame, ¿ha dicho Thompson?

—Sí, Fred Thompson.

—Aquí no vive ningún señor Thompson.

—Seguro que sí. Nos conocimos el año pasado en Chamonix. Me dio esta dirección.

—Aquí no hay nadie que se llame así —repitió la voz.

—Dígale que soy Chris, de Dallas. Se acordará de mí.

—Perdone, madame —volvió a excusarse la mujer un tanto exasperada—. Ésta es la residencia de los Werner.

—Bueno, entonces ¿dónde vive Fred? —pregunté incrédula.

—No lo sé, madame —replicó con brusquedad—. Buenos días.

Colgó el interfono, y todo se quedó en silencio.

Me quedé junto a la puerta un momento y después volví a cruzar la calle. «La residencia de los Werner —pensé—. Werner.» Rodeé la tapia y estudié el perímetro de la finca. La casa estaba en un rincón y los jardines daban a la calle por dos sitios. Los otros dos lados de la finca estaban cerrados por el mismo tipo de lujosas villas. Aparte de la puerta principal, otra muy grande de madera en la parte de atrás, que imaginé sería la del servicio, constituía la única abertura en la tapia de adobe. Daba la impresión de que habían construido aquel lugar para resistir un asedio, evitar miradas curiosas y multitudes turbulentas, o ambas cosas.

Di una vuelta a la manzana por la otra acera para ver las casas vecinas. Todas aquellas propiedades tenían signos visibles de poseer algún tipo de sistema de seguridad. Los muros y tejados estaban salpicados por un discreto ejército de cámaras de vigilancia. En uno de los jardines oí ladridos. Era el precio de la riqueza, el castigo de los privilegiados en un lugar en el que abundaba la pobreza.

Acabé mi paseo, volví a la calle en la que me había dejado el taxi y me quedé a unos metros de la puerta principal de los Werner. El tiempo que incluso una rubia tonta puede andar merodeando en un barrio como ése tiene un límite e imaginé que si quería seguir indagando tendría que volver por la noche.

Mientras miraba por última vez la casa y su tapia oí que la puerta eléctrica emitía una señal de aviso. El cerrojo se descorrió y las dos hojas de metal se abrieron lentamente hacia dentro. Un Mercedes negro asomó el morro y el parachoques de cromo y el adorno del capó resplandecieron por el sol. El coche se detuvo un momento en la salida, después las ruedas giraron en mi dirección y el pesado sedán salió a la calle. Me escondí en la esquina y me apreté contra el muro.

Oí que el coche se alejaba, su motor hablaba el lenguaje de la perfección alemana en ingeniería. Vi aparecer el capó, después la ventanilla delantera y logré ver brevemente al conductor. Era norteafricano, con anchas espaldas y poderosa mandíbula. En el asiento de al lado había otro hombre que llevaba los ojos ocultos por unas gafas de sol, su cara me resultaba familiar. «Uno de los hombres del tren», pensé, pero no estaba segura. Entonces le llegó el turno a la parte trasera y supe que no me había equivocado. A través del cristal vi otro hombre, europeo, de mediana edad, con el pelo entrecano. Junto a él iba un joven marroquí, sus rasgos inconfundibles como los de un amigo. Aunque no lo era. Era mi otro compañero de viaje, Salim.

Miró en mi dirección y contuve el aliento, como si al hacerlo pudiera evitar que me viese. Pero no debió darse cuenta de mi presencia pues el Mercedes siguió su camino en dirección al bulevar Safi y al corazón de Ville Nouvelle.

El recorrido por la medina y el posterior viaje en taxi me habían desorientado ligeramente, pero tenía una vaga noción de dónde me encontraba. Sabía que el Jardín Majorelle quedaba al norte de la plaza de la Liberté. Desde allí había un corto paseo hasta Bab Larissa y después podía bajar por la avenida Mohamed V hasta la mezquita de la Koutoubia y el hotel Alí. Un ligero desvío me llevaría a la plaza 16 de Noviembre y a las oficinas de Unid Vuestras Manos. «Lo intentaré otra vez», me dije mientras me dirigía hacia lo que esperaba que fuera dirección sur, encaminándome finalmente hacia el polvoriento eje de Ville Nouvelle.

Encontré la puerta cerrada, pero una de las ventanas del segundo piso estaba abierta, con las contraventanas entrecerradas para dejar entrar la brisa de la tarde. Llamé con fuerza y me eché unos pasos atrás para mirar hacia arriba. Alguien se movió en el interior, una figura vestida con camisa blanca se incorporó y desapareció de mi vista. Oí pasos en la escalera y alguien que descorría el cerrojo. Entonces se abrió la puerta y apareció una cara quemada por el sol.

—¿En qué puedo ayudarla? —preguntó el hombre. Era bajo y fornido, alarmantemente rosado, y tenía el aspecto flácido y sobrealimentado de tantos norteamericanos. Llevaba la camisa muy arrugada, las mangas enrolladas hasta los codos y su pelo color pajizo era áspero y rebelde.

No me había preparado ninguna respuesta y tardé en contestar.

—Soy una vieja amiga de Pat Haverman —dije finalmente.

—Hannah, ¿verdad? —preguntó entrecerrando los ojos, con lo que casi le desaparecieron de la cara. Asentí—. Perdona. Sólo nos vimos aquella vez en la piscina del Ziryab. No te había reconocido con la ropa puesta.

—Ya. Me temo que no recuerdo tu nombre.

—Charlie, Charlie Phillips —se presentó haciéndome un gesto para que entrara—. Pensamos que pasarías por aquí.

Cerró la puerta y empezó a subir el estrecho tramo de escaleras. Jadeaba por el esfuerzo y cuando llegamos al rellano del segundo piso se detuvo un momento para recobrar el aliento.

—Mira a quién me he encontrado —dijo al entrar en un cuarto repleto de todo tipo de aparatos electrónicos.

En el rincón más alejado había una zona de descanso amueblada con sillas viejas, una mesita para servir el café,

129

una diana llena de marcas, una nevera pequeña y una televisión. Allí, tumbado en un viejo sofá, con sus largas y atléticas piernas estiradas, una botella de Flag Speciale en la mano y un ejemplar del *Herald Tribune* en el regazo, estaba Brian Haverman.

—Tenía el presentimiento de que aparecerías por aquí —dijo sonriendo. Dejó el periódico, dobló las piernas y se puso de pie. Había algo en la soltura con la que se movía que me ponía nerviosa.

—No deberías haberme seguido —dije quedándome en la puerta.

—No deberías haberme abandonado —replicó tomando un trago de cerveza.

Eché un rápido vistazo alrededor de aquel lugar abarrotado que parecía hacer las veces de oficina y de lugar de reunión del club de norteamericanos nostálgicos. Las estanterías de encima de la nevera exhibían una selección de alimentos procedentes de Estados Unidos, que prácticamente sólo había visto en las películas: varias cajas de tartitas para tostar, una bolsa sin abrir de Doritos y una buena provisión de Jack Daniel's.

—¿Quieres una cerveza? —preguntó Charlie poniéndose más rojo todavía. Estaba claro que llevaba bebiendo desde muy temprano y que no le apetecía hacerlo solo—. Tenemos un buen alijo de Budweiser, aunque Brian prefiere la cerveza de aquí.

—No, gracias —contesté meneando la cabeza.

Se encogió de hombros de camino a la nevera.

—¿Dónde te has metido? —preguntó por encima del hombro—. Brian dice que volviste a Marruecos hace poco.

—He estado en Francia —contesté mirando a Brian y preguntándome qué más le habría contado.

Mi respuesta pareció complacer a Charlie, que no pidió más detalles. Para él era una expatriada errante más, como muchas otras que habían parado allí a tomarse una cerveza y a ver partidos de béisbol vía satélite, otra chica de la piscina del hotel Ziryab. Una norteamericana desplazada, con poco dinero y ninguna ambición. ¿Qué había dicho? «No te había reconocido con la ropa puesta.»

Cogió una Budweiser y le quitó la chapa.

—Supongo que eso echa por tierra mi teoría.

—¿Qué teoría es ésa? —pregunté acercándome a ellos.

—Que se fugó contigo —explicó guiñándome un ojo y dejándose caer en el sofá.

—¿Tienes alguna otra?

—Ninguna que tenga sentido —contestó mirando detenidamente su cerveza.

—¿Lo viste cuando vino aquí de camino a Uarzazat?

—Esa noche tomamos una copa en el Mamounia.

—¿De qué hablasteis?

—De las plantaciones de dátiles. De ti... —dijo encogiéndose de hombros.

—¿Qué dijisteis de mí?

—Ese chico lo llevaba muy mal. Estaba muy pillado —dijo antes de tomar un largo trago de cerveza y acercarse a la estantería con las provisiones—. ¿Seguro que no quieres nada?

—No, gracias —contesté. La verdad era que lo quería probar todo: la extraña comida que no parecía comestible, los pasteles que no había que meter en la nevera, las patatas fritas, la caja fosforescente de macarrones y queso, pero meneé la cabeza. Tenía la extraña sensación de que si me quedaba mucho rato o comía algo de lo que me ofrecía quedaría atrapada como la desventurada princesa de un cuento de hadas.

—¿Qué hay de ese proyecto en las plantaciones de dátiles? ¿Qué te dijo? —pregunté.

—Las tonterías de Pat Haverman, lo de salvar al mundo

y todo eso —dijo moviendo la cerveza en mi dirección, como si fuese una ayuda visual muy importante—. Él no era como el resto de nosotros, que venimos aquí para echar un polvo. Para la mayoría de nosotros es como un campamento de vacaciones, ya sabes, pero para él no. Pretendía convencer a esos campesinos de que necesitaban su ayuda.

Dirigí la vista hacia donde estaba Brian y vi que me estaba mirando, los dos estábamos pensando lo mismo. Si Unid Vuestras Manos podía ofrecernos algo, aquel día no lo íbamos a encontrar. Charlie se estaba poniendo sensiblero por el exceso de alcohol y si no nos íbamos pronto tendríamos para rato.

—Me voy, tengo cosas que hacer —dijo Brian.

Charlie esbozó una rápida y amarga sonrisa. Estaba borracho, pero no era tonto, y notaba que le estaban insinuando que sobraba.

—Supongo que sólo quedamos tú y yo —comentó en tono ligeramente sarcástico, como dándonos a entender que sabía perfectamente que yo me iba también.

—Lo siento —dije.

—No me gusta que me sigan —le reproché cuando salimos de la escalera mal iluminada hacia la brillante luz diurna.

—Bueno, a mí no me gusta que me mientan —replicó cerrando la puerta y echando a andar hacia la plaza 16 de Novembre.

—Te lo dije. Conmigo corres peligro —aseguré manteniéndome a su paso.

—Gracias por el aviso, pero tal como te contesté, correré el riesgo.

Lo cogí por el brazo, dejé de andar y tiré de él hacia mí.

—Hay alguien que quiere verme muerta.

—Entonces necesitas mi ayuda.

—No necesito la ayuda de nadie —repuse, pero la verdad era que no estaba tan segura. Estaba cansada de estar sola y asustada.

Seguimos caminando en silencio por la avenida Mohamed V y atravesamos las rojas murallas de la ciudad vieja. El habitual letargo de media tarde se había apoderado de la ciudad. La mayoría de las tiendas estaban cerradas y la poca gente que había en la calle caminaba lentamente, como arrastrándose.

Si no se ha vivido el ciclo de la oración, es difícil imaginar el efecto de semejante horario. Las hermanas de la abadía, como los musulmanes, rezaban cinco veces al día. A pesar de que yo raramente acudía a tres de los servicios, y no esperaban que lo hiciera, siempre estaba el quíntuplo toque de campana para recordarme al Divino. Porque resulta prácticamente imposible olvidarse de Dios en las tres o cuatro horas que transcurren entre las oraciones, por lo que se vive constantemente con la sensación de su presencia. Eso no quiere decir que toda la gente que reza así sea particularmente santa; algunos se sienten más afligidos que dichosos, mientras que otros, que malinterpretan a Dios desde el principio, se confunden aún más.

Vivir en el convento había dejado su impronta, pero incluso yo tenía problemas para entender lo que era vivir en una comunidad más amplia gobernada por el ritmo de la oración. «Será como una especie de profunda renuncia», pensé. ¿Era ése el significado del islam? ¿La renuncia? ¿La sumisión?

—¿Quieres comer algo? —preguntó Brian cuando pasábamos cerca de la mezquita de la Koutoubia. Asentí y me di cuenta de lo hambrienta y cansada que estaba—. Hay un sitio que me gusta mucho cerca de Jemaa El Fna. Comida de aquí.

—Suena bien —dije.

133

ϒ

Cuando llegamos al restaurante El Bahja, un limpio y sencillo local en la parte sur de la plaza, faltaba poco para la puesta de sol. A excepción del camarero senegalés y una pareja de alemanes, el sitio estaba desierto.

—Puede que tengamos que esperar. Creo que todo el mundo se ha ido a rezar —me avisó Brian.

—No pasa nada.

El camarero se apresuró a darnos la bienvenida con los brazos abiertos y una amplia sonrisa. Brian y él intercambiaron cumplidos. Era la primera vez que le oía hablar francés y su acento era casi perfecto.

—Ésta es Eve —me presentó indicando hacia donde estaba—. Eve, te presento a Michel.

—Encantado de conocerla, mademoiselle —saludó ofreciéndome la mano.

—Igualmente —contesté estrechándosela.

—Los cocineros se han ido —explicó mientras nos acomodaba en una mesa—, pero volverán enseguida. ¿Les traigo algo para picar?

—Sí —contestó Brian—. ¿Puedes traer una botella de Valpierre si tienes?

—Por supuesto.

—Hablas muy bien francés —lo halagué cuando se fue el camarero.

—Lo aprendí en el colegio —explicó sin dar importancia al cumplido—. Si me hubieras oído cuando llegué...

—¿A qué colegio fuiste?

—Al Brown.

—Eso está en Rhode Island, ¿verdad? —aventuré. Otra información que no sabía que estaba oculta en mi memoria.

—En Providence —corroboró Brian asintiendo con la cabeza.

—¿No te licenciaste?

—Aún me parece mentira que consiguiera acabar el bachiller. Me fui a California nada más terminarlo y monté mi propia empresa. Fui uno de los pocos afortunados que empecé de cero y salí antes de que el mercado tecnológico se hundiera.

—Jubilado a los treinta —comenté.

—A los treinta y dos —me corrigió.

Michel apareció con un plato de olivas, un trozo de pan, unos pistachos y una botella de vino blanco.

—Gracias —dijo Brian mientras el camarero abría la botella y servía dos vasos. Tomó un sorbo, cogió las dos cartas que ni siquiera habíamos abierto y se las dio a Michel—. Dile a Jamal que prepare lo que mejor esté hoy.

Michel asintió y se retiró.

Observé a Brian mientras pelaba un pistacho. No era guapo, pero resultaba atractivo y sus imperfecciones le suavizaban la cara. Tenía una cicatriz en el mentón, un corte prácticamente oculto por la arruga que tenía bajo el labio.

Me metí una oliva en la boca y separé la carne del hueso. Estaba sabrosa y salada, salpicada con gotitas de picante *harissa*. «Ocho meses de callejones sin salida y pistas endebles, y la cosa no parece mejorar. Da la impresión de que el que esté aún en este país va más allá de sus esperanzas de encontrar a su hermano», pensé.

—No es solamente Pat lo que te retiene aquí, ¿verdad? —pregunté mientras observaba cómo abría otro pistacho. Parecía dominar por completo este extraño lugar y todos sus matices. Era una de esas personas que parecen sentirse como en casa en un exilio voluntario.

Me miró, pero no dijo nada.

—¿Volverás si lo encuentras?

—No lo sé —confesó al cabo de un momento. En aquella declaración no había falsedad ni indicio de engaño, era solamente la incómoda verdad.

135

—¿Crees que la historia de la plantación de dátiles tiene algo que ver en la desaparición de Pat? —pregunté para cambiar de tema.

—No. Es decir, no lo sé. En realidad no era un proyecto todavía. Que yo sepa era su primer viaje allí. Solamente estaba reconociendo el terreno.

—¿Y el resto de proyectos en los que estaba trabajando? ¿Hay algo que pudiera haber cabreado a alguien?

—Unid Vuestras Manos ayuda a mucha gente aquí. Y estoy seguro de que hay quien se molesta por ello, pero no se me ocurre nada fuera de lo normal.

—¿Has oído alguna vez el nombre Werner?

Brian cogió una oliva y escupió discretamente el hueso en la mano para depositarlo en un platillo blanco que el camarero había dejado en la mesa.

—No que yo recuerde. ¿Por qué?

—Puede que no sea nada —dije tomando un trago de vino y mirándolo a través del cristal—. Es simplemente un nombre que me suena de algo.

Quería contárselo todo, pero algo en mi interior me lo impedía. Me dije que por su propia seguridad era mejor que no supiera nada, pero la verdad era que había algo en él que me hacía recelar. Puede que fuera simplemente la desenvoltura natural del privilegio que confiere el ser norteamericano o la facilidad con la que había encajado en la cultura colonial. Puede que se debiera al recuerdo de la noche en que lo vi a oscuras en el hotel Continental o que me hubiera seguido hasta Marrakech. Fuera la razón que fuese, abandoné el tema de Werner tan rápido como Brian había dejado el hueso mondo y lirondo. «Puede que se lo diga mañana», pensé dejando el vaso en la mesa y observándolo pelar otro pistacho.

Catorce

*L*a cena tardó en llegar, así que cuando acabamos los cuatro platos que había preparado el cocinero de El Bahja ya nos habíamos bebido la mitad de la segunda botella de Valpierre. Estaba un poco achispada, no borracha, mucho más atrevida de lo que lo había estado en mucho tiempo, y lo suficientemente lanzada como para decir que sí cuando Brian propuso ir al casino del hotel Mamounia. Era uno de los garitos preferidos de Pat, me explicó, y pensé que posiblemente yo también había sido cliente, que a lo mejor me reconocía alguien, como el camarero de El Minzah.

El hotel no quedaba lejos del restaurante, estaba al lado de Bab El Jedid, en el extremo sudoeste de la ciudad vieja. Era un impresionante edificio de estilo colonial francés con porteros vestidos de época para no dejar entrar a la chusma y una altísima entrada con tres arcos. Subí los escalones detrás de Brian y entramos en el suntuoso vestíbulo.

Comparar el Mamounia con El Minzah sería no hacerle justicia a ese viejo hotel de Marrakech. Entre su clientela y en el ambiente no había nada ni nadie de serie B. El interior estaba revestido de superficies abrillantadas a mano, mármoles, espejos, latón y madera. Todo en ese lugar, desde el dinero a los acres de alfombras tejidas a mano, era antiguo, pero no gastado. Tranquilos millonarios circulaban libremente por los salones. A su alrededor, un discreto ejército de sirvientes entraba y salía por pasillos laterales, y hablaba en susurros para no molestar a los amos de la clase privilegiada.

—Tu hermano tenía un vicio muy caro —señalé mientras lo seguía por el laberinto art decó del hotel. Me daba la impresión de que el casino del Mamounia no tenía máquinas tragaperras.

—Aquí no hay muchos sitios en los que gastar el dinero —replicó.

¿Podría haber sido ése el problema? ¿Podría haber sido una deuda no pagada lo que había acabado en el asesinato de un norteamericano? O simplemente era que debía tanto que tuvo que salir por piernas. Con todo, ninguna de esas posibilidades tenía mucho sentido. Si se había ido, ¿por qué no había vuelto a Estados Unidos? Con toda seguridad, el Shylock local no se habría atrevido a seguirlo más allá de la frontera. Y si lo habían asesinado, dudaba mucho de que lo hubieran hecho en secreto. No se gana nada matando a alguien que te debe dinero, a no ser que sirva de advertencia para otros. La muerte de Pat, si es que estaba muerto, no se conocía lo suficiente como para utilizarla como arma disuasoria. ¿Y dónde encajaba yo en todo eso? Porque estaba segura de que yo encajaba en algún sitio.

Un portero vestido de esmoquin nos paró en la puerta del casino. Me estudió con los ojos y sin duda se percató de mi pobre vestimenta. Brian me cogió por la muñeca y me atrajo hacia él.

—Espera aquí —dijo indicando hacia una zona para sentarse.

Hice lo que me pidió sin perderlo de vista. Una pareja salió por la puerta del casino. El hombre era asiático, gordo y cincuentón, llevaba un traje oscuro. La mujer, a pesar de que había hecho un valiente intento por parecer veinte años más joven, dejaba ver el marcado deterioro de una estrella de cine envejecida: demasiado maquillaje en una paleta excesi-

138

vamente quebradiza. Había conseguido embutirse en un vestido de color rosa que llegaba hasta el suelo y llevaba zapatos cubiertos de lentejuelas. Sus pechos eran al menos tres tallas más grandes de lo normal para su estatura, sin duda resultado de la desmesurada idea de belleza de algún cirujano plástico. El pelo le formaba un rígido halo rubio alrededor de la cabeza. Pasaron a mi lado moviéndose por el vestíbulo como una mala imitación de Ginger Rogers y Fred Astair.

Brian le dijo algo al portero, que sacó un diminuto móvil del bolsillo e hizo una llamada. Mantuvo una breve conversación con quien estuviera al otro lado de la línea y después lo miró a él y seguidamente a mí. Brian se metió la mano en el bolsillo sacó un billete de dólar perfectamente doblado y se lo metió en el bolsillo del esmoquin. Después me hizo un gesto para que lo siguiera.

—Disfrute de la velada, señor —oí que le decía el portero mientras me acercaba.

—Gracias. —Me cogió de la mano, tiró de ella y atravesamos las puertas del casino.

—¿Cómo lo has conseguido? —pregunté mientras íbamos a la caja.

—Digamos que es un privilegio de los clientes.

—¿Habías estado aquí?

Asintió, se sacó la cartera del bolsillo y dejó un fajo de billetes para que se los cambiaran por fichas.

—¿A qué quieres jugar? ¿Ruleta, dados, bacarrá?

—Creo que me limitaré a mirar —contesté.

—¿De qué tienes miedo? No es tu dinero. Además, ¿no has oído hablar de la suerte del principiante? —Le lancé una mirada escéptica—. Venga —me apremió empezando a cruzar el salón.

Todavía no era muy tarde y el local estaba poco animado. No había ni un solo cliente árabe y, salvo una o dos excepciones, todos eran hombres. Las mujeres se limitaban a estar sentadas y a mirar.

—En estas fechas está muerto —comentó como si me hubiera leído el pensamiento—. El Ramadán hace que la mayoría de clientes musulmanes no aparezca por aquí. Es una pena, porque los que de verdad tienen dinero para derrochar son los saudíes. —Encontramos una mesa, me indicó que me sentara y él hizo lo mismo—. Bacarrá, ¿sabes cómo se juega?

Miré el fieltro verde y las líneas blancas que salían de dos medias circunferencias, en una había escrito «*Banker's*» y en la otra «*Player's*».

—Se apuesta contra la banca o contra la mano de un jugador. Gana el nueve. Si las cartas suman dos dígitos se quita el primero.

—Creía que habías estado en un convento —dijo Brian mirándome.

—Voy recordando cosas. Debo de haber jugado alguna vez —repliqué sonriendo.

Jugué la primera mano y perdí, y luego gané las dos siguientes. Brian tenía razón, apostar con el dinero de otra persona es muy fácil. Recordaba las reglas, pero estaba algo oxidada y en media hora había perdido la mayoría de las fichas.

—Deja que juegue yo un par de manos —me pidió cuando había acabado con prácticamente todas sus reservas.

—Perdona —me excusé avergonzada.

—No tienes que disculparte —dijo sonriendo.

Me retiré del juego, le di las fichas a Brian y me recosté en la silla para observar la sala. El hombre asiático y la mujer del vestido de color rosa habían vuelto y se turnaban para jugar a la ruleta, y en el fondo un bullicioso grupo de franceses jugaba al póquer.

Unas mesas más allá, absorto en lo que parecía el juego

del veintiuno, había una figura solitaria, un hombre. Debía de haber entrado mientras estaba concentrada en el bacarrá porque hasta entonces no me había dado cuenta de su presencia. Era árabe, por su aspecto marroquí, aunque no podía verle bien la cara. Jugaba muy serio, sin mostrar ningún placer, tan falto de pasión como debe de ser acudir en busca de los servicios de una prostituta, como si simplemente tuviera que hacerse cargo de una desagradable necesidad.

Cogió las cartas, las miró furtivamente y le hizo un gesto al crupier con la cabeza para que le diera otra. Había algo en él y en su forma de moverse que me hizo pensar que lo conocía. Me incliné hacia delante y estiré la cabeza para verlo mejor. El crupier le entregó una tercera carta, el hombre la miró rápidamente y, enfadado, las puso todas boca abajo. «Hacia aquí», pensé deseando que se volviera unos centímetros solamente. Se metió la mano en el bolsillo, sacó un puro y le cortó la punta. Después, como si quisiera complacerme, volvió la cara y llamó a un camarero.

141

Tenía razón. Era alguien que pertenecía a mi pasado, aunque a un pasado no tan distante como creía. Lo había visto el día anterior en la medina. Era Mustafá, el hombre de la farmacia bereber, el vendedor de especias que había en la agenda de Pat.

—¿Eve? —me llamó Brian. Me recosté y volví la cara hacia él—. ¿Has reconocido a alguien? —preguntó mirando hacia la mesa del veintiuno.

Meneé la cabeza y bajé la vista.

—¿Has acabado?

—Sí, hoy no es mi día de suerte. ¿Estás lista?

Asentí y me levanté de la silla. ¿Por qué le estaba mintiendo?

—Mira, es Charlie —dijo.

Nuestro anfitrión de cara rosada acababa de entrar por la puerta del casino. Su aspecto era mucho peor, estaba sudado y despeinado. Brian lo saludó con la cabeza, pero Charlie no se dio cuenta. Miraba fijamente a la mesa del veintiuno y a la ancha espalda del farmacéutico. Se quedó un segundo en el umbral, ligeramente inestable. Entonces, el vendedor de especias se volvió y sus ojos brillaron momentáneamente en dirección a Charlie Phillips. Aquella cara norteamericana reflejó una extraña expresión, una mezcla entre codicia y vergüenza. Se puso pálido, agachó la cabeza y se fue del casino.

—Pobre Charlie, qué pena da —dijo Brian.

Me pareció un comentario magnánimo.

—¿Quién es el hombre que juega al veintiuno?

—Un empresario local que presta dinero a la comunidad de expatriados para que jueguen —explicó poniéndome la mano en la espalda para guiarme hacia la salida.

—Pues parece que Charlie tiene alguna deuda con él.

—No me sorprendería.

—¿Y Pat?

No contestó. Estábamos en la puerta y había retirado la mano de mi espalda para hacerle una seña al portero.

—¿Dónde te alojas? —preguntó como si no hubiera oído mi pregunta.

—En el hotel Alí, al lado de Jemaa El Fna.

Asintió como si conociera el sitio.

—¿Te apetece dar un paseo?

—¿Hasta el hotel?

—Venga, vamos.

Hacía una noche perfecta, no había ni una sola nube y el cielo oscuro del desierto estaba desbordado de estrellas. Una fresca brisa soplaba desde el Atlas y hacía que la lona blanca de las sombrillas de la piscina se hinchara y crujiera como las velas y jarcias de un yate. La piscina era toda luz y proyectaba una claridad aguamarina sobre las paredes enyesadas del hotel que parecía mecerse como una película resplandeciente proyectada sobre la humedad que dejaba la niebla de la exuberante vegetación. El patio estaba salpicado de delicadas buganvillas, brillantes como gotas de sangre recién derramada. En algún rincón del jardín se oía un aspersor.

—¿Sabes por qué es tan rojo Marrakech? —me preguntó Brian mientras bordeábamos la piscina.

Negué con la cabeza.

—Hay una leyenda bereber que dice que cuando construyeron la mezquita de la Koutoubia, ésta se clavó en el corazón de la ciudad como una gigantesca espada y brotó tanta sangre que lo tiñó todo de rojo. —Dejó de andar y se volvió para quedarse a pocos centímetros de mí—. Parece verdad, ¿no? —dijo indicando hacia un claro en los árboles por el que se veía la mezquita y el minarete, que embestía el negro cielo con su reluciente piedra como una espada afilada.

—A los que no somos musulmanes no nos dejan entrar, ¿verdad?

—No —contestó bajando la mano. Sus dedos me rozaron el brazo e hicieron que se me pusiera la carne de gallina—. Qué pena, debe de ser una maravilla.

—Sí.

En verano usábamos una pequeña capilla en el exterior de la abadía, una casita hecha en el jardín con cañas y tablones que una de las hermanas había cogido de un antiguo gallinero. En la parte del fondo, en vez de un crucifijo había una pequeña fuente de piedra y una diminuta alberca que reflejaba la luz trémula de las velas votivas que llevábamos a la oración. Aquella estructura quedaba detrás de la capilla de piedra, en la parte más alejada del jardín, y desde allí se veían las granjas que había en el valle. Uno de mis mayores placeres era sentarme en aquellos bancos toscamente labrados, escuchar el chapoteo del agua y contemplar cómo caía la tarde sobre los campos.

Brian echó a andar otra vez hacia el fondo del jardín y lo seguí en silencio perdiendo de vista el gran monolito de la mezquita. ¿Qué tenían aquellos lugares sagrados? ¿De dónde provenía su calma? En ese momento caí en la cuenta de que no había rezado desde que encendí aquella última vela en el convento, e incluso entonces lo había hecho llena de rabia.

—Debes de echarlo de menos —comenté cuando salimos a un ancho sendero bordeado de naranjos—. Me refiero a tu hermano.

—Siempre era el mejor de todos —observó con tristeza.

—Siento mucho no acordarme de él.

—Escribía poemas. Solíamos tomarle el pelo. Era del tipo de gente que siempre se está enamorando.

No dije nada. Recordé a Hannah sonriendo a la cámara. Hannah, la chica de los sueños de Pat. «¿Qué mentiras le habría contado y por qué?», me pregunté. Seguramente Pat no conocía la existencia de la caja de El Minzah e imaginé que tampoco sabía quién era Leila Brightman.

—Perdona, no debería haber dicho eso —se excusó.

—¿El qué?

—Que era del tipo de personas que siempre se enamoran.

—No pasa nada —le tranquilicé.

—Si hubiera conocido a Hannah Boyle en el Ziryab también me habría enamorado de ella —confesó meneando la cabeza.

—¿Y a Eve? —le pregunté cogiéndole por la muñeca.

No ser capaz de recordar tiene sus ventajas, experiencias que, cuando se vuelven a vivir por primera vez, son un maravilloso regalo. Como la primera nevada en la abadía; durante maitines había caído un repentino manto de nieve y cuando salimos a la fría mañana de noviembre el mundo se había transformado. O el primer huevo fresco que probé, la yema de un color naranja intenso, la clara con puntillas y los bordes crujientes.

—También me habría enamorado de ella.

«Recuerda este momento», me dije a mí misma mientras avanzábamos en la oscuridad. Notaba el pulso de Brian en mis dedos, el lento ritmo de su corazón. Abrí la boca ligeramente y puse mis labios sobre los suyos. ¿Se hacía así? En algún lugar en las profundidades de mi recuerdo se despertaron las olvidadas sensaciones del placer, el incontenible deseo de tocar.

Besarlo consiguió que lo olvidara todo durante un momento: Joshi, Pat y Hannah, los hombres del convento, Salim y su amigo del tren. Seguimos los naranjos hasta la parte más alejada del jardín en una lucha cuerpo a cuerpo de manos y bocas. Cuando llegamos a la gran tapia de tierra que marcaba el borde de la ciudad vieja, apoyé la espalda contra ella y lo acerqué hacia mí.

El muro estaba templado, el grueso adobe dejaba escapar el calor que había acumulado durante el día. Levanté los ojos y busqué el minarete en el cielo, pero no lo encontré por ninguna parte.

—No me acuerdo —dije tocando su cara en la oscuridad.

—No te preocupes —me susurró al oído—. Lo harás.

Entonces, de repente se oyó una risa, alguien venía por el sendero y me eché hacia atrás. Era la mujer del casino, la del vestido de color rosa, una figura de lo más inofensiva, pero que me recordó los peligros que había olvidado. Se paró bajo el resplandor de una de las farolas y durante un instante pensé que la conocía, que la había visto en algún sitio. «Uno de nosotros corre peligro —pensé temblando ligeramente—. Puede que los dos.»

—Ven —me apremió Brian con un susurro, apretándome la mano y tirando de ella para que lo siguiera—. Vamos a mi habitación.

Asentí, aun sabiendo que no debería acompañarlo.

—¿Qué hay allí? —pregunté. Desde su balcón se veía la piscina y los oscuros jardines por los que habíamos paseado. Detrás de ellos, más allá de la oculta muralla de la ciudad, surgía una oscuridad aún mayor cuya inmensidad sólo perforaban aquí y allá las luces de un coche solitario.

—Las montañas. Durante el día se ven —contestó acercándose y poniéndose detrás de mí. Su cuerpo se acoplaba perfectamente al mío. Me apartó el pelo y puso los labios sobre mi nuca.

«Las montañas —pensé—. Y detrás de ellas Uarzazat y las plantaciones de dátiles.»

—Quiero ir a Uarzazat —dije.

—Mañana podemos alquilar un coche, está a un par de horas —sugirió apartándose de mí y entrando en la habitación.

—¿Quién sabe? A lo mejor recuerdo algo.

—Sí, es posible —Se agachó, abrió el minibar y sacó un botellín de bourbon. Llevaba la camisa por fuera del pantalón, las mangas subidas y los botones mal abrochados. Se había quitado los zapatos y había algo en la desnudez de sus pies que lo hacía parecer delicado y vulnerable. Me entraron ganas de quitarle el resto de la ropa y hacerle el amor, lenta y delicadamente.

«Sobre todo —pensé—, quiero hablarle de Werner, de los hombres del tren y del raterillo de Jemaa El Fna.» Mentir no parecía tener sentido ya, peor aún, me parecía perverso y peligroso.

Se incorporó y buscó un vaso. Encontró uno encima del minibar, abrió el congelador, sacó tres cubitos medio derretidos y los metió dentro.

—Así pues, ¿crees que ese Bruns Werner conocía a Pat?

«Bruns Werner.» Me quedé helada y dudé mientras mi mente rebobinaba frenéticamente la conversación que habíamos tenido durante la cena. La forma en que se había metido la oliva en la boca cuando le había preguntado si había oído alguna vez el apellido Werner. Y después, cómo había dejado el hueso en el platillo blanco y había dicho: «No que yo recuerde».

Entré en la habitación intentando reprimir las náuseas que sentía. Yo había dicho Werner, no había mencionado nada de Bruns, ni siquiera sabía que se llamaba así. De eso estaba segura. Inspeccioné la habitación instintivamente en busca de un arma, algo afilado y sólido. ¿Un abrecartas? ¿Unas tijeras para las uñas? Sobre el minibar había un sacacorchos de acero inoxidable. No era una Beretta, pero serviría en caso de apuro.

Oí que le daba la vuelta al tapón y que se rompía el capuchón del botellín de bourbon.

—¿Eve? —me llamó apareciendo en la puerta con el vaso en la mano.

Me lo ofreció y tomé un sorbo.

—¿Qué decías?

—Bruns Werner. Mencionaste ese nombre durante la cena. ¿Crees que tenía algo que ver con Pat?

Mentía muy bien, casi tanto como para hacerme dudar. Tomé otro trago y me encogí de hombros.

—No me acuerdo. Como te dije, seguramente no es nada.

Me besó en la cabeza, se desabrochó la camisa, se quitó los pantalones y los dejó con cuidado en el respaldo de la silla.

—Creo que me voy a dar una ducha. ¿Te apetece venir conmigo?

—Ve tú primero.

—Si cambias de opinión...

—Ya sé donde estás... —Acabé la frase sonriendo y reprimí un escalofrío.

Entró en el cuarto de baño y le oí abrir el grifo y cerrar las cortinas.

147

¿Cómo lo había sabido? Dejé el whisky, fui hacia el minibar y cogí el sacacorchos. Parte de mí quería salir corriendo, pero otra necesitaba oír lo que tuviera que decir. Abrí el sacacorchos. En un extremo había una navajita, pero estaba roma por el uso. No, el sacacorchos era mi mejor opción. Me encaminé hacia la puerta abierta del cuarto de baño, me apreté contra la pared, contuve la respiración y empecé a contar lentamente hacia atrás desde cien.

¿En qué otras cosas me había mentido? Lo oí canturrear por encima del ruido de la ducha, aunque demasiado bajo como para reconocer la canción. ¿Y qué si me había mentido? ¿No le había mentido yo también? ¿Acaso no había estado mintiéndole todo el tiempo? El sonido del agua fue disminuyendo y finalmente cesó. Salió de la bañera, cogió una toalla y empezó a secarse.

—Me siento como nuevo. Merece la pena pagar la entrada en este sitio sólo por la ducha.

Apretando aún más el sacacorchos, separé un poco las piernas y me preparé. Los pasos de Brian sonaron en las baldosas con el silencioso roce de la piel desnuda sobre la fría cerámica. Su cara apareció en la puerta, el mentón y la nariz primero, y el pelo todavía chorreando agua.

—Werner —dije rodeándole el cuello con el antebrazo izquierdo y poniéndole la punta del sacacorchos en la carótida—. Lo llamé Werner. No dije nada de Bruns.

Movió la mandíbula y los músculos de su cara se tensaron y contrajeron como si tuviera algo vivo bajo la piel.

—¿Cómo lo sabías? —exigí saber.

Volvió la cabeza hacia mí y el acero se apretó más contra su piel.

—Lo siento, Eve.

—¿Quién eres? —No contestó—. ¿Te conozco? —pregunté. Su piel estaba aún caliente por la ducha y olía a champú—. ¿Me conocías de antes?

—No —dijo meneando la cabeza.

—¿Quién soy yo?

—No lo sé.

—¿Y quién eres tú?

No contestó. No iba a hacerle daño y él lo sabía.

Aparté el arma del cuello y me eché un paso atrás. El acero le había dejado una marca roja en la piel como la picadura de una abeja.

—Lo siento —repitió.

—Yo también —dije mientras me dirigía hacia la puerta.

—Ten cuidado, Eve —oí que decía cuando ya había salido al pasillo.

Demasiado nerviosa como para montar en un coche, esquivé a la media docena de taxis que esperaban en la puerta del Mamounia y subí la avenida Houmane el-Fetouaki en dirección al hotel Alí. Era tarde, demasiado tarde para ir andando, pero necesitaba poner en orden mis ideas. Con el sacacorchos aún en la mano, bajé la cabeza y seguí adelante. Un coche paró a mi lado y un taxista me hizo señas a través de la ventanilla abierta.

—Entre —me invitó.

Meneé la cabeza y le dije que no con la mano.

—Es peligroso —me advirtió.

—¡Váyase! —lo rechacé con rudeza.

—¡Está loca! —gruñó en francés subiendo el cristal y alejándose a toda velocidad.

«Estaba loca, sí. Loca por haber confiado en Brian Haverman en primer lugar y loca por haber ido a Marrakech», pensé. Y sin embargo, aquí era donde el hilo de mi pasado se había cortado.

A mi espalda oí que un vehículo reducía la velocidad y que las ruedas se acercaban al bordillo. «Otro taxi —pensé sin quitar los ojos de la acera—. ¡Joder!, ¿por qué no me dejan en paz?» Por el rabillo del ojo vi un capó negro y una ventanilla tintada. No, no era un *petit taxi*. La puerta se abrió y bajó un hombre. Mi amigo del tren, Salim.

Di un salto, apreté con fuerza el sacacorchos y eché a correr con todas mis fuerzas. Detrás de mí se abrió otra puerta y oí una voz masculina que gritaba algo en árabe. «¡Corre!», me dije acelerando cuanto podía, pero no fui lo suficientemente rápida. Una mano me cogió por la cintura, caí en la acera, di con el hombro contra el suelo y el dolor hizo que se me cortara la respiración.

Rodé por el suelo, ataqué con el sacacorchos y alcancé la chaqueta de Salim dibujando una raya roja en su antebrazo. Entonces se me echó encima el segundo hombre y me sujetó la muñeca con fuerza. Me arrancó el sacacorchos de la mano, me cogió por el pelo y me levantó. Oí más gritos en árabe. El coche se acercó hasta donde estábamos, el segundo hombre me introdujo en el interior y luego subió. «Ya está —pensé—, van a matarme.» Lo último que vi antes de que me pusieran un saco en la cabeza fue el minarete de la mezquita de la Koutoubia recortándose contra el cielo.

Quince

*E*stoy con Patrick Haverman al otro lado de las montañas, en una alcazaba de camino a Uarzazat. A nuestra espalda el paisaje lunar del Atlas, una silueta dentada de picos desprovistos de árboles. Alguien ha escrito un mensaje a Dios con piedras blancas en una de las resecas estribaciones: «*Allāhu Akbar*», dicen unas letras enormes con una escritura que se desliza sobre el montañoso terreno, escritas con tanta elegancia como si hubiese salido de la punta de un pluma estilográfica gigante.

Sopla un viento seco, un viento del desierto, limpio como la arena. Ha dejado una capa de fina arenisca en mi pelo y en mi piel. Estamos en una azotea y sobre nosotros el cielo azul más perfecto que jamás he visto, un enorme y apacible lago azulado que se extiende hasta el borde norteño del Sáhara. En la mano derecha empuño la Beretta.

Es una escena que me resulta familiar, un recuerdo antiguo e inquietante. Pat está herido y sangra profusamente.

—Lo siento. Lo siento mucho —le digo.

Él intenta decirme que no pasa nada, pero no le creo. Es por mi culpa, soy la causante.

—Tienes que irte —dice y sé que tiene razón, pero mis piernas no se mueven. Estoy de rodillas a su lado—. Vete —me ordena—. No me pasará nada. Se están acercando.

Desde el valle llega el sonido de unas alas que baten, algo poderoso que corta el aire.

—Lo siento —digo por última vez. Me inclino, le doy un beso y le pongo la mano en el pecho.

—Ponte de pie —me pide y le obedezco. En ese momento me doy cuenta de que hay un enorme nido de cigüeña en un rincón de las murallas, una proeza de ingeniería hecha con ramas y barro, lo suficientemente grande como para que quepa un hombre.

Vienen y no tengo dónde ir. Entonces me sumerjo en la oscuridad de la alcazaba, en su olor terroso, en la intrincada sucesión de habitaciones y escaleras, en este sitio que parece haber nacido de la misma tierra.

Estoy en un barco de vela, en un lago en algún lugar, no, en el mar. Hay una bruma gris que proviene del agua y me moja la cara, al igual que la espuma que hace el casco al abrirse camino en el agua oscura. Estamos en un paso estrecho, un canal cerrado a los lados por dos islas rocosas. Un lugar que desprende una abrumadora sensación de primitivismo que se aferra al musgo y a los helechos, a las enmarañadas zarzas verdes y a las calas húmedas por la lluvia, que llegan hasta el agua, recónditas, intactas. El agua es tan transparente que veo las enormes rocas que hay a lo lejos, la escarpada base de las islas. El canal está salpicado de algas marinas y espuma blanca.

En el barco hay cuatro personas, dos mujeres, un hombre y yo. Hemos traído provisiones para hacer un picnic: salmón, judías verdes, ensalada de patata, fresas y pastel de chocolate. Todo el mundo bebe champán, menos yo, que tomo mosto espumoso. Mi madre me lo ha servido en una copa alta como a los adultos y burbujea y chisporrotea como si fuera champán de verdad.

—¡Mirad! —grita mi abuela y todos nos volvemos hacia donde indica su dedo, hacia la boca del canal.

Deslizándose hacia nosotros a través de la bruma y con su enorme proa surcando el agua en dos crestas perfectas está el barco más grande que he visto en mi vida.

—Es el *ferry* —dice mi abuelo, inclinándose sobre el timón para acercarnos a la costa.

«Es muy grande —pienso—. Nos aplastará.» Pero me equivoco. Lo esquivamos con facilidad y nos deslizamos junto a su costado oxidado por las olas.

—¡Venid! —nos pide mi madre, que está de pie y mueve los brazos.

Me pongo de pie como puedo detrás de ella.

—Saluda —me pide, y agito la mano, como ella, hacia las docenas de pasajeros coloridamente vestidos que hay en la cubierta superior y que nos devuelven el saludo.

Entonces suena una sirena, alta y grave, que me produce un escalofrío, y el *ferry* gira, haciendo una curva a nuestro alrededor y su proa por poco embiste contra una de las islas rocosas y verdes.

Estoy en una escalera, en un pasillo estrecho y lleno de basura que conduce a un oscuro agujero. Hay un hombre junto a mí y los dos corremos, inclinándonos hacia delante y subiendo los escalones de dos en dos. Detrás de nosotros, saliendo de las sombras, hay varias figuras borrosas, unos hombres vestidos con unas extrañas ropas, camisas largas de algodón y pantalones holgados. Llegamos a un rellano y mi compañero tira de mí para que salga de las escaleras y entre en una gran habitación, un enorme espacio industrial de techo alto, a un lado hay una larga fila de ventanas llenas de mugre.

«El almacén», pienso, ya sé lo que va a pasar. No hay salida y oímos las pisadas de los hombres en las escaleras. Mi amigo me mira con ojos oscurecidos por el miedo. Está sudando y su

153

cara brilla en la turbia luz. «No pasa nada», me entran ganas de decirle, pero sé que no es verdad. Al poco, los hombres están encima de nosotros. El cuchillo centellea y brilla en mi dirección como el colmillo marfileño de un depredador gigantesco. Lo siento un instante en el cuello, no es dolor, sino algo más rápido y limpio. Después no siento nada de nada.

Es difícil saber cuánto tiempo estuve inconsciente, unas horas, quizá más. Cuando me desperté y fui recuperando lentamente la consciencia, sintiendo náuseas y que tenía algo como algodón en la boca, faltaba poco para el amanecer. A través de la alta ventana que había en mi habitación vi el primer rayo del sol, el oscuro cielo se iba volviendo azul y las estrellas desaparecieron como copos de nieve caídos en primavera sobre un estanque.

154 Me habían dado vasopresina. Recordaba su amargo sabor. Además me habían suministrado otra cosa, algo que me había dejado fuera de combate con la rapidez y precisión de un campeón de los pesos pesados. Pero fuera lo que fuese había dejado de funcionar y en ese momento, por primera vez desde que me habían metido en el Mercedes de color negro, no tenía nada que mitigara las punzadas que sentía en el hombro. Me di la vuelta e intenté sentarme, pero el dolor me golpeó en la boca del estómago. Inspiré con fuerza, me tumbé y repasé aquella retahíla de sueños mientras el dolor disminuía hasta convertirse en mera molestia.

Vivir con amnesia es vivir con una mente que duda, con una parte renegada de uno mismo que no se puede contener. Los sueños pueden ser recuerdos y viceversa, y no puedes estar seguro ni de uno ni de otros. Había visto a mi madre en otras ocasiones o, al menos, esa imprecisa encarnación, y hacía tiempo que había aprendido que su aspecto era la anhelada imagen que reproducían mis propios deseos.

Al principio, las vívidas evocaciones de mi imaginación consiguieron engañarme. Los lugares que veía en mis sueños me parecían increíblemente reales y los interiores de las casas estaban amueblados hasta el más mínimo detalle, con figuritas chinas en las mesitas o un atestado riel para cazos en la cocina. Había llegado a creer en esos lugares de la misma forma en la que las hermanas creían en el reino de los cielos. En uno de ellos transcurría una mañana de navidades, veía un abeto lleno a rebosar en el cuarto de estar, fuego en la chimenea, una bicicleta roja con un lazo y yo con un pijama blanco y azul.

Una noche en la abadía reconocí a aquella niña en pijama en uno de los vídeos de la hermana Claire. La casa era el recuerdo de una película, un cuento de fantasmas sobre un hombre que había asesinado a su querida. ¿Cómo iba a creer en nada después de aquello?

Y, sin embargo, por más que lo intentaba, no podía quitarme de encima la visión de Patrick Haverman y de la Beretta en mi mano. Estaba muerto. Lo supe en ese momento. ¿No lo había soñado antes? ¿Acaso no me había estremecido ante la persona que aparecía en las pesadillas inducidas por el piracetam, la misma persona que había ido al apartamento de Joshi aquella noche, la que había dejado un arma en la caja de seguridad de El Minzah y sabía cómo utilizarla? «Hay cosas que es mejor no saberlas», me dije. Como lo que pasó en aquel almacén.

El muecín empezó su llamada a la oración de la mañana en algún lugar lejano y un puñado de voces apagadas se le unieron. Así que seguíamos en la ciudad. Me senté, despacio en esta ocasión, y miré a mi alrededor. La única ventana, abierta, dejaba entrar suficiente luz como para poder distinguir los pocos muebles del cuarto. Aparte de la cama había un aparador pequeño, un armario y una silla.

Aquella habitación tenía dos puertas, una en cada extremo. Me puse de pie, deteniéndome un momento para mantener el equilibrio y me acerqué a la más cercana. Habían echado el cerrojo por el otro lado y no había tirador o pestillo con el que intentar abrir. Pasé la mano por la pared en busca de un interruptor, pero no lo encontré.

Al tocarla, la segunda puerta se abrió fácilmente hacia dentro. En la pared había un interruptor, lo apreté y vi un cuarto de baño pequeño con un retrete de porcelana blanca y un lavabo. Me miré en el espejo del armarito de la pared y di un respingo. Observé que tenía el pelo despeinado y mi mejilla derecha roja y arañada por la caída. Tenía el labio hinchado y en el ojo derecho una moradura en forma de media luna que prometía llegar a su apogeo y convertirse en un horrible ojo a la funerala.

Sobreponiéndome al dolor, levanté el brazo e hice un pequeño círculo para mover la articulación del hombro. No, no debía de estar roto, pero tendría los músculos agarrotados y doloridos una temporada.

Evidentemente esperaban mi llegada. En la estantería que había al lado del lavabo había una serie de artículos básicos de tocador: jabón, dentífrico, un cepillo para el pelo, otro de dientes todavía envuelto y un vaso de plástico. Detrás de la puerta colgaban unas toallas blancas limpias.

Lo primero que hice fue beber, tras dejar abierto el grifo un rato para que el agua saliera fría. La vasopresina siempre me dejaba seca la boca, pero en ese momento tenía la peor resaca que me había causado nunca aquella medicación. Tuve que tomar tres vasos para deshacerme del sabor a algodón. Cuando sacié mi sed, me lavé los dientes y abrí el grifo del agua caliente para lavarme la cara y limpiarme con cuidado la sangre seca que tenía en la mejilla derecha.

«¿Dónde estoy?», me pregunté mientras volvía a la habitación principal y escuchaba cómo enmudecía la voz del muecín. A través de la ventana oía el canto de un pájaro y el

156

apagado sonido del motor de un coche. Estaba en la ciudad, sí, pero en algún sitio silencioso. Quizá en la villa de Bruns Werner. ¿Me había tendido una trampa Brian? Debía de saberlo todo, desde el momento en que me vio en el *ferry*. No, seguro que lo sabía antes. Alguien en la aduana de Algeciras sabía quién era. ¿Y Patrick Haverman? ¿Y Hannah Boyle? ¿También habían sido una mentira? Parte de mí, en lo más profundo de mi ser, rehusaba creerlo.

Fui hasta la puerta cerrada, me tumbé sobre las baldosas de terracota y miré por la rendija que había en la parte de abajo. En el pasillo había luz, pero no señales de vida. Me puse de pie y volví a la cama, apoyé el armazón contra la pared debajo de la ventana, y después puse la silla encima del colchón.

Era un soporte nada estable, pero subiendo con cuidado logré llegar a la ventana. Me puse de puntillas y miré fuera. Vi los jardines vallados de varias mansiones y, no muy lejos, un pedacito de lo que me pareció el Jardín Majorelle. Sí, definitivamente estaba en Marrakech, en la casa de Werner, en Ville Nouvelle.

Estiré el cuello y lo saqué por el alféizar buscando alguna forma de huir, pero no la había. Debajo, la pared de adobe bajaba lisa tres pisos hasta el suelo. Por encima, más yeso hasta el techo. No había forma de bajar ni de subir. Tendría que salir por mis propios medios.

Había cogido la sábana de arriba y la estaba rasgando en largas tiras cuando los oí, dos hombres venían por el pasillo. Metí rápidamente mi proyecto de fuga debajo de la colcha y alisé sus arrugas con la mano. Salim entró primero, seguido de un hombre que no había visto nunca.

Salim me miró de forma lasciva y sus ojos se posaron en la moradura en forma de guadaña que me había hecho. Llevaba una camisa de manga corta y vi el corte del sacacorchos en el antebrazo. Tenía la herida ligeramente infectada y la piel de alrededor roja y sensible.

—Buenos días, Leila —me saludó con desprecio en un tono que confirmaba lo que me imaginaba, que nos habíamos conocido mucho antes de aquel día en el tren y que nuestra relación no había sido nada agradable—. ¿Qué tal te encuentras?

—¡Que te den!

Hizo una seña a su compinche y el otro hombre se acercó, me cogió por el brazo y me levantó de la cama de un tirón.

—Buen intento —dijo Salim levantando la colcha y dejando al descubierto las tiras de sábana. Dijo algo en árabe y los dos se echaron a reír, al parecer a mi costa.

—¿Qué le ha pasado a tu novio? —pregunté haciendo un gesto con la mano en los ojos para imitar las gafas de sol del otro hombre del tren.

Vino hacia mí y me golpeó con fuerza en la mandíbula. Mi cabeza giró bruscamente hacia un lado y noté el calor de la sangre en la lengua. No, cualquier cosa que hubiéramos compartido en el pasado no había sido nada agradable. Ordenó algo a su colega y éste me puso una capucha en la cabeza y me empujó hacia la puerta.

Intenté aprender el camino mientras caminábamos por la villa, pero en una curva de las escaleras me perdí. Para cuando llegamos a nuestro destino de lo único que estaba segura era de que seguíamos en casa de Werner. Una puerta se abrió delante de mí y me introdujeron por ella de un empujón. Después oí un cerrojo y a Salim y al otro hombre que volvían por donde habíamos venido. Libre de mis guardianes, levanté la mano y me quité la capucha de la cara.

La habitación en la que estaba era oscura y masculina, decorada con el omnipresente estilo colonial que había visto en El Minzah y el Mamounia, el sello del buen gusto de los expatriados. Predominaba el cuero y la madera oscura: había camas turcas hechas a mano, sillas con demasiado relleno, una alfombra persa de color rojo y un descomunal escritorio con incrustaciones de marfil y cedro. En tres de las paredes había una asombrosa colección de armas, desde espadas de samurái a rifles del siglo XVII, pasando por mazas medievales. Una celosía intrincadamente tallada para ocultar el rostro de las mujeres a la gente que pasaba por la calle cubría la única ventana, aunque no veía qué sentido podía tener aquella pantalla en una habitación tan evidentemente occidental. La parte de fuera estaba cerrada con fuertes barrotes de hierro.

En la pared de detrás del escritorio había un montón de fotografías, la mayoría en blanco y negro, sacadas hacía tiempo. Muchas eran escenas de caza en todas partes del mundo. Algunas evidentemente en África, con tiendas de campaña blancas, Land-Rovers, guías nativos y trofeos, animales de la sabana. Otras eran paisajes del oeste de Norteamérica o Canadá con una cabra montés o junto a un oso pardo de impresionantes garras. También las había de Asia, con un telón de fondo de cabañas de paja y las piezas más exóticas, un tigre con un agujero en la sien y media docena de jabalíes con su estómago rajado, lo cual dejaba ver un amasijo sangriento de vísceras.

Las que no mostraban cacerías eran de sitios igual de exóticos. En una se veía una diminuta figura al lado de una gigantesca estatua de Buda. En otra un hombre estrechándole la mano a un soldado con uniforme de camuflaje, mientras que detrás de ellos el viento que producía un helicóptero formaba un enorme remolino en una maleza que les llegaba hasta la cintura.

A pesar de que el reparto de personajes secundarios cambiaba, había una cara constante en todas ellas. Había enveje-

159

cido mucho durante los años que aquellas fotos documentaban, pero los rasgos característicos de su cara, ojos grises y mandíbula cuadrada, no habían cambiado. Era el mismo hombre que había visto en el coche aquel día, Bruns Werner.

Una imagen me llamó la atención mucho más que el resto. Era en blanco y negro, en pleno fulgor de la tarde, y mostraba a tres jóvenes en la terraza de un café, en algún lugar de Asia. En uno de los lados se veía a un conductor de *rickshaw* desocupado. Frente a él, una mujer con un vestido de algodón blanco llevaba una cesta de fruta. Detrás de ella, un cartel de cine anunciaba a un joven Peter Fonda en *Easy rider*. Por encima de las cabezas de los tres jóvenes el rótulo con el nombre del establecimiento: Les Trois Singes, es decir, los tres monos.

La figura de la izquierda era Werner. Sostenía un vaso en la mano y lo levantaba hacia la cámara como si estuviera brindando. A la derecha había otro hombre más guapo que él, de pelo oscuro y corto, con el cuerpo bien moldeado de un nadador. Llevaba una camisa blanca de algodón arremangada y estaba ligeramente recostado en la silla, totalmente relajado. Entre los dos había una mujer. Iba vestida con sencillez: camiseta negra, pantalones de color caqui, chaqueta de lona y botas de cuero. Movía la cabeza y su cara había salido borrosa, hasta el punto de ser irreconocible. Los dos hombres estaban vueltos hacia ella, como si esperaran algo, como cautivados por una presencia embriagadora, algo que no supe distinguir.

Oí ruido en el pasillo y me volví a tiempo de ver cómo se abría la puerta. Bruns Werner entró en la habitación haciendo un suave ruido con la suela de sus brillantes zapatos en el suelo barnizado. Se detuvo en el borde de la alfombra roja de lana con las manos en los bolsillos de la chaqueta, como si no me hubiera visto nunca. Mi anfitrión me miró un momento sin que sus ojos grises exteriorizaran nada.

—¿Sabes quién soy? —preguntó finalmente.

—Werner —contesté.

Asintió, se acercó y se sentó detrás del escritorio.

—Siéntate.

Obedecí y me senté en la silla que me había indicado.

—Debes de tener hambre —observó.

—Sí —reconocí, anteponiendo mi estómago al orgullo.

Apretó el botón de un interfono, dio una orden en árabe y después volvió a prestarme atención.

—Enseguida te traerán el desayuno —dijo recostándose en la silla mientras observaba mi cara—. Siento lo de Salim —se disculpó—. Creo que entre vosotros hay cierto resentimiento, de los viejos tiempos.

—No lo sabía.

—No, supongo que no lo sabes.

Levantó la tapa de una caja de madera y sacó un puro. Me llegó un olor a tabaco tan intenso que casi era desagradable.

—¿Nos conocemos? —pregunté.

—Debe de ser difícil —dijo sin hacer caso a mi pregunta—. Una situación verdaderamente complicada la de no conocer el propio pasado.

—¿Qué quiere de mí? —pregunté encogiéndome de hombros.

Sacó un pequeño cuchillo enfundado del cajón de arriba y cortó la punta del puro.

—¿De verdad no te acuerdas? —preguntó con incredulidad. Se oyó un golpe en la puerta y ordenó al que llamaba que entrara—. Tu desayuno —indicó—. Me he tomado la libertad de pedirte café. Te gusta, ¿verdad?

Una atractiva mujer marroquí, vestida con un traje color crema y zapatos de tacón a juego, entró y dejó una bandeja en la mesa que había a mi lado.

—¿Será suficiente? —preguntó mi anfitrión.

161

Miré lo que me ofrecía. Había un cuenco con yogur, un plato con higos verdes, un *pain au chocolat*, un vaso con zumo de pomelo y una jarrita con café. Asentí, me tomé de un trago el zumo y después cogí un higo. Algo en mi interior me decía que era mejor comer mientras pudiera, que ésa podía ser la última comida que viera en mucho tiempo.

Werner volvió a meter el cuchillo en el cajón, sacó un encendedor de oro y aplicó la llama con sumo cuidado al puro.

—Me gustaría hacer un trato —ofreció mientras observaba cómo daba un mordisco al *pain au chocolat* y tomaba un sorbo de café—. Puedo ayudarte a recordar, pero necesito que a cambio me des cierta información.

Miré la colección de animales muertos que tenía a su espalda, los jabalíes con el estómago limpiamente cortado, y aquellas fotos me hicieron pensar en las hermanas y en lo que había dicho Heloise: «Pensé que estaban cantando.» De repente, el pastel me supo rancio y el café amargo.

Werner soltó una densa nube de humo.

—Por supuesto, no te acuerdas, pero tienes algo que me pertenece. Algo que tengo mucho interés en recuperar.

—¡Váyase al infierno! —repliqué.

—Crees que maté a tus amigas, ¿verdad? —preguntó mirándome con curiosidad.

No contesté.

—Entiendo tu silencio como una afirmación, pero me temo que estás equivocada.

—Entonces, ¿quién si no?

Meneó la cabeza.

—Es la pregunta del millón, ¿verdad señorita Brightman? ¿O debería llamarte Eve?

Me encogí de hombros.

—Te diré lo que sé, pero antes tendrás que ayudarme —dijo Werner.

—¿Qué es eso que dice que le quité? Me sería de gran ayuda saber lo que quiere que recuerde.

Se recostó en la silla y saboreó el puro.

—Ése es el problema, querida. Es información que robaste, algo que puede adoptar muchas formas. Me temo que tendrás que acordarte de cuál le has dado.

—No es tan sencillo —dije.

—No te preocupes. Hemos dispuesto que alguien te ayude.

Dio una larga calada al puro y volvió a apretar el interfono, en esa ocasión para llamar a Salim.

163

Dieciséis

$\mathcal{A}$ pesar de que la hormona que constituye su principal componente está intrincadamente relacionada con la capacidad del cerebro para recordar información y experiencias, la utilización de la vasopresina como potenciador de la memoria es estrictamente experimental. La aplicación médicamente autorizada de ese fármaco y su análogo aún más potente, la desmopresina, es como antidiurético. Normalmente, estos dos medicamentos se prescriben a las personas diabéticas o enuréticas para reducir la frecuencia con que orinan. Por consiguiente, un desafortunado efecto secundario del fármaco es que reduce considerablemente, y en ocasiones de forma peligrosa, la eliminación de líquidos.

Es decir, una persona que beba mucho líquido mientras toma vasopresina corre el riesgo de ahogarse literalmente en su interior. Una noche en Lyon, en la que había bebido un vaso de más del dispensador de agua de la oficina del doctor Delpay, experimenté en persona esa desagradable sensación y acabé de rodillas en el cuarto de baño, agobiada por unos vómitos incontrolables. Me libré de los ataques que me hubiera producido un encharcamiento interno, pero aquel incidente dejó una huella indeleble en mí e hizo que guardara un gran respeto a los poderes ocultos de aquel medicamento.

Así que cuando Salim y su anónimo adlátere aparecieron con una jeringuilla y un inhalador, mi mente repasó inmediatamente todo lo que había bebido esa mañana. Tres vasos de agua, el zumo de pomelo y al menos una taza de café.

Miré a Werner, incapaz de ocultar el pánico que sentía.

—No puede inyectarme eso ahora, podría matarme.

Apartó la silla del escritorio y se levantó.

—Me temo que en este momento, tu comodidad no es lo primordial —dijo antes de encaminarse hacia la puerta.

—No te preocupes. Hemos tomado todas las precauciones posibles —añadió Salim en cuanto desapareció su jefe. Se acercó, me cogió las muñecas, las mantuvo contra los brazos de la silla e indicó con la cabeza a su acompañante—. Hasan es médico.

Aquella información no era nada tranquilizadora.

—¿Qué lleva dentro? —pregunté mirando la jeringuilla.

—Idebenone, pyritinol y piracetam —contestó con orgullo mientras me clavaba la aguja en el brazo—. Lo llamo «Cóctel de la memoria».

«¡Dios mío! —pensé mientras observaba cómo se hundía el émbolo—. Me espera un viajecito de cuidado.» Inspiré con fuerza y cerré los ojos.

Cuando acabó, el buen doctor sacó la aguja del brazo, dejó la jeringuilla, me cogió un mechón de pelo por detrás de la cabeza y tiró de él. Mientras me acercaba el inhalador a la nariz conseguí ver la etiqueta: «Desmopresina». Con la mano que tenía libre, Hasan preparó el presurizador, introdujo la boquilla de plástico en la fosa nasal derecha y sentí la nauseabunda descarga del fármaco.

«Sálvanos, Señor», recé, aunque no estaba segura de qué ayuda podría proporcionarme en ese momento aquella oración, si es que podía dispensarme alguna.

Lo verdaderamente malo de una sobredosis de un fármaco nootrópico es que te deja con un intenso y persistente recuerdo de todos los detalles desagradables. Nunca olvidaré aquella habitación en la casa de Werner, las horribles fotografías o las tres personas del café Les Trois Singes. Ni tampoco el viaje que vino a continuación, el vertiginoso trayecto por las montañas, el color de mi bilis en la cuneta o el olor del coche en el que viajábamos, una mezcla de masaje para después del afeitado, olor corporal y una desconocida fragancia dulzona a la que todavía he de poner nombre. No, por mucho que lo intente, jamás olvidaré el constante y profundo dolor que me producía temblores.

Hasan, Salim y yo salimos de la villa poco después de mi entrevista con Werner y, con Salim al volante, dejamos la ciudad para dirigirnos a las verdes estribaciones del Atlas. Antes de cruzar el río Zat ya había devuelto todo el desayuno y tenía constantes arcadas. Para cuando llegamos al Gran Atlas estaba tan debilitada por las convulsiones que mis dos escoltas pensaron que no les causaría ningún problema si me dejaban en el Mercedes en el puerto de Tizi n Tichka mientras se lavaban las manos y los pies, extendían las esteras y rezaban la oración de mediodía. Después proseguimos nuestro camino bajando las austeras montañas del sur hacia Uarzazat y el desierto.

La nociva combinación de fármacos funcionaba, aunque dudaba mucho de que lo que estaba recordando en ese viaje fuera lo que quería Werner. Más tarde casi llegué a creer que mi oración había funcionado, pero en ese momento ni siquiera tenía fuerzas para plantearme cuál era el origen de mi suerte.

A pesar de que las hermanas me encontraron a principios de noviembre, pasé las seis primeras semanas de lo que recuerdo como mi vida en un hospital de Lyon, intentando en vano acordarme de quién era. A mediados de diciembre el doctor Delpay sugirió que debía pensar en un hogar permanente y las hermanas se ofrecieron para acogerme. Llegué al convento la última semana de Adviento.

Esa semana antes de navidades es el momento para recordar a Jesucristo y, todas las noches, en vísperas, antes del Magníficat, las benedictinas cantaban una serie de antífonas en las que le llamaban con un nombre diferente en cada una de ellas. «*O Sapientia, O Radix Jesse, O Adonai*», cantaban. Era un canto primitivo, hermoso y místico como los mantras budistas, y todas las vehementes *oes* resonaban en el estéril silencio del invierno.

En aquel viaje al desierto volví a vivir mi primera noche en el convento y las antífonas cantadas. Habían encargado a Heloise que se ocupara de mí y fue ella la que me llevó a la capilla aquella noche. Estaba nevando, unos copos finos como azúcar en polvo caían débilmente sobre nosotras mientras cruzábamos el jardín. Llegamos a vísperas brillantes como fruta escarchada.

Había llegado del hospital aquella misma tarde y todavía no conocía a la mayoría de hermanas. Cuando entramos todas las cabezas se volvieron brevemente hacia nosotras, posaron sus ojos en mí y luego los apartaron. Más adelante comprendí el delicado equilibrio necesario para mantener una comunidad de esas características, la magnitud del riesgo que habían corrido al darme cobijo. No cabía duda de que estaban ansiosas por saber en qué lío se habían metido, impacientes por conocer a la extraña norteamericana que iba a vivir con ellas. Heloise sabía lo asustada que estaba. Me cogió la mano y la apretó con fuerza.

Nos sentamos en la parte de atrás, bajo la imagen del Cristo niño de mejillas sonrosadas y la cara de adoración de su madre. La capilla olía a lana húmeda y a incienso, y a antiguo, a alcanfor, a jabón de lavanda y a ajo. La antífona de aquella noche era *O Oriens*.

«Oh Oriente, sol que naces en lo alto —cantaba Heloise a mi lado—, resplandor de la luz eterna, sol de justicia: ¡ven ahora a iluminar a los que viven en tinieblas y en la sombra de muerte!»

Me senté en el duro banco y observé a mi nueva amiga mientras la nieve se derretía en su pelo. Era un recuerdo tan vívido, tan inmediato, tan rico en detalles, recuerdo que las gotas de agua reflejaban las velas del altar. Heloise me miró, sonrió y su cara se iluminó como por arte de magia. «¡Qué afortunada! —pensé—. ¡Qué suerte más increíble he tenido de que me encontraran estas mujeres!»

Heloise estuvo conmigo todo el viaje hasta Uarzazat y los oasis del valle Draa, no era un ángel sino una acompañante, una guía en el oscuro territorio de mis recuerdos. Estaba conmigo cuando llegamos al palmeral, junto a mí cuando Salim y Hasan me metieron por la puerta de la gran alcazaba roja y en su laberinto de lóbregas habitaciones. Permaneció allí las dos primeras noches de desmopresina y del repugnante brebaje de Hasan, una pesadilla de la que creía que jamás despertaría. Unas veces se quedaba en un rincón de la habitación y otras se tumbaba a mi lado en el estrecho catre que hacía de cama, con sus caderas pegadas a las mías, acariciándome el pelo.

En aquella diminuta habitación reinaba un silencio absoluto, las espesas paredes de barro y la pesada puerta amortiguaban el ruido de la casa. Una pequeña y enrejada ventana en lo alto de un rincón dejaba entrar la suficiente luz como para que pudiera diferenciar cuándo era de día y cuándo de noche. Una bombilla desnuda, sobre la que afortunadamente tenía control, me ofrecía un respiro contra la aterradora oscuridad.

Cuando llegamos vi el Mercedes negro de Werner y no tuve la menor duda de que estábamos en la alcazaba. En los momentos de mayor lucidez me preguntaba si Brian estaría allí también o si su traición obedecía a los intereses de otra persona y no a los de mi anfitrión. Tenía la sensación de que

Werner no era la única persona que quería hacerse con el tesoro con el que había desaparecido Leila Brightman.

Al poco de llegar me dejaron sola un buen rato y, finalmente, el efecto de los fármacos desapareció lo suficiente como para poder aliviarme en el cubo de plástico que me habían dejado. Después, hacia lo que mi instinto me decía que era el final de la tarde, oí un golpe en la puerta y Salim apareció con una bandeja con comida y una botella de agua mineral.

—Come —dijo dejando la bandeja en el suelo al lado del catre—. No queremos que te mueras.

Estaba a pocos centímetros de mí. Reuní la poca saliva que tenía en la boca y le escupí en la cara.

—Al menos, todavía no —dijo mirándome lascivamente y limpiándose el escupitajo.

Observé cómo se iba, tomé un sorbo de agua y derramé el resto en el suelo. Sedienta como estaba, no tenía la suficiente confianza en mí misma como para estar segura de que no me la bebería toda. De la comida sólo tomé lo suficiente como para calmar las punzadas del hambre y después tiré lo que quedaba en mi rudimentario orinal.

Sabía que Hasan volvería para administrarme más fármacos y esa vez quería estar todo lo preparada que pudiera. Cuando finalmente vino, no llamó a la puerta. Oí que el cerrojo se descorría y que Salim y el médico entraban en mi celda.

Durante el tiempo que pasé en la abadía a menudo pensaba en la vida de los santos, en cuantos habían sido martirizados, torturados y asesinados por su fe. ¿Cómo lo hacían? Quería saberlo. ¿Cómo soportaban las quemaduras, los ahogos, las violaciones, el estiramiento de sus cuerpos, que los aniquilaran lentamente, los desoladores años en estrechos agujeros insalubres hasta para una rata? Cuando Hasan se me acercó, supe cómo aguantaban todo aquello.

Las cosas que se conocen ofrecen un triste consuelo, saber exactamente cuánto se ha de resistir. Mientras veía a Hasan acercarse con la jeringuilla y el inhalador tuve un fugaz recuerdo de una playa en algún lugar y de grandes olas azules rizadas llegando a la playa. «Así es como se hace —pensé—. Inspira con fuerza y agacha la cabeza y cede ante la dura pelea con las olas.» Sentía el agua acercarse a mí, la arena arañándome las piernas, la inexorable atracción del mar. «¡Déjate llevar, déjate llevar!», me dije con los pulmones doloridos y luchando con los brazos para mantenerme a flote. Después, cuando pensé que no podría contener el aliento ni un segundo más, salí disparada. «Saldré de ésta», me recordé mientras el cóctel de Hasan se apresuraba a llegar a mi corazón y la desmopresina corría y se abalanzaba sobre mi cerebro.

170

Imaginad el contenido de un tornado en una pradera, un rollo de alambre de espino, media docena de postes de una valla, una rueda, una bala de heno, un zapato de tacón y parte de un tejado aspirado del dormitorio de una caravana, todo apareciendo momentáneamente a la vista y después engullido otra vez por el torbellino. O un jardín visto mientras se camina al lado de una valla, imágenes discontinuas de hierba, un rosal, una tumbona blanca, las ves, no las ves, las ves otra vez.

De este modo vino todo a mí esa primera noche en la alcazaba, como un tumulto de lugares y cosas nítidas primero y borrosas después. Había una interminable extensión de monte bajo, oscuros fragmentos de montañas a lo lejos, el viento cargado de salvia y humo. Iba a toda velocidad hacia Borgoña y pasaba por viñedos recién podados, un largo muro de piedra y un campo de vacas lecheras. Estaba en la zanja y había un hombre a mi lado con una pistola. Entonces oí una detonación, se abrió la puerta y caí tambaleándome hacia la carretera.

Durante un breve instante estuve en un tren con Pat, sonriendo a la cámara, intentando quitarme el sueño de los ojos. Estuve en la cocina de la abadía, amasando. Después volvió la confusión y me encontré de nuevo en la casa de Werner en Marrakech con la fotografía de Les Trois Singes en la mano, los tres jóvenes amigos y el conductor del *rickshaw* esperando un cliente. Pero hasta en eso me traicionaba la memoria, faltaba la mujer vestida de blanco.

La mayoría de lo que recordaba eran cosas banales, un lago al anochecer, un perro cogiendo un palo, el olor del pan cociéndose, la mano de un bebé en mi pecho, mientras que lo que más deseaba recordar seguía sin aparecer.

De mis tres noches en la alcazaba, la primera fue la mejor. Cuando el subidón de la desmopresina llegó a su punto de mayor intensidad y empezó la lenta bajada, me sentí invencible. «Puedo hacerlo. Puedo vencerlos», pensé.

171

Por la mañana entró otro hombre con comida, agua y un cubo limpio. Era mayor que mis habituales visitantes y tenía la piel bronceada y curtida bajo la capucha de su albornoz marrón. Dejó la bandeja en el suelo y se acercó a mí.

—Coma, mademoiselle —susurró en un francés culto—. Los otros no vendrán hasta esta noche.

Lo miré a los ojos y asintió de forma casi imperceptible, después se levantó, cogió el cubo sucio y se dirigió hacia la puerta.

Le oí echar el cerrojo. La lógica me decía que no debía confiar en él, pero mi instinto y mi estómago me suplicaban que creyera en lo que había dicho. Me dolían los músculos por la deshidratación. Cogí la botella y me bebí la mitad casi de un trago, después ataqué la comida vorazmente. «Si paso otro día sin comer estaré demasiado débil para hacer frente a los fármacos», razoné.

Al final, la amabilidad de aquel hombre resultó ser sincera. Salim y Hasan no vinieron a verme hasta última hora de la tarde. En esa ocasión no estaban solos, Werner entró con ellos y se quedó en un rincón mientras el médico hacía su trabajo. Después, mis dos torturadores se fueron y mi anfitrión permaneció en la habitación.

—¿Cuánto tiempo me va a retener aquí? —pregunté. Una cuestión inútil, ya que la respuesta sólo podía ser una mentira o una verdad carente de sentido. Hacía tiempo que sabía que no me iba a dejar marchar con vida.

Werner no contestó. Se acercó, me puso la mano en la cabeza y la echó hacia atrás para que mi cara quedara frente a la suya. Después levantó la otra mano y me pasó los dedos por el cuello y la mejilla. Parecía estar buscando algo y, al mismo tiempo, haberlo encontrado.

Le escupí, tal como había hecho con Salim, apartó las manos y se alejó. Algo estalló en su interior, cólera, enfado.

—Ya te lo dije en Marrakech —comentó fríamente—. Te tendremos aquí hasta que recuerdes —dijo sacando un pañuelo del bolsillo para limpiarse la cara.

Lo miré y sus pétreos ojos grises me devolvieron la mirada. «Algo tuvo que sucederle a aquel joven de Les Trois Singes —pensé—, algo terrible y siniestro, para convertirse en esta persona.»

—¿Quién soy? —le pregunté.

Werner ladeó la cabeza y meditó la pregunta.

—Una traidora, querida. Y una asesina —dijo antes de darse la vuelta y salir por la puerta dejándome sola con mis pesadillas.

Me tumbé boca arriba en el catre y recé una oración en silencio, en esa ocasión para no recordar. Tenía miedo, miedo a morir en aquel horrible cuchitril, miedo a no tener fuerzas para mentir si recordaba. Había creído a medias lo que me había dicho Werner, que había sido otra persona la que había ordenado matar a las monjas, pero aun así, no creía que hubiera nada bueno en la información que estaba buscando. Era un hombre peligroso, eso estaba claro, y no quería que nadie más resultara herido por culpa de mi cobardía.

Las imágenes que acudieron a mí aquella noche fueron espantosas y violentas, una continua galería de horrores de mis peores evocaciones. Estaba de nuevo en la azotea con Pat mientras se desangraba moribundo en mis brazos. Le puse las manos en el pecho y se me llenaron de sangre. Tenía la ropa empapada de sangre, al igual que el pelo. Su olor me llegaba hasta lo más hondo de los pulmones.

Estaba en la habitación de un hotel, un sitio limpio y anodino, y en un rincón había un hombre muerto. Le habían disparado en la cabeza y tenía los ojos muy abiertos, como si hubiera visto llegar la bala. Volvía a estar en aquel horrible almacén con el corazón desbocado mientras bajaba corriendo las escaleras.

Estaba en la abadía, dentro de la capilla, donde habían asesinado a las hermanas como si fueran ovejas. Había sangre en el altar y en el comulgatorio, sangre encharcada en los bancos de madera, sangre salpicada en el viejo suelo de piedra. Alguien cantaba el Magníficat. «Mi alma glorifica al Señor y mi espíritu se llena de gozo en Dios, mi Salvador.»

Estaba en mi habitación del Continental. En la cama había un Corán abierto, las cinco letras de mi billete del *ferry* escritas en la primera línea de la página: *Kāf, hā', yā', 'ayn, ṣād*. Después el recuerdo se hizo trizas y me encontré mirando el techo bajo y las paredes estrechas de mi celda.

٢

A la mañana siguiente, el hombre del albornoz marrón no me trajo desayuno. En su lugar vinieron Hasan y Salim, y en vez de comida trajeron más desmopresina, una jeringuilla llena, y otra botella de agua. A partir de ese momento ésa iba a ser la tónica, sin tregua, sin tiempo para que me recuperara, un continuo ataque hasta que me quebraran. Cuando se fueron, me tumbé en la cama y me eché a llorar. Después, con el juicio anulado por la sed, di un buen trago de agua y me preparé para la inundación.

Por la tarde volvieron, con más de lo mismo. Lo que había visto no cambió, sino que simplemente los detalles se volvieron más nítidos y la siniestra bobina volvió a pasar una y otra vez. Mis vómitos me proporcionaban algo en lo que concentrarme que no fueran los recuerdos y bebí más agua, agradecida en ese momento por vomitarla, también por los calambres en los músculos, agradecida por cualquier cosa que me distrajera, incluido el dolor.

En algún momento de la noche oí un leve y casi imperceptible golpeteo en la puerta. Me incorporé y agucé el oído, segura de que lo había imaginado, pero volví a oírlo, un golpecito, y después una llave que se movía cautelosamente en la cerradura. Me puse de pie, fui a la pared más distante y, reuniendo la fuerza que pude, me preparé. Me había acostumbrado a las visitas de la mañana y la tarde, y saber que vendrían era lo único que evitaba la desesperación del miedo. Pero en ese momento sentía las feroces fauces del pánico atenazadas en mi garganta.

«¿Será Salim —me pregunté mientras se descorría el cerrojo—, que ha venido para vengarse de lo que arde como una pira en lo profundo de sus pupilas?» La puerta se abrió y levanté los puños. ¿Había decidido Werner utilizar métodos más persuasivos para estimular mi memoria? Si ésa era mi última oportunidad de pelear, no iba a dejar de hacerlo.

Pero no era Salim. Era el hombre que había traído el desayuno la mañana anterior. Llevaba puesto el mismo albornoz de color marrón. Lo abrió mientras se acercaba y sacó un segundo manto con capucha.

—Póngaselo —me pidió.

Asentí, me lo até al cuello y subí la capucha.

Se llevó un dedo a los labios y salió por la puerta. Me hizo una seña para que lo siguiera, se quitó las babuchas y continuó descalzo por el largo y oscuro pasillo mientras la piel blanca de sus talones los hacía brillar como si fuesen dos tenues faros. Obedecí y le seguí, agachándome en los recodos, subiendo un tramo de escaleras y bajando otro, zigzagueando en el laberinto de pasillos y habitaciones, en los pliegues y repliegues cerebrales de la alcazaba, los dos en silencio y a hurtadillas, como el chasquido que emite la chispa de una sinapsis.

Salimos de las profundidades, del corazón del gran palacio de barro y pude oler el aire del desierto. A lo lejos se oía el renquear de un decrépito motor en marcha. Delante de nosotros había un pasaje abovedado y mi guía indicó hacia una silueta encapuchada que se recortaba en el cielo azul oscuro. Más allá, las inverosímiles formas de las palmeras datileras y la fortaleza de sus esbeltos cuerpos desafiando a toda lógica y a la ley de la gravedad. «Es el único árbol que puede doblarse hasta tocar el suelo durante un huracán y volver a erguirse sin quebrarse», pensé. Había visto aquello, sí, lo recordaba, el viento fuerte como un dios, el continuo subir y bajar del mar en la orilla.

«Unos metros más», me dije, pero mientras avanzaba tambaleante hacia aquella abertura oí la voz de un hombre, una brusca orden en árabe, me paré en seco y retrocedí hacia la oscuridad. Mi guía volvió la cabeza y contestó. Una contestación natural, una risa, que obtuvo una respuesta igual de relajada. Apareció una segunda figura, una cerilla chisporroteó, se encendió y olí a tabaco.

Me apreté contra el muro para no temblar y después subí

la mano y me sujeté la mandíbula para evitar el castañeteo de mis dientes. Fumaron durante lo que me pareció una hora, dos horas, una vida entera de humo, hasta que, como por intervención divina, se oyó una nueva voz. El intruso rezongó, un subordinado que maldecía a su jefe, tiró el cigarrillo y se dio la vuelta.

Mi guía observó cómo se alejaba y después tiró el cigarrillo al suelo y me hizo una seña.

—¡Rápido! ¡Deprisa! —susurró.

Me aparté del muro ordenándome continuar adelante. El anciano me agarró del brazo, tiró de mí y cruzamos el camino de grava y arena que rodeaba la alcazaba. Después nos precipitamos hacia la *palmeraie*, el bosque del desierto.

—¿Cuánto falta? —jadeé. Podía correr, pero necesitaba saber cuántas de mis desfallecidas fuerzas necesitaba en cada inspiración.

Mi rescatador se paró en seco y levantó un brazo.

—Allí —dijo indicando a través de las palmeras hacia un diminuto punto de luz que parecía formar parte del lejano horizonte.

—Vamos —dije asintiendo con la cabeza.

Corrimos en silencio, sorteando los árboles hacia el solitario foco. Consumí toda la energía que me quedaba para mantenerme erguida y seguir moviéndome. El anciano iba delante y de vez en cuando se detenía para esperar a que recobrara el aliento. De pronto, llegamos, de repente habíamos salido de la *palmeraie* y estábamos en la apisonada tierra de una carretera. En ese momento me di cuenta de que la luz era una linterna, una lámpara hecha con piel de cabra que mantenía en alto una segunda figura encapuchada. Detrás de él había un camión.

Mi guía silbó y la luz se apagó rápidamente. La figura se movió y la áspera tela de su albornoz crujió. Abrió con suavidad la puerta del camión y puso en marcha el motor.

—¡*Montez!* —me ordenó el anciano.

Subí a la cabina, alguien cerró la puerta y el camión dio una sacudida hacia delante.

—¡Espere! —grité asustada mientras el anciano desaparecía.

El conductor salió disparado sin prestarme atención. Encendió los faros, y la carretera, un par de gastadas rodadas, se hizo visible.

—No pasa nada. Tranquila —dijo. Después se bajó la capucha y se volvió hacia mí. Estaba demacrado y las luces verdes del salpicadero parecían ahuecarle aún más la cara. Era Brian.

Diecisiete

Dormí día y medio, libre de la acometida de mis recuerdos, sumergida en las limpias y oscuras aguas del olvido. Me pareció ver a una mujer con las manos tatuadas con enredaderas y estrellas que entraba y salía, me traía agua y canturreaba mientras me arreglaba las sábanas.

La habitación en la que me encontraba era austera, con paredes encaladas y muebles sencillos y limpios, tal como deseaba que estuviera mi mente, fregada y seca como la cocina de la abadía cuando Heloise y yo entrábamos para hacer el pan. A través de la ventana me llegaba el ruido de la civilización, el distante zumbido de los ciclomotores, el ajetreo intermitente del tráfico y algún grito de vez en cuando.

La tarde de mi segundo día me desperté y me encontré a Brian observándome al otro lado de la habitación. Parpadeé y lo miré, sin saber aún a quién me había entregado, enfadada por su traición.

—¿Qué tal te encuentras? —preguntó.

—¿Dónde estoy?

—En un lugar seguro —contestó acercándose para sentarse en el borde de la cama.

—¿Dónde?

—En casa de un amigo, en Uarzazat.

—¿Quién eres? —pregunté incorporándome. La misma pregunta que le había hecho aquella noche en Marrakech.

—Más tarde, necesitas descansar.

—¡Dímelo ahora! —grité abofeteándolo y dándole con los puños en el pecho. Había encontrado dónde descargar el miedo y el agotamiento de los últimos días. Le golpeé hasta que la cólera y la frustración me agotaron. Después apoyé la cabeza en su pecho y empecé a sollozar.

No dijo nada, simplemente dejó que me recostase hasta que cesó el llanto, hasta que el único ruido que se oía en la habitación era el del ventilador del techo y, a lo lejos, unos golpes sordos sobre cuero, un partido de fútbol.

—Dime quién soy —pedí finalmente, levantando la cabeza y limpiándome la cara con las manos.

—Te diré lo que sé.

Se oyó un golpe en la puerta y entró la mujer con una bandeja. Tenía tanta hambre que el olor de la comida me provocaba náuseas, y dando arcadas le indiqué que se fuera.

Brian le dijo algo en árabe, cogió un cuenco de *harira*, un trozo de pan plano y una botella de agua y lo dejó en la mesilla. Después, la mujer se llevó el resto de la comida.

—¿También aprendiste árabe en Brown? —pregunté en cuanto hubo salido.

Brian cogió la sopa y me la ofreció sin hacer caso a mi pregunta.

—Tienes que comer algo —me animó sentándose en la única silla que había en la habitación.

Tomé un sorbo del caldo. Estaba caliente y espeso, tenía un fuerte sabor a comino y guindilla.

—¿Cómo sabías dónde me había llevado Werner?

—Por Fajir, trabaja para nosotros.

—¿El anciano?

Asintió, pero no dio más explicaciones.

—¿Corre peligro?

—No, no le pasará nada.

—¿Quiénes son «nosotros»?

Se quedó callado un momento, como si tuviera delante

un hilo completamente enredado y estuviera decidiendo qué nudo desatar primero.

—Eso no tiene importancia.

Dejé la sopa a un lado y me levanté de la cama.

—¡Que te den! —exclamé. Estaba cansada de aquel juego, cansada de tener muchas preguntas y ninguna respuesta—. ¿Dónde está mi ropa? —pregunté mirando por toda la habitación.

—En el armario —contestó con calma.

Lo abrí y la saqué. Estaba limpia y cuidadosamente doblada. Había utilizado toda mi fuerza para ponerme de pie y la habitación empezaba a dar vueltas.

—Siéntate —me pidió Brian—, y deja que termine de hablar. Si después sigues queriendo partir, yo mismo te llevaré a Marrakech.

—Desde el principio —le pedí sentándome en la cama y mirándolo con escepticismo—. Me lo vas a contar todo, empezando por decirme para quién trabajas.

Juntó las yemas de los dedos y se miró las manos como si la respuesta estuviera allí.

—Trabajo para los norteamericanos —confesó.

—¿La CIA?

—Extraoficialmente. Hago trabajos por contrato, como autónomo, estrictamente en secreto.

—¿Eres un espía?

—Como en las películas. Ya sabes, si algo sale mal la agencia negará cualquier conocimiento de su persona —dijo sonriendo forzadamente. Esperé un momento para asimilar lo que acababa de decir—. No te sorprendas tanto —continuó—. Al fin y al cabo los dos hacemos el mismo tipo de trabajo.

—¿Qué quiere decir eso?

—No lo sabes, ¿verdad? —preguntó con un dejo de hostilidad en la voz.

—Ya te lo dije, no me acuerdo.

—Eras una colaboradora independiente, como yo. Una especialista en armas, según dicen. Sobre todo en compras: material bélico extranjero, desvío de cargamentos, falsificación de certificados para los destinatarios, ese tipo de cosas.

—¿Así es como me conoció Werner, quiero decir a Leila?

—Bruns Werner es un traficante de armas de la vieja escuela. Empezó trabajando para el Pentágono durante la guerra del Vietnam.

«Vietnam —pensé—, *rickshaws*, mujeres con camisas blancas largas y *Easy rider* en el cine Saigón. Les Trois Singes.»

—Algo me dice que Werner ya no trabaja para el Gobierno norteamericano.

—Le hicimos rico en Afganistán, pero él intuyó el fin de la guerra fría y buscó negocios más lucrativos. Ahora es un carroñero. O sea, trabaja para quien le pague, el verdadero culo del mundo: las antiguas repúblicas soviéticas, los países latinoamericanos productores de droga, África, los Balcanes, Oriente Próximo... Colaboraste con él en un par de transacciones cuando todavía nos conseguía material bélico chino.

—Por lo visto no tienes buenos recuerdos.

Su cara se iluminó ligeramente.

—En este negocio nunca los hay.

—Dice que le robé algo. Información según él. Por eso me retenía en la alcazaba, querían que recordara.

—Hace poco más de un año nos enteramos de que Werner y un hombre llamado Hakim Al-Marwan iban a hacer un trato. Sólo que no iba a ser una transacción normal y corriente.

—¿Por qué?

—Bueno, porque no se trataba de armas. Lo que Al-Marwan iba a conseguir era información.

—¿De qué tipo? —Brian se calló—. Me iré —le amenacé—. Juro por Dios que me iré de aquí y no volverás a verme.

Se aclaró la garganta y se inclinó hacia delante en la silla.

—Al-Marwan es algo más que un cabrón de marca mayor. Es un viejo conocido de la CIA, de Peshawar, uno de los alumnos afganos. Luchó con los muyahidin y después, tras la retirada soviética, fue a Argelia y ayudó a organizar el GIA.

—¿Qué es el GIA?

—El poli del barrio, el Grupo Islámico Armado. Se especializa en masacres en poblados y algún secuestro o coche bomba de vez en cuando para divertirse.

—Todavía no me has dicho lo que iba a comprar Werner.

—Hace unos años colaboró en el plan de retirada ordenado por el KGB y se llevó un montón de documentos a cambio de sus servicios. Que sepamos, eran simples sobras y estaban obsoletas. Una especie de colección al por mayor de cosas que nadie echará en falta. Planos municipales, fotos de satélite de centrales eléctricas y puertos importantes.

—Por lo que dices en su mayoría era información desfasada.

—En el montón había un diamante y Werner lo sabía. Es como encontrarse un Monet en un mercadillo de objetos usados.

—¿Y cuál era el diamante?

—Datos detallados de todas las centrales nucleares del noroeste de Estados Unidos.

—¿Y eso era lo que le quería vender a Al-Marwan?

—Eso es lo que nos contaron.

—Así que los norteamericanos me enviaron a la alcazaba de Werner para volver a robar el Monet. Sólo que antes de entregar la mercancía me sucedió algo y ahora nadie, ni siquiera yo, sabe qué hice con él.

Se levantó de la silla y se acercó a la única ventana de la habitación.

—A medias —dijo en voz baja dándome la espalda con el brazo apoyado en la pared. Abajo, en la calle, una mujer se echó a reír y su risa se fue difuminando junto con el ruido de una motocicleta.

—¿A qué te refieres con a medias?

—No fueron los norteamericanos los que te enviaron.

—Pero si trabajaba para ellos —repuse—. Tú mismo lo dijiste.

—En esa ocasión no —dijo meneando la cabeza.

Inspiré y contuve el aliento. «Lo sabía», pensé. Lo sabía aquella noche en el apartamento de Joshi y antes, en las pesadillas del piracetam, aunque no había querido creerlo.

—Entonces, ¿para quién lo hacía?

—No lo sabemos. Al menos, yo no lo sé. Hay mucha gente a la que le gustaría tener esa información y ninguno de ellos es amigo nuestro.

—Pero ¿por qué? ¿Por qué iba yo a...?

—Hay un montón de razones, ¿no? Dinero, poder... —dijo encogiéndose de hombros. Después se volvió hacia mí—. ¿Tú qué crees?

—¿Y el año pasado? —pregunté sin hacerle caso—. ¿En Borgoña? ¿Qué pasó?

—Intentábamos detenerte. No estaba planeado que saliera así.

—¿Quieres decir que no debería haber sobrevivido o que deberías haberte cerciorado de que tenía lo que buscabas antes de dispararme?

—No —tartamudeó, pero su negación fue inútil.

—Supongo que Pat no es tu hermano, ¿verdad?

—Pat trabajaba para Unid Vuestras Manos, tal como te dije. Su colaboración con nosotros era puramente circunstancial, pura cuestión de mantener los ojos y los oídos abiertos.

—¿Y qué conseguía a cambio?

—Como bien supusiste, tenía problemas con el juego. Le ayudamos con sus deudas.

—¿Y Hannah? ¿También era pura cuestión de que mantuviera los ojos y los oídos alertas? —Pensé en la foto que Pat me había sacado en el tren, en el placentero ensueño que parecía estar viviendo—. ¿Eso es lo que habéis estado haciendo? —No contestó—. ¿Por qué viniste a buscarme a la alcazaba? —pregunté al cabo de un largo silencio.

—Necesitamos que recuerdes. Es importante que te acuerdes de lo que hiciste con los planos que le robaste a Werner. Tenemos que encontrarlos antes de que lo haga otra persona.

—Eso no es tan fácil.

—¿Tenías algo cuando te encontraron en Borgoña? No sé, cualquier cosa, puede ser algo pequeño, una joya, un bolígrafo... —dijo tras pensar un momento.

—Lo único que tenía en el bolsillo, aparte de pelusilla, era el billete de *ferry*.

—¿Todavía lo tienes?

—Puede —dije acordándome del equipaje que había dejado en el hotel Alí—. Lo metí en la mochila, en la consigna del hotel de Marrakech.

—Necesitas descansar unos cuantos días más, después iremos juntos.

Se acercó a mí y por un momento pensé que iba a besarme, pero se detuvo en el borde de la cama y se quedó allí, tenso, como si no estuviera seguro de sí mismo, ni de mí.

—Todo este tiempo sabías que Pat estaba muerto, ¿verdad?

—Sabemos lo mismo que todo el mundo, que desapareció en un viaje a Uarzazat. Lo demás sólo son suposiciones.

—¿Y qué supones?

—Que alguien lo asesinó.

—¿Quién?

No contestó, pero cuando me miró adiviné instantáneamente lo que estaba pensando, que Hannah le acompañó a Uarzazat y volvió sola.

—¿Quién soy? ¿Quién era antes de ser Hannah Boyle? ¿Y antes de Leila Brightman y las otras?

—No lo sé —repuso meneando la cabeza.

—Pero alguien sí lo sabe.

—Sí. Ahora duerme un rato —me pidió. Fue hacia la puerta y desapareció.

Me acabé la *harira*, tomé un sorbo de agua y volví a recostarme sobre los almohadones intentando desmenuzar la información que me había dado. Si lo que decía era verdad, Werner tenía razón. Era una traidora y algo peor. Pat Haverman había muerto por mi culpa en la azotea de una alcazaba y lo había asesinado yo. Pero ¿por qué? Según Brian había muchas razones, pero algo no acababa de encajar. Podía jurarlo. Algo fallaba, en la historia de Brian había una grieta, invisible como una ínfima fractura en un diamante sin tallar. Ésa no era la persona que yo había sido, era imposible.

Cerré los ojos deseando soñar. «Algo pequeño —me dije a mí misma—. Algo para guardar información.» Pero lo que soñé no era lo que esperaba recordar. Estaba otra vez en la alcazaba de Werner, en la *palmeraie*. Era de noche, el cielo oscuro se cernía sobre mí. Estaba sola, envuelta en un albornoz y corría, sólo que en esa ocasión lo hacía hacia su interior en vez de huir de ella, y mis botas quebraban hojas secas de palmera mientras avanzaba a toda velocidad.

Entonces, de repente, estaba dentro, en las profundidades de la fortaleza. Aquello era una oficina, la de Werner, pensé al oler el olor a cuero fino y a puros. Me detuve un momento, esforzándome por oír algo en el silencio, atenta al menor movimiento arriba o abajo. Había un sonámbulo, alguien se había despertado debido a una pesadilla, pero no vi a nadie. Fui al ordenador de Werner y lo encendí, el brillo de la pantalla era cegador.

Me metí algo en la capa, salí de la oficina y me dirigí hacia las escaleras para bajar al pasillo de la planta baja y desde allí a la puerta que sabía que conducía a la *palmeraie*. «Ya está», pensé dudando un momento en la salida. Como si aquel corto trayecto para cruzar el camino fuera la etapa más vulnerable de mi viaje. Se había levantado viento y las palmeras se rozaban violentamente unas con otras. Miré por debajo de la capucha y estudié el oscuro paisaje para asegurarme de que estaba sola. Entonces, salí.

No había mirado con cuidado. En cuanto estuve fuera vi una silueta que se deslizaba en las sombras de la muralla. Oí la voz de un hombre, no era hostil, un compañero que había salido a fumar. Me detuve y observé cómo se acercaba con la brasa de un cigarrillo al lado. Entonces volvió a hablar, a pocos metros de mí, y el tono de su voz pareció irritado. Asentí intentando pensar en una forma de salir de allí, pero sólo se me ocurrió una. El hombre se acercó un paso más y tiró el cigarrillo. «¡Corre!», me dije mientras buscaba a tientas en el camino y entraba en la *palmeraie*.

—¡*Sheffar*! —gritó a mi espalda y luego oí otras voces. ¡Ladrona!

Me subí la capa y corrí tan rápido como pude, abriéndome paso en el delicado bosque de palmeras ágiles y flexibles como piernas de bailarinas. Alguien disparaba. Una bala impactó en un tronco y saltaron astillas. La tierra que tenía delante estalló y escupió lodo y piedras pequeñas. De pronto estaba en la carretera. Un jeep se acercaba escorándose en las secas rodadas.

—¡Sube! —gritó Pat Haverman disminuyendo la marcha lo suficiente como para que me lanzara de cabeza hacia el asiento del pasajero.

Me incorporé y miré hacia atrás, hacia el bosque. La luna formaba un medio círculo perfecto, una cimitarra luminosa que ascendía hacia el transparente cielo. Proyectaba la suficiente luz como para permitirme divisar media docena de siluetas corriendo detrás de nosotros a través de las palmeras de dátiles. Se oyó otro disparo, el jeep dio un brusco viraje y después corrigió la dirección. Miré a Pat y vi que se llevaba la mano al abdomen.

—Estoy bien —aseguró, pero me di cuenta de que no era verdad.

Condujimos con las luces apagadas por la pista de tierra hasta que, finalmente, llegamos a una franja asfaltada con dos carriles.

—Estás herido —dije mientras encendíamos las luces y enfilábamos hacia el norte por aquella carretera.

Pat asintió.

—Hay un lugar no muy lejos de aquí. Un lugar seguro desde el que puedo llamar para pedir ayuda.

—Sí —dije. Estábamos en las ruinas de una alcazaba.

Se acercaba la mañana y el día se despertaba lentamente por el valle, por los oasis con palmeras, los rojos precipicios y la enorme oración blanca que adornaba la colina de enfrente. La azotea en la que nos encontrábamos estaba rodeada por altos muros y la pared tenía hendiduras para su defensa o su decoración, o para ambas cosas. En un rincón estaba el enorme nido de cigüeña, esa tupida y sólida construcción de ramas.

—Tienes que irte —dijo Pat—. Se están acercando.

—Sí —dije, pero no me moví. Me quité el albornoz y lo rasgué para ponérselo en la herida, pero el improvisado vendaje no funcionó. Pat tenía el estómago lleno de sangre.

—No me pasará nada. Vete ya —me pidió.

Por primera vez pensé que quizá tenía razón, que podía conseguirlo. Me incliné hacia él, lo besé y me obligué a ponerme de pie.

Me desperté empapada en sudor y aparté la colcha. «Así que no lo asesiné yo», pensé mirando a la oscuridad y sintiendo el calor que desprendía mi cuerpo, aunque sí había muerto por mi culpa, había muerto por venir en mi ayuda. «Asesina», le oí gritar una y otra vez a Werner mientras el sueño desaparecía y volvía a estar simplemente dormida. Después oí a Charlie Phillips decir: «Ese chico lo llevaba muy mal».

Dieciocho

—¿Cómo se hace? —pregunté. Brian y yo habíamos salido de Uarzazat y nos dirigíamos hacia las desérticas estribaciones del Atlas en un viejo Land-Rover.

—¿El qué?

—Esto. Todo esto. ¿Cómo te convertiste en lo que eres? ¿Cómo lo hice yo?

Metió una marcha más corta, redujo velocidad y esquivó dos furgonetas de turistas que se habían detenido a un lado de la carretera.

—Te he contado todo lo que sé —dijo mientras ganábamos velocidad.

—O todo lo que puedes.

A través de la ventanilla me fijé en que la carretera descendía vertiginosamente y las desmoronadas laderas se deslizaban hasta convertirse en una serie de viviendas construidas en terrazas, un pueblo hecho de ramas y barro. Incluso allí, en el desolado límite del desierto del Sáhara, había un puñado de antenas parabólicas, como pálidos dondiegos, colocadas en las azoteas de aquel poblado. Improvisados cables de luz interceptaban el tendido eléctrico que corría paralelo a la carretera.

—¿Qué crees que ven? —pregunté indicando hacia el pueblo que dejábamos atrás.

—*Los vigilantes de la playa. Friends.* MTV —aventuró Brian.

—Dios, espero que no.

—Cultura norteamericana en su máxima expresión. El nuevo imperialismo.

—¿Crees que es mejor que el viejo?

—¿Quién soy yo para juzgarlo? En cualquier caso les encantan nuestros pantalones vaqueros y nuestra música. Hace un par de años vi a un chaval con Nikes y un jersey de Michael Jordan quemando una bandera norteamericana.

—¿Dónde? —pregunté, aunque no esperaba que me contestase, como así sucedió.

Continuamos en silencio unos cuantos kilómetros, sorteando camiones abollados y más furgonetas de turistas, inmersos en el tráfico antediluviano de aquella carretera marroquí.

—Oye —dijo finalmente—. No te he mentido. Te he dicho todo lo que sé.

—Querrás decir todo lo que te dijeron. ¿Te contaron que tengo un hijo?

Deslizó las manos por el volante sin quitar la vista de la carretera.

—Tengo un hijo en algún sitio: un niño o una niña. Ni siquiera lo sé. La doctora tuvo que enseñarme la cicatriz. Eso no te lo contaron, ¿verdad?

—No, no lo hicieron.

—¿Tienes apellido?

—Sí —contestó, y ésa fue toda su respuesta.

El motor gimió al notar una marcha más corta y empezamos a avanzar lentamente. La carretera era muy empinada en ese tramo y un viejo autobús de línea había formado una caravana de vehículos que tenían que seguirlo lentamente.

—Crecí en Pittsburgh —dijo relajándose en el asiento, rindiéndose ante el paso de tortuga que llevábamos—. Mi padre es electricista y mi madre vende casas. Tengo una hermana mayor que vive en Cleveland y acompaña a su hija cuando juega partidos de fútbol. Su marido es censor jurado de cuentas.

—Y tú querías llevar una vida menos normal y corriente.

—Supongo. Al menos quería ver mundo. Me alisté en la marina en cuanto acabé el bachillerato.

—¿Así es como funciona?

—Así es como funcionó para mí. La agencia vino a buscarme cuando dejé las fuerzas especiales.

—¿Y para los demás?

—No lo sé exactamente. Algunos vienen del ejército, otros son... —Hizo una pausa para buscar las palabras adecuadas—. Son buenos en lo que hacen.

—Me imagino que no te refieres a cocinar y a coser. —Meneó la cabeza—. Maté gente, ¿verdad? ¿Era ése uno de mis talentos especiales?

Volvió a no contestar y entendí su silencio como una afirmación.

—¿Sabías que estaba con las hermanas? ¿Y lo que pasó en la abadía?

—Sí.

—¿Crees que fue Werner?

—¿Quién si no? Estoy seguro de que todavía tiene contactos suficientes como para enterarse de lo que se cuece en los círculos consulares.

«Sí, claro», pensé mientras contemplaba cómo movía las manos en el volante. Salió un poco al carril que venía en sentido contrario y sacó la cabeza para ver si podía adelantar. La persona que me encontró lo había hecho a través del consulado, gracias al papeleo que se había hecho para devolverme a Estados Unidos. Me acordé de las fotografías del despacho de Werner, del lúgubre testimonio de sus matanzas, pero algo me decía que no había sido él el que había asesinado a las monjas. No parecía el tipo de hombre que mintiera sobre algo así, en especial a mí, ya que evidentemente no tenía intención de dejarme en libertad, al menos viva.

No, fue otra persona la que asesinó a las hermanas. Alguien más, aparte de Werner, lo había organizado todo para que me dejaran pasar la frontera. Estaba segura. Alguien había atado cabos entre la mujer que habían dejado por muerta en aquel campo de Borgoña y la norteamericana que quería regresar a su país. La cuestión, tal como el mismo Werner había señalado, era quién.

Brian aprovechó un momento en el que no venía ningún coche, aceleró y pasamos el autobús justo antes de llegar a una curva sin visibilidad.

—¿No tienes ni idea de para quién estaba trabajando? —pregunté mientras volvíamos a nuestro carril.

—No —contestó apretando el acelerador.

—¿Pero lo crees? ¿Crees que soy una traidora?

—Eras. Creo que lo eras.

Se suponía que aquellas palabras iban dirigidas a mí, que eran una forma de demostrar que así lo creía, pero me dio la impresión de que estaba intentando convencerse a sí mismo.

Llegamos a Marrakech por el norte, rodeando las rojas murallas de la medina y el cementerio sembrado de lápidas que hay saliendo por Bab El Jemis y bajando la carretera principal hacia Bab Larissa y la avenida Mohamed V. Pasamos la mezquita de la Koutoubia y torcimos en la calle Mulay Ismail, para aparcar frente al hotel Alí.

—Espera —le pedí. Salí del Land-Rover y entré en el vestíbulo, rezando para que Ilham hubiera guardado lo que había dejado en la consigna.

La propietaria estaba en la recepción, llevaba el pelo arreglado, como siempre, y la sombra de color azul que daba vida a sus ojos hacía juego con su chilaba, que era de un suave azulado celeste con hilos dorados. Al verme entrar sonrió cortésmente.

—¡Mademoiselle! —exclamó. Cuando me acerqué, su sonrisa desapareció y frunció el entrecejo—. ¿Ha estado enferma?

Asentí, debía de tener un aspecto terrible.

—Fui a Uarzazat. Me puse mala y no he podido volver antes.

—¡*La pauvre!* —exclamó cogiéndome la mano—. Estaba muy preocupada por usted. Se fue sin sus cosas. No supe qué decirle a su amiga.

—¿Mi amiga?

—Sí. Ha venido esta mañana. Una amiga de Estados Unidos. Me ha dicho que había ido al otro lado de las montañas y que la había enviado a recoger su equipaje.

Se me cayó el alma a los pies.

—¿Se ha llevado mi mochila?

—Claro que no. —Buscó en la chilaba y sacó su llavero—. Lo siento mademoiselle, pero no me dejó instrucciones y le dije que tendría que venir usted en persona.

—¿Qué aspecto tenía?

—Era una mujer —explicó la propietaria encogiéndose de hombros antes de salir del mostrador para abrir la puerta de la consigna—. Alta, de pelo rubio. Lo comprende, ¿verdad? No se puede dejar entrar a cualquiera. Si me hubiera avisado...

—Sí —dije al ver mi mochila a través de la tela metálica—. Ha hecho lo que debía —aseguré ofreciéndole una débil sonrisa, sinceramente agradecida.

—Me temo que tendré que cobrarle. La consigna de equipajes cuesta cinco dírhams al día. —Abrió el candado y se echó a un lado.

—Sí, claro. —Estiré la mano, abrí la cremallera de la parte de arriba y busqué en el bolsillo interior—. Tome —dije sacando un billete de cien euros.

Sacudió la cabeza con vehemencia.

—Pero, *mademoiselle,* no tengo cambio.

—Por favor. Cójalo y guárdeselo —insistí poniéndoselo en la mano.

—¿La tienes? —preguntó Brian cuando me senté en el asiento del pasajero del Land-Rover.

Asentí al tiempo que metía la mochila detrás.

—Ha venido alguien preguntando por mí, una mujer.

—¿Cuándo?

—Esta mañana. Quería llevarse mi equipaje.

—Pues parece que no lo ha conseguido.

—Gracias a Dios que todavía quedan gerentes de hotel íntegros —comenté mientras abría la mochila.

—Menos mal.

—Esto es —dije sacando el viejo billete de *ferry*—. Mi única posesión en este mundo.

Cogió el trozo de papel y lo estudió con cuidado.

—Hay algo en la parte de atrás. Siempre he pensado que era una clave de algún tipo. —Le dio la vuelta y leyó las letras en voz baja—. O una combinación —aventuré.

—No lo es —aseguró devolviéndomelo. Encendió el motor y nos pusimos en marcha.

—¿Dónde vamos?

—Necesitamos encontrar un Corán —dijo mientras salíamos a la avenida Mohamed V para dirigirnos hacia Ville Nouvelle.

Aparcamos en una calle lateral detrás de una oficina de correos y fuimos andando las manzanas que faltaban para llegar al edificio en el que estaba Unid Vuestras Manos. Era primera hora de la tarde y estaba abierto, pero prácticamente desierto. Charlie Phillips y una guapa, aunque excesivamente delgada, chica negra con acento de clase alta británica, jugaban a los dardos en la zona de descanso y un escuálido niño norteamericano lleno de acné estaba enfrascado en un videojuego en uno de los muchos ordenadores.

Formaban un extraño trío, inadaptados los tres, cada uno herido a su manera, errantes y en busca de consuelo en el exilio. ¿Qué otra razón podía haberlos traído hasta aquí? ¿Qué otra cosa podían buscar en un sitio tan alejado de su país sino formar parte de algo?

Charlie volvió la cabeza cuando nos oyó entrar. Durante una fracción de segundo no pareció muy contento de vernos, pero después levantó las comisuras de los labios hasta dibujar una amplia sonrisa.

—Bri —le saludó cariñosamente.

Brian entró y lo seguí.

—Hola tío. ¿Te importa si utilizamos la biblioteca?

Charlie forzó una sonrisa incómoda. «Algo no va bien», pensé, aunque podía ser que simplemente le hubiéramos arruinado el ligue.

—Sí, claro.

—No interrumpáis el juego por nosotros —comentó Brian mientras se acercaba a las estanterías que había en la otra punta de la habitación.

—Es igual, me estaba ganando —comentó Phillip con risa nerviosa volviéndose hacia la mujer—. Conoces a Fiona, ¿verdad?

—Hola, Fiona —saludó Brian y después empezó a pasar el dedo por las filas de lomos gastados. Sacó un libro forrado en piel, se sentó cerca de una de las mesas y me indicó que me sentara junto a él.

Abrió el Corán por la contracubierta y empezó a hojearlo hacia atrás.

—El billete —dijo dejando el libro en la mesa cuando había pasado una tercera parte.

Saqué el billete de *ferry* del bolsillo, se lo di y lo apoyó contra la página.

—¿Qué es? —pregunté.

—Mariam. Las letras pertenecen a la primera línea de la sura a Mariam. Sólo que las han escrito al revés.

—¿Qué significan?

—Nadie lo sabe a ciencia cierta. Algunas personas piensan que son las iniciales del amanuense, otras que tiene un significado místico.

Pasó el dedo por la página.

—Versículo veintiuno —dijo leyendo el texto en árabe.

—¿Qué dice?

—Es el ángel que le habla a María de la Inmaculada Concepción. Quiere saber cómo puede tener un hijo siendo virgen. El ángel le explica que esas cosas son fáciles para Dios. «Tu Señor dice: Es cosa fácil para mí.»

«Fácil —pensé—. Es cosa fácil para mí.» ¿Dónde lo había oído antes?

—¡Abdesselam! —exclamé al acordarme del Corán que había encontrado en la habitación del hotel.

—¿Qué?

—En el hotel Continental. Fue lo primero que me dijo cuando fui a registrarme. «Es cosa fácil para mí.» Me dio la impresión de que me conocía. Habría jurado que me conocía.

Diecinueve

Salimos de la ciudad y nos dirigimos al norte deshaciendo la ruta que había seguido para venir desde Tánger, a través del verde interior del país, el mosaico esmeralda de cebada y heno. Después de haber estado en el Atlas, aquel paisaje parecía exuberante, preñado de campos y más campos de opulentos cultivos. Las parcelas y los caminos de tierra aparecían ante nosotros salpicados de mujeres con mantos brillantes, llenos de color como pájaros cantores. Las orillas del río en las que habían restregado la colada del día llenas de envoltorios de jabón Tide con su familiar color naranja y azul fosforescente, esparcidos aquí y allá como pétalos de un extraño árbol frutal.

Cuando cruzamos la curva azul del valle del río Um er-Rbia empezó a ponerse el sol. Las sombras se estiraban a lo largo de la meseta cubierta de rastrojo. Hombres y mujeres salían de los campos en busca de un cuenco de *harira* y un cigarrillo, del primer vaso de agua con el que romper el ayuno. Mientras conducíamos hacia el mar, el cielo se fue oscureciendo poco a poco y las escasas nubes altas de color rosa que había se tiñeron de violeta, la bóveda azul que había sobre nosotros pasó de añil a un negro salpicado de estrellas.

Condujimos por turnos a través de la oscuridad, pegados a la costa hasta Casablanca, Rabat y los pueblos fortificados del Atlántico. Cuando llegamos a Tánger eran cerca de las dos de la mañana y, excepto por unos pocos turistas rezagados y alguna puta senegalesa, la ciudad era un oscuro pueblo fantasma. Brian llevó el coche a través de Ville Nouvelle hacia las murallas del sudeste de la medina.

El Land-Rover era demasiado grande para entrar por la vieja puerta de la avenida de Espagne, así que aparcamos en la avenida de Portugal y subimos los últimos trescientos metros de calle adoquinada que quedaban hasta el Continental. Cogí la mochila y me metí la Beretta entre la espalda y la cintura del pantalón. El arma se pegó a mi piel y en el bolsillo trasero se notaba el bulto que hacía el cargador de reserva.

«Para hacer de él signo para la gente y muestra de Nuestra misericordia.» Repetí la segunda parte del versículo veintiuno de la sura a Mariam mientras dejábamos atrás la gran mezquita y el edificio de apartamentos de Joshi, y entrábamos en el interior de la gran mole del hotel. «Es cosa decidida.»

«Piedad», pensé, y entonces oí a las hermanas, asesinadas sin piedad. «*Kyrie eleison*, Señor, ten piedad de nosotros.» Y el Gloria: «*Domine Deus, Agnus Dei, Filius Patris. Qui tollis peccata mundi miserere nobis.*» Inspiré con fuerza y dejé que el intenso hedor de la bahía inundara mi nariz. ¿Acaso no morimos todos sin piedad alguna?

Un par de ratas cruzaron por delante de nosotros en el callejón y se metieron en un desagüe. «Se están acercando», había dicho Pat cerrando los párpados para buscar un sueño incognoscible, algún paraíso inventado por él. «Un edén de recuerdos —había pensado—, en el que las sinapsis te hacen regresar a la infancia, un baile agarrado en el gimnasio del instituto, serpentinas y perfume barato o un viaje en barca en las aguas de un lago verde, una isla cubierta de pinos, sus esquís rozando el agua, entrando y saliendo de la estela.»

¿No es eso lo que todos queremos, el amparo de los recuerdos, la estela en la que poder deslizarnos una y otra vez?

No el cielo, sino el regreso, un jardín lleno de luciérnagas, el frío hormigueo de la hierba recién cortada en la planta de los pies, ese lugar atemperado por el tiempo con el que todos deseamos reconciliarnos.

Y, sin embargo, me di cuenta por vez primera de que no era eso a lo que se refería Pat. Alguien había venido. «Hay un lugar —había dicho en mi sueño—, puedo llamar para pedir ayuda.» Y lo había hecho, y habían venido, pero no habían podido salvarle. «Alguien con alas —pensé—. Con alas no, pero con el sonido de alas, un rotor girando en el aire». Pat había pedido ayuda y eso significaba algo, sólo que no sabía qué.

Brian entró en el intrincado patio del Continental y yo dudé un momento en la puerta, intentando discernir lo que era sueño de lo que era recuerdo, la deseada ficción de los hechos. «No es cuestión de pruebas —me dijo una vez Heloise cuando puse en duda la omnipresencia—, sino de claudicación». Pero ¿ante quién?, pensé mientras observaba a Brian. ¿Soy una traidora? ¿Una asesina? ¿Madre de alguien? ¿Hija de alguien? ¿La chica de los sueños de alguien? ¿O era todas esas cosas, como el Dios cruel de Heloise, el niño en el pesebre y el hombre en la cruz?

Brian se volvió hacia mí y lo seguí. Una suave neblina que procedía de la bahía suavizaba las luces del patio y aquel antiguo hotel resplandecía como una rosa tocada de rocío. Subimos los anchos escalones de piedra que conducían a la veranda, abrimos la puerta de doble hoja y entramos.

Como era muy tarde, el vestíbulo estaba vacío y la recepción desatendida. Una nota escrita a mano sobre el mostrador indicaba un timbre y nos aconsejaba «Llamar para ser atendidos». Brian lo pulsó y oímos un sordo sonido en algún rincón apartado, en las profundidades de aquel antiguo edificio.

Pasaron unos diez minutos antes de que alguien contes-

199

tara. Permanecimos allí, acompañados en nuestro silencio por el tictac del antiguo reloj de pie y el arrastrar de nuestros pies sobre las baldosas del vestíbulo. Entonces, como por un milagro, se oyó un ruido en la puerta que había detrás de la recepción y apareció Abdesselam. Tenía los ojos medio cerrados por el sueño y los hombros ligeramente hundidos bajo una chaqueta de lana gris. Se acercó y se detuvo al otro lado del mostrador.

—Para hacer de él signo para la gente y muestra de Nuestra misericordia —recité.

Abdesselam parpadeó. Durante un instante pensé que me había equivocado, que habíamos hecho el viaje en balde. Entonces, el anciano asintió lenta y cuidadosamente.

—Es cosa decidida —contestó.

—Tiene algo que es mío —dije, más como pregunta que como afirmación.

—Sí —dijo mirando a Brian—. ¿Quién es?

—Un amigo —contesté acercándome a él.

Mi contestación no pareció tranquilizarle mucho.

—Esperad allí —dijo estirando el cuello para indicar un corto pasillo detrás de las escaleras del vestíbulo. Entonces desapareció por la misma puerta por la que había salido, cerrándola sin hacer ruido.

Fuimos hacia donde nos había indicado. La habitación era recargadamente marroquí, rodeada de bancos ricamente tapizados y salpicada aquí y allá con otomanas de cuero hechas a mano. En las paredes de color naranja habían dibujado falsas ventanas con celosías con estrellas brillantes de cinco puntas azules. El arco que servía de puerta era de yeso con tallas complejas, y en la parte de arriba se veía el típico mosaico marroquí azul y blanco. El suelo estaba cubierto con *kilims* de brillantes dibujos.

—¿Confías en él? —le pregunté sentándome en uno de los bancos.

—No tenemos muchas opciones, ¿no? —contestó apoyándose en la puerta.

La puerta del vestíbulo se abrió y Brian se puso tenso, pero simplemente era gente que volvía de alguna fiesta. Se oyeron risas de borrachos, masculinas y femeninas, y después el sonido de pasos que subían las escaleras.

Me recosté en los cojines de seda que cubrían el banco. Me sentí como una novia antes de la boda o como Judas segundos antes del beso, atrapada en ese prolongado y desconcertante instante anterior al gran paso hacia lo que se va a ser, ese momento en el que todavía hay tiempo para actuar, pero en el que toda acción parece imposible.

«Él lo sabrá —pensé—. El anciano de la chaqueta gris, un paquete, una persona, incluso un niño.» Había tantas cosas que quería preguntarle, sobre Hannah Boyle, sobre por qué había ido a Marruecos.

Los juerguistas se metieron en sus habitaciones y el hotel volvió a quedarse en silencio. Oí que Abdesselam salía por la puerta y el sonido de sus zapatillas en el suelo de terracota del vestíbulo. Apareció en el pasillo con la cara más relajada que antes.

—Querida —dijo sonriendo y acercándose—. Me dijeron que habías muerto.

—No, no estoy muerta —aseguré meneando la cabeza.

—Pensé que te había reconocido, pero ha pasado tanto tiempo. Has cambiado. Tendría que habérmelo imaginado, después de la última vez que desapareciste.

—¿La última vez?

—Sí, querida. Cinco años sin noticias. También entonces pensamos que habías muerto, pero creía que habíamos acordado que esta vez enviarías a otra persona.

—¿A quién?

—No lo sé. Sólo dijiste que enviarías a alguien y que diría la contraseña. —Metió la mano en el bolsillo de la chaqueta y sacó un objeto del tamaño y la forma de una pluma estilográfica—. Toma.

Estiré la mano y cogí lo que me ofrecía. Era una especie de memoria portátil. En lugar de plumilla tenía una clavija para encajarla en un puerto USB de un ordenador.

—¿Qué es? ¿Qué hay aquí?

—No lo sé. Mi deber era guardarlo, simplemente.

—Gracias —dije, intentando decidir por dónde empezar y qué preguntar primero. Tenía tantas preguntas que hacerle.

Abdesselam abrió la boca para decir algo, pero no tuvo oportunidad. Por encima de su hombro vi que Brian levantaba el brazo. Llevaba una pistola, un oscuro y compacto trozo de metal con el que le golpeó con toda su fuerza en la nuca. Un atisbo de sorpresa asomó en la cara de Abdesselam y después cayó de rodillas como un hombre que estuviera pidiendo limosna. Vi cómo se desplomaba, las gafas se le habían caído y su cabeza, como la de una muñeca de trapo, se inclinó hacia delante junto con su cuerpo. Impactó contra el suelo y se quedó inmóvil.

Me eché hacia atrás y busqué la Beretta, pero era demasiado tarde. Cuando volví la cabeza lo primero que vi fue el cañón de una Browning mirándome como una cuenca vacía.

—Dame el lápiz de memoria —pidió.

Tardé en entender lo que pretendía hacer, iba a matarme, hacía tiempo que sabía que esto iba a acabar así. Pensé en Uarzazat, en cómo se me había acercado y luego había retrocedido, en cómo había esperado que me besara y no lo hizo. En ese momento ya lo sabía, estaba segura. Iba a matarme, y al fin y al cabo yo no creía en el perdón ni en la clemencia.

—Dame el lápiz —insistió.

Levanté la cabeza y abrí los ojos de par en par.

—Patrick Haverman estaba vivo cuando lo dejé —dije y

conforme hablaba empecé a entender lo que había sucedido realmente—. Llamó para pedir ayuda. Piensa un poco, ¿a quién?

Tenía los nudillos blancos en la empuñadura de la pistola y el antebrazo tenso.

—Lo siento —dijo.

—Piensa un poco. No lo maté. ¿Quieres saber lo que pasó? Tienes que querer saberlo.

Meneó la cabeza, pero noté que vacilaba y que luchaba contra la parte de él mismo que sabía que yo tenía razón.

—Dame el lápiz, Eve. No me obligues a hacerlo.

El reloj de pie dio tres largas campanadas y Brian se volvió ligeramente, giró la cabeza, no por el sonido del reloj sino por otra cosa, algo se movía en el oscuro pasillo. En la puerta había alguien, distinguí un mechón de pelo rubio.

Me agaché y vi que el arma desaparecía, al igual que el brazo de Brian. «Ahora», me dije aprovechando aquel momento de distracción. Lancé el borde de mi mano derecha contra el cuello de Brian y con la izquierda le cogí la muñeca. Se dobló sin aliento y aflojó la presión en la pistola.

—Cógela —dijo una voz a mi espalda cuando cayó al suelo. Me incliné y le arrebaté la Browning. En la puerta había una mujer con los pies firmemente plantados en el suelo y un arma en la mano derecha.

—Contra el suelo —le ordenó a Brian haciendo un gesto con la pistola—. Boca abajo.

Dio un paso hacia la luz y sus confusos rasgos se hicieron visibles.

«La norteamericana», pensé. La viajera con la riñonera en la cintura y las botas cómodas, la mujer que había visto en el baño de El Minzah aquella noche y en algún otro sitio. Parpadeé e intenté recordar. ¿Era la que había ido a buscarme al hotel Alí? Ilham había dicho que era rubia.

Brian se dejó caer en la alfombra haciendo esfuerzos por respirar.

—Las manos detrás de la cabeza —le ordenó.

Entrelazó los dedos en la nuca y soltó un gemido.

—Vamos —dijo la mujer. En el pasillo se oían voces, alguien había tocado la campanilla de recepción.

—¿Quién eres?

—Una amiga, vamos.

Veinte

Salimos del hotel por la puerta de servicio y nos internamos en la oscura colmena de la medina caminando a tientas por un largo tramo de escaleras hasta llegar a un ancho callejón. Lloviznaba, una fina lluvia caía sobre el laberíntico escenario de la ciudad vieja y hacía que las sinuosas calles y los edificios parecieran el telón de fondo de una pesadilla infantil. Soplaba una brisa que venía del estrecho y que traía consigo el hedor de la marea baja: algas, aguas residuales y troncos del puerto.

«Una amiga», pensé. Era lo mismo que le había dicho a Abdesselam. Torcimos una esquina, saqué la Beretta de la cintura y agarrando a la mujer por el brazo la empujé contra una húmeda pared.

—¿Quién eres? —pregunté apretando el cañón de la pistola contra la suave piel de debajo de su barbilla.

Buscó el arma que había guardado en el bolsillo y empujé con más fuerza aún la Beretta.

—Ni la toques.

Tenía la cara húmeda y sentía su cálido aliento en mi cara.

—¿Para quién trabajas?

—Para los norteamericanos.

—Y una mierda. Eso es lo mismo que dijo Brian.

Levantó la cabeza y parpadeó por la lluvia.

—Es el mismo equipo, con diferentes jugadores. Fuerza contra cerebro. Nosotros somos los silenciosos.

—Vas a tener que contarme una mejor.

La mujer tragó saliva y se le tensaron los músculos del cuello por la presión de la Beretta.

—NSA —dijo.

«La Agencia Nacional de Seguridad», pensé al acordarme de los vídeos de la hermana Claire y las distintas encarnaciones del poder norteamericano.

—Y una mierda. La NSA la componen un atajo de majaras informáticos. No tienen gente en la calle.

—Tienes toda la razón —dijo con calma—. Pregunta a quien quieras y te dirá que no estoy aquí.

—¿Quién soy yo?

—No te acuerdas. Te llamas a ti misma Eve, pero en tu pasaporte dice que eres Marie Lenoir. Entraste en el país hace una semana en el *ferry* de Algeciras, algo virtualmente imposible ya que su cuerpo está a dos metros bajo tierra en un cementerio de Borgoña. Pasaste el último año en un convento de benedictinas.

—¿Y antes?

—Antes fuiste Hannah Boyle.

—¿Y antes de Hannah?

—Ahí se complican las cosas. Sabemos que una mujer llamada Leila Brightman hacía trabajos para la inteligencia norteamericana, sobre todo en Europa: Ámsterdam, Viena, las rutas del tráfico de armas... Aunque también fuiste al norte de África. Eso fue hace unos años. Tenías otros nombres, Michelle Harding, Sylvie Allain...

—¿Y Hannah también trabajaba para los norteamericanos?

—No.

—¿Cómo puedes estar tan segura?

—Para empezar, Hannah es un alias, un nombre del que te apropiaste. Hannah Boyle murió en un accidente de coche hace diez años a las afueras de Bratislava. La agencia no trabaja con mujeres muertas, no le hace falta.

Puse el seguro y bajé la Beretta un par de centímetros.

—¿Por qué iba a creerte?

—No deberías hacerlo, como nosotros no creemos que no recuerdes tres décadas de tu vida. Vamos, cerca de aquí hay una casa segura.

Bajé el arma.

—Te he salvado la vida, supongo que eso cuenta, ¿no?

—¿Cómo te llamas? —pregunté echándome un paso hacia atrás.

—Helen —dijo antes de apartarse de la pared—. Puedes llamarme Helen.

Apretó un interruptor que había en la pared y una bombilla iluminó un estrecho pasillo y una amplia habitación sin ventanas.

—Es uno de los antiguos puestos de escucha —explicó mientras entraba.

Había pocos muebles. En un rincón se apilaban unas cajas polvorientas; encima de una de madera, que hacía las veces de mesa improvisada, había una mugrienta cafetera y un hornillo eléctrico. En el centro había un antiguo escritorio de madera y una silla, y detrás un catre del ejército y un saco de dormir. En la pared más alejada, una cortina cubría a medias una puerta que dejaba entrever un cuarto de baño.

Helen se puso de rodillas, cogió una navaja que llevaba en el bolsillo, levantó una de las tablas del suelo y sacó un portátil. Era una mujer nada previsible, con capacidad para cambiar de aspecto. Con aquella pobre luz parecía mayor que en el hotel y su cara y su cuerpo se asemejaban a un lienzo en blanco.

—En el Mamounia —dije acordándome de la alta rubia con las tetas operadas—. ¿Eras tú la que estaba en el casino?

—Sí —contestó poniendo el ordenador en la mesa.

—Y en la aduana de Algeciras conseguiste que me dejaran pasar, ¿verdad?

—Necesitábamos que cogieras ese *ferry* —explicó sacando el lápiz de memoria del bolsillo y conectándolo en un puerto USB.

—¿Por qué?

—¿Qué te dijo Brian? —Dudé un momento, incapaz de permitirme confiar en ella—. Él no conocía a Eve —continuó, y aquel nombre sonó extraño en sus labios—. No sabía que te estaba mintiendo. Ni siquiera sabía para quién estaba trabajando.

—Ya te lo he dicho, trabaja para la CIA.

—No lo hace, al menos en esta ocasión. Es posible que trabaje para alguien de la agencia, pero no con la agencia propiamente dicha. Lo mismo pasó con tu amigo Patrick Haverman.

—No lo entiendo.

—¿Qué te ha dicho que había en el lápiz?

—Documentos de antiguos archivos soviéticos —le expliqué tras decidir finalmente que no tenía nada que perder.

—¿Qué tipo de archivos?

—Planos de ciudades estadounidenses, datos concretos de centrales nucleares norteamericanas. Bruns Werner iba a vendérselo a alguien llamado Al-Marwan.

—¿Te dijo que Al-Marwan era el comprador?

—Sí.

—¿Y dónde encajas tú en todo esto?

—Yo robé los archivos del ordenador de Werner. Brian aseguró que trabajaba para alguien que quería tener esa información.

—¿Te dijo quién?

—No.

—¿Y le creíste?

—No lo sé —contesté tras meditar la pregunta un momento.

Se acercó a la caja en la que estaba la cafetera y el hornillo. Sopló para quitarle el polvo a una lata de café oxidada, la abrió y olió el contenido.

—¿Te atreves a probarlo?

—Sí, claro —contesté encogiéndome de hombros mientras la veía poner el seco café en un filtro—. ¿Qué has querido decir con eso de que Brian no lo sabía?

Cogió la jarra de cristal y se acercó al baño. Abrió el grifo y dejó correr el agua un rato. Me senté en la silla del escritorio y estudié detenidamente el contenido de la habitación. Daba la impresión de que la habían desnudado hasta dejar lo esencial: dormir, despertarse y trabajar para llenar las horas entre lo uno y lo otro. Había dicho que era un puesto de escucha, pero ¿para escuchar a quién? En las películas de Claire siempre parecían sitios futuristas, llenos de estanterías con complicados aparatos electrónicos. Siempre había una mujer, demasiado joven y guapa para ese trabajo, o un hombre de pelo largo y extraños gustos en música. Aquellas habitaciones no se parecían a ésta, raída y mustia, que incluso después de años de no usarse, seguía transmitiendo el lento compás del aburrimiento.

—Pues que no lo sabía —dijo saliendo de detrás de la cortina—. Estoy segura de que creía todo lo que te dijo, que estaba trabajando para los buenos, como siempre.

—¿Y para quién lo hacía?

Puso en marcha la cafetera de filtro y después sacó una silla plegable de detrás de las cajas de cartón.

—Deja que te lo cuente desde el principio. En septiembre interceptamos una llamada vía satélite desde el sur de Argelia —dijo acercando su silla a la mía para sentarse.

—El negocio entre Werner y Al-Marwan.

—Eso es lo que te dijo Brian. —Asentí—. Según nuestra información el vendedor no era Werner.

—No lo entiendo.

—Werner era el comprador.

—Pero eso no tiene sentido —protesté intentando entender lo que me estaba contando—. ¿Por qué iba un terrorista a vender algo así a un traficante de armas?

—Tienes razón. No tiene ningún sentido.

Miré el monitor que teníamos delante. La pantalla esperaba pacientemente a que le diéramos la orden de que leyera el lápiz.

—¿Qué hay realmente ahí dentro?

—La llamada que hizo Al-Marwan a Bruns Werner no era la única que interceptamos. No cabía duda de que Al-Marwan ofrecía la mercancía y aceptaría la mejor oferta. Otra de las comunicaciones que escuchamos era entre él y alguien en Estados Unidos, un potencial cliente.

—¿Mi misterioso jefe?

—El tuyo no, el de Brian. Esas llamadas eran de alguien de la CIA.

—¿Sabes de quién?

—Llevábamos un año investigando una filtración en la agencia antes de que todo esto sucediera.

—¿A qué te refieres con una filtración?

—Alguien de dentro, alguien que ni siquiera la agencia sabía que existía, estaba vendiendo información a Al-Marwan.

—¿Qué tipo de información?

—Uno de los colegas de Al-Marwan es un tipo llamado Naser Jibril.

—Ese nombre me suena.

—Es el fundador de un grupo que se llama a sí mismo el Ejército Revolucionario Islámico.

—¿Los que dispararon contra aquella sinagoga en Turquía el año pasado? —pregunté acordándome de las imágenes de la carnicería.

—Entre otras cosas. Hace dos años pusieron una bomba

en una oficina de El Al en Roma y el año anterior secuestraron un avión de pasajeros en Karachi.

—Tienen su base en Egipto, ¿verdad?

—Fueron aliados durante la invasión soviética de Afganistán, parte de la multitud de árabes que se unieron a la lucha de los muyahidin. Pero Jibril lleva una década huido de la justicia, desde que le condenaron a muerte por haber tomado parte en el asesinato de un diplomático jordano. Se escondió en Sudán una temporada y después pasó un tiempo en Libia, Afganistán e Irak. Hay media docena de países que le pisan los talones, incluidos nosotros, pero siempre se las ha arreglado para adelantarse a todo el mundo.

—¿Y crees que tu misterioso amigo de la CIA le estaba ayudando?

—No cabe duda de que alguien le daba el soplo desde dentro.

—¿Por qué? —pregunté pensando en lo que Brian había dicho en Uarzazat: «Hay un montón de razones».

Helen se levantó y fue hacia la cafetera. Sacó dos vasos de plástico de una polvorienta bolsa, los llenó con aquel líquido caliente y marrón y volvió al escritorio.

—Espero que estemos a punto de descubrirlo —dijo inclinándose hacia el portátil y tecleando una orden.

La pantalla se apagó y después volvió a encenderse cambiando la colorida presentación por una granulada imagen en blanco y negro. La toma estaba hecha desde una azotea con la cámara casi en el borde. Se veía un trozo de canalón y debajo un mosaico de azoteas, un paisaje semiurbano, aunque no occidental, sino más parecido al extrarradio industrial y desconcertante de Rabat o Casablanca que al de París o Lyon. A lo lejos, una mezquita se elevaba por encima del sucio horizonte, un techo abovedado coronado por una luna en forma de hoz. El cielo estaba de un brillante y monocromo gris, y resultaba imposible distinguir si estaba nublado o despejado. En la lejanía, una bandada de pájaros, negros y reducidos como signos de puntuación en una página en blanco, se elevaban hacia lo alto y después desaparecían de vista.

—Parece un vídeo que hubieran pasado a formato digital —observó Helen—. No se ve muy bien.

—¿Tienes idea de dónde lo grabaron?

Helen entrecerró los ojos para que no se le escapara nada mientras el objetivo realizaba una panorámica hacia la izquierda.

—Es difícil de decir. Estoy casi segura de que es Peshawar. Seguro que es Pakistán.

La cámara enfocó hacia arriba, dio una sacudida y se quedó quieta, como si el cámara se la hubiera quitado del hombro. En ese momento se veía la azotea entera, una superficie plana alquitranada y, a unos cuantos metros, un abultado saliente que imaginé sería el hueco de la escalera.

En primer plano, muy cerca de la cámara, había una mujer. Era occidental, su cara era evidentemente europea y su pelo, o al menos lo poco que se le veía, era oscuro. Tenía la cabeza y el cuerpo tapado con largos pliegues de tela y en la mano llevaba un micrófono. Hablaba relajadamente con el cámara y sonreía con el micrófono a un lado. Resultaba difícil ponerle fecha a esa escena porque aquella tela le tapaba la ropa, aunque en el micrófono había algo, su tamaño o incluso su aspecto me decían que lo que estábamos viendo se había filmado hacía unos cuantos años. Me fijé en las botas de la mujer, que habían dejado de estar de moda hacía unos quince o veinte años.

—¿Hay sonido? —pregunté.

—No creo —contestó Helen.

De repente, el comportamiento de la mujer cambió. Prestó atención y observó algo que había detrás del cámara. El objetivo hizo un violento movimiento en derredor y cayó hacia atrás enfocando el borroso cielo y el paisaje urbano fracturado para volver a quedarse quieto otra vez en el borde de la azotea. En ese momento mirábamos hacia abajo, al callejón que había a sus pies y a la destartalada cabina de un camión.

La puerta de atrás del vehículo se abrió y saltaron dos hombres con rifles automáticos al hombro. Iban vestidos de paisano, con pantalones holgados y camisas largas. De una puerta cercana salieron otras figuras con parecido atuendo y entre todos se pusieron a descargar unas cajas alargadas de madera parecidas a ataúdes. Despacharon rápidamente el contenido del camión y al acabar empezaron a cargarlo con el mismo tipo de bultos que habían bajado.

Helen detuvo el vídeo cuando sacaban el segundo paquete del edificio.

—Ahí —dijo tocando la pantalla con el dedo. Uno de los lados de la caja se había inclinado brevemente hacia la cámara y se veían unas letras en negro—. SA-7.

—¿Qué significa? —pregunté forzando la vista para leer aquel granuloso texto en cirílico.

—Son lanzacohetes soviéticos para disparar desde el hombro —me explicó poniendo en marcha el vídeo otra vez.

Mientras la caja seguía su camino hacia el camión, dos recién llegados se pararon delante del edificio para observar la maniobra. El ángulo de la cámara y la calidad de la película hacían imposible distinguir sus caras, pero el primero de ellos, el más bajo, llevaba ropa occidental, uniforme de faena marrón, pantalones finos y camisa de manga corta. El otro iba vestido como los hombres de los rifles al hombro, aunque a pesar de llevar pantalones holgados y camisa larga sin duda era una figura con autoridad.

—¿Sabes quiénes son? —pregunté.

—No —contestó indicando hacia el primero—, pero te apuesto cien a uno a que éste tipo es de la CIA.

213

—¿Nuestro hombre misterioso?

—Puede.

—¿Qué crees que hay en las cajas que estaban descargando?

—Heroína, seguramente.

—Transportada por cortesía de la CIA —observé.

—¿Para qué iban a volver esos camiones de vacío a Pakistán? —comentó con tono de sarcasmo.

—¿Crees que lo que hacíamos estaba mal?

—No soy yo la que tiene que creerlo —repuso.

—¿Es el tipo de secreto que alguien no querría que se supiera?

—En aquel momento es posible, en la actualidad lo sabe todo el mundo.

—¿Lo de las drogas?

—Así es como financiaron la guerra los muyahidin.

—Pero ¿por qué armas soviéticas?

—La mayoría del armamento que enviamos a Afganistán eran o réplicas de pertrechos soviéticos o material bélico extranjero comprado en el mercado negro, cosas que los muyahidin podrían haber cogido en el campo de batalla. Era mucho más fácil de explicar que un camión cargado de Stinger norteamericanos.

Mientras hablábamos habían sacado otras dos cajas del edificio. Al subirlas, uno de los hombres que las cargaba tropezó. La caja se inclinó hacia un lado y golpeó en el suelo dejando entreabierta la tapa. Al tiempo que dos hombres la levantaban otra vez se produjo un momento de confusión. Volvieron a taparla y la metieron en el camión.

—¿Te has fijado? —preguntó Helen mientras rebobinaba.

—¿En qué?

—Están vacías —explicó deteniendo la película en el momento en el que se abría la tapa—. En el interior no hay nada.

—No lo entiendo —repliqué. Tenía razón, parecía que no hubiera nada, pero no entendía por qué importaba aquello.

—No hay lanzacohetes —dijo volviendo a rebobinar hasta el momento en el que salía el primer hombre con la primera caja—. Mira cómo las llevan —dijo acercando la cara a la pantalla.

Me encogí de hombros. Fuera lo que fuese, no lo veía.

—Esos misiles pesan bastante, y mira a esos tipos.

Seguí su mirada hacia la pantalla y vi lo que no había notado en un primer momento. Los hombres que llevaban las cajas se movían con facilidad, demasiada.

—¡No hay nada en ninguna!

—Pero ¿por qué cargan cajas vacías? —La pregunta era retórica, pero contesté de todas formas.

—Puede que alguien quisiese dar la impresión de que estaban cargadas con SA-7.

Helen no dijo nada. Tenía los ojos pegados a la pantalla. Dejamos que la película continuara hasta donde habíamos visto. Los hombres cargaron unas cuantas cajas más en el camión. Entonces, de repente, algo los alertó. Uno de los que llevaban rifles automáticos al hombro indicó hacia arriba, hacia donde estaba la cámara, y todas las cabezas se volvieron a ese lugar estratégico en la azotea.

—Venga —murmuró Helen a los dos observadores, el occidental y el otro—. Hacia aquí, mirad hacia aquí.

Entonces, como por arte de magia, los dos hombres levantaron la vista.

—Jibril —dijo Helen tocando con el dedo la figura del hombre más alto.

—¿Y el otro? ¿El norteamericano?

—No lo sé —admitió después de estudiar su cara.

Jibril gesticuló frenéticamente y los hombres echaron a correr por el callejón. La cámara los siguió mientras empujaban una puerta y desaparecían por ella.

—Están subiendo —aseguré con el corazón a toda velocidad, como si estuviera con ellos en la azotea.

Lo que sucedió a continuación era muy confuso, se vieron dos pares de pies, uno masculino y otro femenino, las piernas y cuerpos del cámara y de la mujer del micrófono. La cámara corrió a toda prisa por la azotea chocando en la cadera de aquel hombre y después se introdujo en unas escaleras poco iluminadas. El objetivo captó un nauseabunda amalgama: un montón de harapos mugrientos, una barandilla metálica que reflejaba la luz, una rata huyendo del ruido y una ventana rota.

—¡Dios mío! —susurré acercándome a la pantalla, paralizada por aquel familiar escenario, por aquel descenso llevado por el pánico que había hecho tantas veces en mis sueños.

—¿Qué pasa? —preguntó Helen.

—Lo he visto antes.

La pareja llegó a un rellano y dudó. El cámara giró y vimos lo que él estaba viendo, unas figuras que se movían más abajo, en la semioscuridad, un hombre con un arma subiendo las escaleras y detrás de él un segundo hombre.

El cámara se metió por una puerta y la mujer le siguió. Era la habitación que tan bien conocía, la que tenía el techo como el de una catedral y unas mugrientas ventanas. En aquella escasa luz vi al completo a la mujer por primera vez. Se le había caído la tela de la cabeza y llevaba el pelo suelto y despeinado, liso por el sudor.

—Esta mujer —comenzó a decir Helen mientras la cámara volvía a enfocar el suelo y dejaba ver tablones de madera polvorientos y pies.

—¿Qué?

—La conozco, creo que la conozco.

Como si la estuvieran oyendo, la cámara se elevó de pronto y enfocó su cara, cuyo contorno aparecía desdibujado por las sombras de la habitación y el grano de la película.

Estaba horrorizada, eso era evidente, asustada por lo que sabía que iba a ocurrirle. Podía sentir el momento igual que ella, la fría inclinación de la luz, el abandonado olor de aquel lugar, el sonido del hombre a mi lado intentando recuperar el aliento.

—¿Qué quieres decir?

—Estuve en Islamabad entre el ochenta y siete y el ochenta y nueve —me explicó—. Fue mi primer trabajo en el extranjero, el tramo final de la guerra. Dios, no me acuerdo de su nombre.

—¿La conocías?

—Sé quién era. Trabajaba para la CNN, creo. Hace mucho tiempo. La veía por allí. Ya sabes, en los pubs locales.

De repente apareció una mano y cogió a la mujer por el pelo.

—La van a asesinar —dije sabiendo que eso era lo que iba a pasar con tanta seguridad como si hubiera estado allí. ¿Y no había estado? ¿Acaso no había sentido el cuchillo en mi propia garganta?

Algo brilló en la penumbra, un destello metálico. Una hoja curvada atravesó el cuello de la mujer dejando una línea oscura a su paso. «No a mí —pensé—, sino a ella y, sin embargo, aquello no me proporcionó ningún consuelo».

—Era mi segundo verano allí —explicó mientras mirábamos la pantalla en silencio, esperando algo más, algo que nos dijera que estábamos equivocados. Pero no había nada que ver—. Debía de ser el ochenta y ocho, en julio, creo. Ninguno de nosotros supo lo que había pasado. Dejaron su cuerpo en la avenida Aga Khan, justo enfrente del Marriott.

Cuando acabó la película pensé en Heloise y en el resto de hermanas, en el inspector Lelu y en la forma en que la palabra «masacre» había salido de sus labios.

Υ

—Jibril le estaba haciendo chantaje —dijo Helen indicando hacia la figura desconocida. Había hecho retroceder la película hasta el momento en el que los dos hombres levantan la cara hacia la cámara.

—¿Con el asesinato de la periodista?

—Es más que eso. Si esto era una operación de la CIA, nuestro amigo no habría tenido nada que ocultar, al menos a la agencia. No les hubiera hecho gracia, pero le habrían cubierto las espaldas. No, era un negocio privado, un arreglo entre Jibril y nuestro hombre. Por eso no había lanzacohetes en las cajas.

Pensé en lo que me estaba contando.

—Esa gente estaba sacando heroína de Afganistán fingiendo pertenecer a la inteligencia norteamericana y quedándose el dinero.

—No creo que ni un solo céntimo se destinara a la guerra. A los chicos en Langley no les hubiera hecho ninguna gracia.

—Pero ¿por qué iba a vender la cinta Jibril si con ella había conseguido un aliado dentro de la agencia durante todos aquellos años?

—Jibril no era el que la vendía. Tenemos informes no confirmados de que murió el verano pasado en Argelia. Y esto es la confirmación. Una vez muerto, Al-Marwan decidió que la cinta tenía más utilidad para él si la sacaba al mercado.

—¿Y dónde encaja Werner en todo esto?

—La verdad es que no lo sé. Una cagada personal puede recorrer un largo camino en el mundo de las armas. Puede que quisiera hacer algún negocio con el personaje de la película o quizá necesitaba algo con que poder coaccionar a alguien. O puede que simplemente quisiera tener un seguro. Ya sabes, para los malos tiempos.

—Es posible —acepté poco convencida—. Brian dijo que

fue Werner el que me buscaba en la abadía. ¿Crees que tenía razón?

Helen tomó un sorbo de su café, que se había quedado frío, y puso mala cara.

—No fue Werner.

—¿Al-Marwan?

—No creemos.

Ninguna de las dos dijo lo que estábamos pensando, que aquello sólo dejaba una posibilidad.

Helen se frotó los ojos y miró al catre.

—Puede que todo tenga más sentido mañana.

—¿Qué hacemos con el lápiz? —pregunté.

—En una situación normal lo descargaría aquí y se lo enviaría a los informáticos de Maryland, pero esto es demasiado delicado para dejarlo en el éter. Tendré que llevarlo personalmente.

—Iré contigo.

—Ni siquiera sabes dónde voy —dijo con franqueza, casi expectante.

—No me importa. Iré contigo. Necesito saber quién soy.

—Tengo un amigo en el pequeño zoco. Mañana iremos a verlo para que nos saque de aquí. No es seguro que pases por la frontera. Mientras tanto deberías descansar un rato.

Miré el catre y, a pesar de lo cansada que estaba, no creí que pudiera dormir.

—¿Por qué no te acuestas tú? Debería estar agotada, pero no lo estoy.

Dudó un momento y luego se levantó.

—Si cambias de opinión, en alguna de esas cajas debe de haber sábanas limpias.

—Gracias —dije mientras la veía meterse debajo del saco de dormir sin quitarse las botas.

Me quedé sentada un momento escuchando el silencio de la habitación, el distante silbido de una cañería en algún sitio y el ruido que hacía Helen al moverse. «¿Y yo? —pensé mirando las caras de los dos hombres en la pantalla, los hundidos rasgos de Jibril y la cara aniñada del otro hombre—. ¿Dónde encajo yo en todo esto?»

Brian estaba equivocado respecto a lo que había en el lápiz de memoria, pero de momento tenía razón en quién era yo, o al menos en quién había sido. Helen lo había dicho: «Sabemos que una mujer llamada Leila Brightman hacía trabajos para los servicios de inteligencia norteamericanos». ¿No podía ser mi jefe y el de Brian la misma persona? ¿No podría ser el que me había enviado a la alcazaba de Werner?

Puse el vídeo otra vez como le había visto hacer a Helen y pasé los horribles momentos finales. Los terroríficos últimos segundos de la vida de aquella mujer. Algo en mi interior me decía que la conocía, aunque quizá era solamente la proximidad que proporcionaban las imágenes, la intensidad de su miedo. Sí, eso era, ¿cómo iba a conocer a una mujer que llevaba muerta tantos años, que había muerto cuando yo era poco más que una niña? Aun así, no conseguía sacármela de la cabeza.

Pasé la película una vez más, deteniéndome en esta ocasión en su cara asustada. Sí, la conocía, aunque más joven y sonriente. Era la mujer de Les Trois Singes, la borrosa cara en la fotografía de Werner. Mi recuerdo de la alcazaba era cierto. Había otra copia, una imagen tomada antes de Werner, antes de que la chica de la larga camisa blanca que estaba en el medio hubiera movido la cabeza para hablar o reírse.

Había visto esa fotografía no una, sino muchas veces. Estaba segura. Conocía a esa mujer, como la conocían Werner y el hombre del vídeo. Porque era él el que estaba en la fotografía, el guapo, el nadador, tan relajado con su camisa de algodón blanco, el que estaba con Naser Jibril mientras le cortaban el cuello. «No —me dije—, no he estado trabajando para nadie. He sabido todo el tiempo lo que había en el vídeo y vine a Marruecos para resolver ese asesinato.»

Puse la mano en la pantalla y toqué su rostro, la lágrima que se le formaba en el ojo derecho. «Es mi madre», pensé.

Veintiuno

$\mathcal{M}$e había quedado dormida sobre el escritorio, con la cabeza apoyada sobre los brazos. Oí que alguien llamaba a la puerta y me incorporé con los ojos muy abiertos y el corazón desbocado. Helen se había levantado de un salto. Tenía la pistola en la mano y se llevó un dedo a los labios para indicarme que no hablara.

Volvió a oírse un puño que aporreaba la pesada madera.

—¿Esperas a alguien? —susurré.

Helen meneó la cabeza y se detuvo un momento con los nudillos blancos en la empuñadura del arma sin saber muy bien qué hacer.

—¡Policía! —dijo una voz masculina al otro lado—. ¡Abran la puerta!

Helen se acercó, se buscó en el bolsillo del pantalón y sacó una tarjeta arrugada.

—Si me pasa algo, ve al café Becerra del pequeño zoco, pregunta por Ishaq y dale esto —dijo entregándome la tarjeta—. Te llevará a España. Desde allí sólo tienes que llevar el lápiz a París. ¿Podrás hacerlo? —Asentí—. Muy bien. Cuando llegues a París, ve a la iglesia norteamericana, publica una nota en el tablón de anuncios, la que hay en el exterior. Debe decir esto: «Tío Bill, he venido a pasar el fin de semana. Llámame al George V. Katy». Repite lo que tiene que decir la nota.

—Tío Bill —repetí tragando saliva—. He venido a pasar el fin de semana. Llámame al George V. Katy.

—Muy bien. Al otro lado de Saint Julien le Pauvre hay un salón de té. Ve allí al día siguiente a las cuatro de la tarde. Espera en una mesa que esté libre y pide un darjeeling. ¿Te acordarás?

—Sí.

—Saint Julien le Pauvre.

—Un darjeeling —repetí.

—Café Becerra, Ishaq —dijo indicando la tarjeta, antes de ir hacia la puerta y hacerme una seña para que me metiera en el baño.

Asentí y me levanté de la silla. Saqué el lápiz del portátil y me lo metí junto con la tarjeta en el bolsillo mientras me escondía en el baño.

Corrí la cortina y estudié la habitación. Tenía el tamaño de un armario y sólo había un antiguo retrete con cadena y un diminuto lavabo. En la pared del fondo había una ventana pequeña cerrada con una rejilla metálica sujeta directamente en el yeso de la pared; los tornillos que la aseguraban estaban oxidados.

Oí que Helen descorría el pestillo de la tronera de la puerta. Las pequeñas bisagras chirriaron y se oyó un ruido seco, el golpe amortiguado de un disparo con silenciador. Helen dejó escapar un grito ahogado, su cuerpo cayó contra la pared y la pistola rebotó en el suelo.

Di un salto para agarrar la vieja cañería que había en el techo del cuarto de baño. Aferrada al metal me balanceé hacia la rejilla y la golpeé con los pies. El yeso se agrietó y vi que los tornillos se empezaban a soltar. Volví a balancearme y di otro golpe. Oí ruidos confusos en la habitación y una voz de hombre que hablaba en árabe. Salim, pensé recordando la vasopresina.

Volví a darle a la reja con las botas y en esa ocasión se desprendió y cayó al suelo. Me subí como pude en el lavabo y me escurrí por la estrecha abertura. Por suerte había poca

223

distancia hasta la azotea que había debajo, aunque caí de costado y me di en el hombro en el que me había hecho daño en la pelea con Salim aquella noche en el Mamounia.

Gimiendo de dolor, rodé por el suelo y saqué la Beretta. Oí gritar a Salim a través de la ventana abierta y después el inconfundible sonido de un disparo. La bala hizo un agujero bajo mis pies y desprendió un poco de gravilla y alquitrán.

Di un salto hacia delante, eché a correr y aterricé en la vivienda de al lado. Se oyó un segundo disparo, que impactó junto a mis talones. Me puse a cubierto detrás del borde del tejado y disparé. Aquel movimiento me resultaba muy familiar. «Apuntar, disparar», me dije a mí misma. El yeso de la ventana saltó en pedazos y la cabeza desapareció de vista.

Inspiré con fuerza, me preparé y esperé a que volviera a salir Salim, pero la ventana se quedó a oscuras. Sí, sabía cómo hacer esas cosas. Había sido esa persona que seguía viviendo en mi interior, la mujer que negaba, la mujer que temía. En ese momento mi supervivencia dependía de ella. Miré detrás de mí y estudié la ruta que iba a seguir; las azoteas de la medina formaban un camino ininterrumpido. «Una salida», me dije a mí misma mientras gateaba y me dejaba caer en la siguiente casa. Todo iba a salir bien.

Cuando finalmente llegué a la calle Dar El Baroud era muy temprano. Amaneció una mañana gris, la bahía estaba oscura, con color de petróleo, y se veía espuma en las aguas ligeramente agitadas. El Continental resplandecía contra el cielo ceniciento y la sucia medina como lo haría una rosa al amanecer. Pasé al lado del antiguo hotel sin detenerme y me dirigí hacia el este. Me paré en una tienda de la calle Siaghin, compré un albornoz marrón y una bolsa de cuero barata y después pasé por la calle Almohades hasta que encontré una mugrienta y anodina pensión.

Con treinta dírhams conseguí una habitación apartada en el segundo piso. A cambio de otros cincuenta, el gerente me trajo a regañadientes un cuenco de sopa grasienta, un trozo de pan duro, un puñado de dátiles y un huevo duro. No era un festín, pero sí lo suficiente como para mitigar el hambre. Comí en la habitación y después me puse el albornoz, metí la Beretta, el dinero y los pasaportes en la bolsa y volví a salir.

Era media mañana, pero el silencio del Ramadán ya se había instalado en el pequeño zoco. Algunos ancianos irreductibles jugaban al ajedrez soñando con un té con menta o se sentaban solos en los cafés con imaginarios cigarrillos y café. Pero aparte de ellos y de algún turista que intentaba revivir el Tánger de William Burroughs o Paul Bowles, la plaza estaba casi vacía.

Encontré fácilmente el café Becerra. Aquel diminuto establecimiento estaba en la esquina noroeste de la plaza y tenía un puñado de mesas de terraza bajo un toldo mugriento. Su única clientela eran tres escuálidos gatos que dormían en el patio. Me detuve a unos cuantos metros, me bajé la capucha para taparme la cara y saqué la tarjeta que me había dado Helen. En aquel rectángulo de papel en blanco no había ni nombre ni dirección, sólo una sencilla imagen de la mano de Fátima, el talismán marroquí de la buena suerte, la palma de una mano de mujer hacia afuera.

«Sálvanos, Señor», recé, la vieja oración de completas. Metí la mano en el bolso para darme ánimos, toqué el cañón de la Beretta y crucé los últimos metros que me separaban de la puerta.

El interior del restaurante estaba a oscuras y en el aire flotaba el intenso olor de la *harira* de la noche, que ya habían puesto al fuego. Un anciano decrépito vestido con un albornoz marrón se había muerto o se había quedado dormido en una de las mesas de dentro. Llevaba la capucha caída hasta los ojos, tenía la boca medio abierta y las manos cruzadas sobre el pecho. En la mesa descansaba un bastón. Un joven moreno que parecía que acababa de salir de las cárceles del rey estaba sentado detrás de la barra hojeando una revista de chicas muy manoseada. Era una publicación barata y las mujeres eran gordas y aficionadas, con pelo grasiento y maquillaje barato.

Sus ojos se movieron ligeramente, vio el albornoz y gruñó algo en árabe. Como no me moví, me miró y dijo: «Cerrado» en francés con desprecio ante la cara occidental que tapaba la capucha.

—No he venido a tomar el té —dije.

Se encogió de hombros y pasó página.

—Estamos cerrados —dijo en inglés en esa ocasión.

—Estoy buscando a Ishaq —le expliqué.

226 El joven estudió la página que tenía delante, la brillante fotografía de una regordeta mujer con bragas de cuero negro y un enorme sombrero.

—Lo siento, aquí no hay nadie que se llame así.

—Me ha enviado un amigo —dije dejando la tarjeta sobre la ingle de la mujer.

Miró la mano de Fátima un momento y después quitó la tarjeta de la revista y la empujó encima de la barra hacia mí.

—¿Dónde está Helen?

—Muerta —contesté guardándomela en el bolsillo.

Me estudió un momento con unos ojos duros y negros como el carbón. El cuello de su camisa dejaba ver un trozo de tatuaje, la parte de arriba de un confuso dibujo.

—Allí —dijo señalando al inmóvil anciano.

Gritó algo en árabe y la arrugada figura abrió los ojos y me miró por debajo de la capucha. Los dos hombres intercambiaron unas breves palabras y, entonces, el anciano hizo una seña para que me acercara a su mesa.

—Disculpe a Jalil —dijo indicando hacia el camarero mientras me sentaba frente a él—. Es un poco arisco —dijo en un francés perfecto, cultivado y relajado, pronunciando cada una de las palabras con delicadeza.

—Sí, claro.

—Y usted —continuó Ishaq poniendo sus nudosas manos sobre la mesa—. Ha venido a buscar un medio de transporte, ¿verdad?

—Sí, ¿puede pasarme a España?

—Todo es posible —reconoció con falsa modestia y ojos brillantes bajo la sombra del albornoz.

—¿Cuánto?

—Supongo que corre mucha prisa.

—Exactamente.

—Puedo arreglar algo para esta noche, pero para una mujer blanca y en tan poco tiempo, necesitaré al menos cuatro mil dólares —dijo tamborileando con los dedos en la mesa.

—Dos mil —repliqué—. Se los daré en efectivo ahora mismo.

—¿Intenta insultarme? —protestó—. No puedo hacerlo por menos de tres mil quinientos.

—Tres mil.

—De acuerdo —aceptó con mirada indignada.

Abrí el bolso y conté la mitad del dinero antes de dejar los billetes frente a él.

—La mitad ahora y la otra mitad al llegar.

—Me temo que ésa no es la forma en que hacemos los negocios, mademoiselle. Se trata de un asunto sucio, lo sé, pero tendrá que confiar en mí. Tres mil ahora o no hay trato.

Conté a regañadientes los otros mil quinientos y se los entregué.

Sonrió al ver el dinero.

—Coja el autobús número quince desde el gran zoco hacia el cabo Malabata —explicó guardándose el dinero entre los pliegues de la capa—. El último sale hacia las ocho. Baje en Ghandouri y diríjase hacia los acantilados que hay en la punta oriental de la playa. Pasada la media noche aparecerá un bote. No se preocupe —dijo mirándome directamente a los ojos—. Aparecerá. Ahora, si me disculpa, tengo que ocuparme de otros asuntos.

Me puse de pie y me di la vuelta. Mientras estaba hablando con Ishaq habían llegado otros tres hombres que, por su aspecto, eran de África Occidental, tal vez senegaleses o de Costa de Marfil, y que sin duda habían acudido buscando lo mismo que yo.

—Ha sido un placer, mademoiselle —oí que decía el anciano mientras me dirigía hacia la puerta.

Veintidós

$\mathcal{D}$ ormí como un tronco en la estrecha cama de la pensión, así que para cuando me desperté había oscurecido. Según mi reloj eran cerca de las siete. En la calle se oía el clamor de voces de una multitud inducida por unos estómagos llenos y por la nicotina. Me levanté, fui al final del pasillo y me alivié, después volví a la habitación y me lavé la cara y las manos en aquel lavabo del que sólo salía agua fría.

Todos vivimos con una serie de engaños, la nariz torcida, el ojo vago, la borrosa cicatriz que nadie más ve, o la promesa del valor bajo el fuego enemigo, la creencia en algún tipo de innegable virtud interior. Durante mucho tiempo no tuve otra cosa que una cara en el espejo, nada excepto con lo que había llegado, la marca que había dejado la bala, la delicada frontera entre el ser que había sido y el que deseaba ser. En ese momento, con aquella escasa luz y en aquel espejo barato y combado, casi no me reconocía.

Me sequé la cara, me eché el pelo hacia atrás y miré la cicatriz. Entonces, sin saber por qué, pensé en el niño. Lo olía como si estuviera en aquella habitación. Jabón, polvos de talco y el casi imperceptible olor a leche agria.

Volví a la cama, saqueé la caja negra de la bolsa y esparcí los siete pasaportes encima de la colcha raída. «Cinco años», me dije a mí misma hojeando los sellos borrosos de inmigración y confirmando lo que había visto aquella noche en el cuarto de baño de El Minzah. Ninguno de ellos había sido utilizado en los últimos cinco años. ¿Acaso no lo había dicho Abdesselam en el Continental? «Cinco años sin noticias.»

«Y, sin embargo, aquí estoy», le oí decir a la hermana Heloise aquella mañana de verano en la cocina. Veía sus quietos y bronceados antebrazos brillantes por el sudor y el vapor, y la forma en que cerraba los ojos mientras se entregaba al placer de un cigarrillo, a ese momento único de sosiego sin límites.

Sí, así es como funciona, no son cinco veces al día ni diez, sino cientos, cada frágil instante de fe es una claudicación ante lo desconocido, a la historia que hemos de elegir para nosotros mismos. Porque al final, lo único cierto es que nunca sabemos la verdad a ciencia cierta. Tengamos recuerdos o no, todos estamos mudos y ciegos, como Brian, por la falsa imagen que tenemos de nosotros mismos. Al final, lo único que somos es en lo que creemos.

230 Sí, había sido esas mujeres de los pasaportes, pero también había elegido dejarlas atrás. En esos cinco años había tenido un hijo en alguna parte, y otra vida, una en la que no existía ni Leila ni las otras. Cuando volví, no lo hice como una traidora, sino para descubrir qué había pasado en Pakistán años atrás, para saber quién había asesinado a mi madre.

¿Y Patrick Haverman? Me había amado. Había creído en mí cuando le dije por qué había vuelto, me había querido lo suficiente como para ayudarme. Y la verdad era que yo también le amaba. Por eso lo había silenciado la gente que se suponía tenía que ayudarle.

Ésa era mi historia, mi fe, la que yo había elegido. Era madre de alguien, hija de alguien, la chica de los sueños de alguien. De eso estaba segura, pero había mucho más que no sabía.

Todavía faltaba el hombre, el norteamericano, aquella cara en Les Trois Singes y en aquel almacén en Peshawar. Él había ordenado asesinar a las hermanas y me había dejado en aquel campo para que muriera, no tenía duda. Pero ¿que hacía yo en Francia? «Sólo dijiste que enviarías a alguien —había dicho Abdesselam—, y que diría la contraseña.» ¿Había ido a buscar a esa persona?

La puerta principal de la medina y del gran zoco no quedaba lejos de la pensión, quince minutos a pie como mucho. Volví a introducirme en el anonimato del albornoz y salí solamente con la bolsa de cuero, los pasaportes, la Beretta, el lápiz de memoria y el poco dinero que no había gastado, un exiguo botín, pero mucho más de lo que tenía en aquel campo húmedo. La ropa de Hannah y la mochila quedaron atrás.

Las estrechas calles de la ciudad vieja estaban abarrotadas, el pequeño zoco estaba atestado, y en el café Central no se podía ni entrar. Figuras semejantes a monjes iban corriendo de un lado a otro, con las caras ocultas bajo capuchas puntiagudas. Las putas de África del Sur llamaban a la clientela desde las puertas. En los oscuros rincones se oían susurros «Algo especial, amigo». Mientras dormía había llovido, pero aquella agua sólo había servido para intensificar los olores. Había una humedad y una peste penetrantes, hedor de estiércol de burro mojado y perfume barato, orines y bilis, junto con el confuso olor de las especias: comino, cayena, pimienta negra y jengibre.

Me alejé del pequeño zoco y bajé por la calle Siaghin, dejando que la muchedumbre me llevara más allá de la iglesia abandonada de la Inmaculada Concepción y su gris fachada manchada por doce décadas de negra suciedad. Nada más pasarla, el gentío se hizo compacto y avanzamos más despacio mientras aquel diluvio de cuerpos intentaba salir por las antiguas puertas de arco. De repente éramos libres y entramos sin problemas en el gran zoco.

231

Υ

Cuando el último autobús número quince entró dando sacudidas en la plaza eran más cerca de las nueve que de las ocho. El gran zoco está donde la ciudad vieja se encuentra con la nueva, donde las amplias avenidas de estilo colonial chocan de frente con los estrechos callejones de la medina, y vive un perpetuo embotellamiento, un atasco de taxis y coches privados que se pelean por entrar por la puerta antigua.

El autobús avanzó lentamente hacia nosotros, mientras la gente que esperaba cogía sus bolsas y cajas antes de que parara. Sólo bajaron unos cuantos pasajeros, a esas horas el ajetreo estaba en otra parte de la ciudad. Se llenó rápidamente y cuando subí sólo quedaban unos cuantos asientos vacíos. Encontré un sitio en la parte de atrás, al lado de una joven muy moderna que llevaba jersey negro de cuello alto y pantalones vaqueros.

Salimos de la ciudad haciendo un gran estruendo, pasamos los alargados y oscuros tramos frente a las playas, el club Med y los edificios altos y blancos de apartamentos que bordean la costa oriental. De forma gradual, el entorno se fue haciendo más y más rural, hasta que las casas empezaron a estar separadas por trozos oscuros de maleza y la carretera descendió bruscamente hacia el mar.

Ghandouri no es exactamente un pueblo. Las luces de media docena de casas y un pequeño café brillaban en la oscuridad. Pregunté al único pasajero que bajó conmigo cómo se llegaba a la playa. Indicó rápidamente hacia un punto negro en el acantilado y desapareció.

Olí y oí el mar, esa relajada cadencia del Mediterráneo, el salobre olor a peces y deshechos. Me detuve en el borde de la carretera un momento y dejé que los ojos se acostumbraran a la oscuridad antes de echar a andar. El sendero estaba cubierto de cardos y arbustos de hoja perenne, y tuve que abrirme paso hasta la playa pero, una vez allí, se abrió hasta llegar a una larga extensión de arena y olas.

Tánger quedaba hacia el oeste, una media luna de luz que se recortaba contra la absoluta oscuridad del mar. Hacia el este, el faro de cabo Malabata, una silueta apenas visible bajo la tenue luz de la luna. Unos barcos solitarios parpadeaban en el estrecho de Gibraltar, buques cisterna que luchaban contra el poderoso empuje de la corriente. Aquel no era lugar para un barco pequeño y, sin embargo, en pocas horas estaría en medio de aquellas negras olas en una embarcación que esperaba fuera al menos tan grande como un barco de pesca.

La temperatura había bajado radicalmente y el cielo estaba despejado, con tantas y tan brillantes estrellas como en la abadía. Durante un momento estuve de vuelta en Borgoña, en el jardín, dirigiéndome hacia la cocina para preparar el pan de la segunda fermentación. En la ladera, los perros de los Tane ladraban y sus llamadas y respuestas llegaban a través del bosque. Las hermanas leían el salmo de aquella noche y sus voces, amortiguadas por los muros de piedra de la capilla, se acompasaban al ritmo de los versículos.

Dios mío, Dios mío, ¿por qué me has abandonado?

¿Por qué estás tan lejos de mi salvación y de las palabras de mi clamor? A pesar de mis gritos, mi oración no te alcanza.

Dios mío, de día te grito, y no respondes; de noche no me haces caso.

Pero yo soy un gusano, no un hombre, vergüenza de la gente, desprecio del pueblo.

Temblando, me volví hacia el este y me dirigí hacia el acantilado, hacia el punto brillante que ardía al pie de las rocas. Cuando me acerqué a la hoguera distinguí un grupo de caras oscuras y silenciosas, ojos y dientes que brillaban y pieles que reflejaban las llamas. Una figura me hizo un gesto y me acerqué echando hacia atrás la capucha para que aquel grupo de hombres pudiera ver con claridad mi cara europea.

No sé si les habían dicho que acudiría una persona ajena al grupo o si se dieron cuenta de lo que realmente era, alguien como ellos, que sólo buscaba una forma de salir; el caso es que rápidamente me hicieron un hueco en la blanda arena, cerca del calor del fuego. Alguien me tocó en el hombro y me ofreció un té. Asentí para darle las gracias y me llevé la taza a los labios. Aquel líquido estaba deliciosamente caliente y dulce.

En total habría un par de docenas de hombres, todos como el trío que había visto en el café Becerra. ¿Y en otras playas? Sin duda habría más fuegos como aquel. ¿Qué había comentado Brian aquella primera noche en el apartamento de Joshi? «¿Sabes cuántos africanos desaparecen en el estrecho de Gibraltar todos los años?»

Acabé el té y le devolví la taza al hombre que tenía al lado. «Lo conseguiré», me dije a mí misma mirando más allá del fuego, hacia el agua oscura. Todos lo conseguiremos. Y entonces, ¿qué? Iría a París y haría lo que me había dicho Helen. Aquel hombre me ayudaría. Alguien tenía que conocerme. ¿Y si no era así? Los hilos que tenía que seguir parecían incluso más finos que los que me habían llevado a Marruecos. La cara de mi madre en un vídeo, un hombre que no conocía. Y Hannah Boyle también, muerta hacía diez años. La había elegido a ella, puede que la hubiera conocido.

Alguien empezó a cantar y un puñado de voces se le unió en una melodía tan melancólica como una canción de misa o una nana. Cerré los ojos y sentí al niño, la forma de su cuerpo en mis brazos y el inestable peso de su cabeza.

ϒ

Cuando el bote llegó, era muy temprano. Al principio no era más que una lucecita, un punto que parpadeaba en las aguas agitadas. Después, poco a poco, fue dibujándose el perfil de la embarcación, la cabina cuadrada, la proa y la popa. El bote se detuvo en medio del oleaje y echó el ancla.

Me puse de pie con dificultad junto al resto del grupo y agitando las piernas para quitarme el frío fui dando tumbos por la arena hasta entrar en el agua.

«¡Rápido!», dijo una voz. Sentí una mano en cada hombro, dos hombres que me subían a cubierta. Me quedé allí un momento con el corazón latiéndome con fuerza y el pecho subiendo y bajando como un pez que luchara por respirar. Para cuando tuve suficientes fuerzas como para mantenerme en pie, ya habíamos levado el ancla y nos movíamos. Miré a la costa, pero no había nada que ver. Hacía rato que la luna se había ocultado y la oscuridad impedía ver los acantilados de Ghandouri; el faro del cabo Malabata era sólo un recuerdo.

Cuando volví la cabeza hacia el norte, la cubierta estaba desierta y la escotilla por la que habían desaparecido mis compañeros abierta como una oscura boca. La figura del capitán se recortaba contra las tenues luces del panel de instrumentos de la cabina, con las manos en el timón y la vista firme en la invisible costa española.

Además del capitán había otra persona, de cuerpo alto y esbelto, con los brazos cruzados sobre el pecho. Estaba vuelto hacia mí, con la cara en las sombras, pero supe quién era sin dudarlo un instante. Vino hacia mí con pie firme sobre la inclinada cubierta.

—Nebesky —saludó levantando la voz para que pudiera oírlo por encima del ruido del motor.

Me eché un paso atrás para contemplar las olas tenebrosas, para calcular la distancia hasta la costa, la playa a la que cada vez era más difícil llegar a nado.

235

—Nebesky —volvió a decir acercándose más—. Querías saber mi apellido. Me llamo Brian Nebesky, mis abuelos eran inmigrantes checos.

Llevaba los botones de arriba desabrochados y en la pálida luz del barco vi la oscura forma de la moradura que tenía en el cuello.

—Tenías razón. Quiero saberlo.

—Nos matarán a los dos —dije.

—Correré el riesgo —replicó sonriendo y dejando ver una fila de perfectos dientes blancos.

Veintitrés

—¿Cómo me has encontrado? —pregunté.

Hacía demasiado frío para estar en cubierta y nuestra presencia parecía poner nervioso al capitán español, así que bajamos a la bodega con el resto de pasajeros. El estrecho espacio apestaba a agua de mar y al sudor que produce el miedo, pero era un lugar cálido y seco. En un rincón colgaba una lámpara de propano que brillaba sobre las caras cansadas de nuestros compañeros de viaje.

—Me imaginé que intentarías salir del país e hice averiguaciones. El café Becerra fue mi segunda parada. No hay muchas mujeres europeas que quieran cruzar de forma ilegal el estrecho. Sin embargo, creía que no estarías sola.

Tragué saliva al acordarme de Helen.

—¿Quién era? —preguntó.

—Trabajaba para la NSA —contesté en voz baja. Éramos los únicos que hablábamos e incluso un susurro parecía un grito irreverente.

—¿Qué pasó?

—Los hombres de Werner —contesté.

—¿Está muerta?

—Sí.

—¿Pudiste ver lo que hay en el lápiz?

—El que te contrató te mintió, Brian. No es lo que imaginas.

Le conté todo lo que sabía de Helen, del vídeo, del almacén en Peshawar y de las cajas vacías. Le hablé de la mujer, de mi madre y de la fotografía en casa de Werner, del vacío de cinco años y de por qué había vuelto, de por qué creía que Pat me ayudó en la alcazaba y de que iba a llevar el lápiz a París.

—¿Sabes para quién trabajas? —pregunté, y negó con la cabeza—. Tiene que haber alguien que se ponga en contacto contigo —insistí.

—Se hace todo a través de Internet. Suelo entrar en un chat y acordamos las fechas con antelación.

—¿Cómo te pagan?

—Tengo una cuenta en un banco de Ginebra. Ingresan el dinero allí.

—¿Cuándo será el siguiente contacto?

—Anoche. A estas horas sabrán que algo ha salido mal.

Mis piernas estaban húmedas, las abracé con los brazos y apoyé la cabeza en las rodillas.

—Eve.

—Sí.

—Has dicho que Helen creía que había filtraciones en la agencia, alguien que pasaba información.

—¿Por qué?

—No estoy seguro, pero creo que se trata de más de una persona.

—¿Cuántos?

—No lo sé, pero hay dinero de por medio. —Dudó un momento y dejó que las palabras cobraran peso—. Un montón.

El pequeño barco recibió una ola por babor y se escoró bruscamente. En la bodega se produjo un escalofrío colectivo, después, la embarcación recuperó el equilibrio como si fuera un corcho.

De repente estaba agotada, demasiado cansada para pensar en las implicaciones de lo que acababa de decir Brian.

—El contacto de Helen en París sabrá qué hacer.

—Eso espero —dijo apoyándose en la pared de la bodega y cerrando los ojos.

Una vez, una fría mañana de primavera, me encontré un nido con arañas recién nacidas en la parte de atrás del gallinero de la abadía. Al principio, lo único que distinguí fue una mancha negra y algo como una gasa blanca reventada en el centro. Cuando miré más de cerca, las minúsculas criaturas se separaron y sus patas empezaron a subir gateando resueltamente por las rugosas tablas de madera, mientras su cuerpo negro y arácnido brillaba en la luz que se colaba en el gallinero.

Me quedé quieta un momento, temblando bajo un jersey fino y vi cómo se dispersaban hasta que sólo quedó la fina cáscara de su hogar abandonado. La forma en que desaparecieron me pareció un milagro, la determinación con la que habían entrado en el mundo, lo resueltamente que avanzaban hacia un punto desconocido. «Qué gran ayuda», pensé observando cómo se escabullía el último cuerpo en una grieta de la pared. Qué maravilla saber la dirección de tu vida sin necesidad de pensar.

Cuando el barco echó el ancla frente a la costa española barrida por el viento y los compañeros de viaje saltaron a las olas, me acordé de aquella mañana en el gallinero. Era muy temprano, el cielo oscuro parecía rasgado por una mancha sangrienta de luz diurna en oriente. Brian y yo permanecimos en cubierta y observamos cómo los hombres empezaban a cruzar el negro abismo que había entre nosotros y la costa.

Resultaba difícil imaginar hacia qué se dirigían, pésimos trabajos mal pagados, una temporada recogiendo lechugas en el sur de Francia, un apartamento infestado de cucarachas, una cama compartida con otros dos hombres y echar de menos a sus mujeres. Sin embargo, cualquiera de esas posibilidades les ofrecía algo mejor que lo que habían dejado atrás.

—Vamos —propuso Brian cuando el último hombre entró en el agua.

Me cogió del brazo y me puse la bolsa de cuero encima de la cabeza. Brian hizo lo mismo con la mochila que llevaba. Los dos nos habíamos quitado las botas para llevarlas al hombro.

El agua estaba helada, en el fondo había más rocas de las que podía imaginar y tuve que esforzarme para mantener el equilibrio. No estábamos muy lejos de la costa, como mucho a veinte metros. Algunos de nuestros compañeros ya habían llegado a tierra y avanzaban con dificultad por la playa hasta desaparecer en la oscura maleza, por encima de los riscos que había detrás de la arena.

—¿Estás bien? —preguntó Brian mirándome.

—Sí —contesté temblando, con el agua hasta el pecho.

—No pienses en el frío. Ya casi hemos llegado.

Asentí y cerré los ojos un momento, avanzando a ciegas con los pies desnudos. La verdad es que no pensaba en el frío. Por primera vez, que yo recordara, estaba pensando en mi pasado, en mi madre, en su cara en la penumbra al lado de mi cama por la noche, en su pálido y acuoso cuerpo suspendido en el azul del mar, y en sus brazos y piernas avanzando en el agua. También pensaba en París, en la distancia que había entre nosotros y el salón de té cercano a Saint Julien le Pauvre, en qué encontraríamos cuando llegáramos allí. Que yo supiera, era la primera vez que mi meta parecía tan real como el día que empezaba a amanecer.

Cuando finalmente llegamos a la playa, Brian dejó la mochila y sacó lo que parecía un móvil de uno de los bolsillos.

—Es un GPS —me explicó. Apretó un botón y la pequeña pantalla se iluminó con una luz fosforescente—. El capitán dijo que había un pueblo cerca de aquí, pero quiero asegurarme.

El último hombre que había bajado del barco cruzó la
arena delante de nosotros y desapareció en la noche y en
la maleza, como si nunca hubiera existido. Me sacudí la arena de los pies y empecé a ponerme las botas.

—Hay unos cinco kilómetros hasta el pueblo de Bolonia.
Podemos buscar una habitación y allí asearnos.

Asentí y cerré la mandíbula para evitar que me castañe-
tearan los dientes.

Subimos el risco y después nos abrimos camino entre la
maleza durante un kilómetro aproximadamente. Cuando finalmente llegamos al pálido camino de tierra que había indicado el GPS, amanecía con rapidez, una débil mancha azul
se filtraba en el cielo, como tinta en el agua. Cuando llegamos a la cima de la última colina y empezamos a descender
hacia el pueblo, una tenue luz diurna iluminaba el puebleci-
llo y dejaba ver un grupo de casas encaladas que se agrupa-
ban alrededor de una playa de alabastro. Más allá estaban las
ruinas erosionadas por el viento de un antiguo puerto ro-
mano, unas columnas desmoronadas y arcos de piedra frente a la bahía azul.

Aquel pueblecito playero estaba prácticamente desierto
en invierno y los dos hoteles con los que nos encontramos
tenían las contraventanas cerradas al duro viento de diciembre. Finalmente, un anciano con cara de sueño, en zapatillas
y bata, nos abrió la puerta del hotel Bellavista y pareció extrañado al vernos con la ropa mojada, las caras sucias y escasos de equipaje. Eludir sus sospechas nos costó unos cuantos
euros de más y poner a prueba el español de Brian. Éramos
simplemente dos norteamericanos locos, dijo riéndose al
tiempo que le estrechaba la mano sin dejar de sacar billetes

de la mochila. Pidió dos habitaciones, «ya sabe cómo son las mujeres». El hombre me miró y sonrió como para decir «Sí, ya lo sé». Después se guardó el dinero en el bolsillo de la bata y nos condujo escaleras arriba.

En mi habitación había corriente y el radiador estaba frío al tacto, pero afortunadamente había agua caliente en la ducha. Me quité la ropa sucia, me quedé bajo la humeante agua durante más de media hora y dejé que mis pies recuperaran la sensibilidad perdida. Acababa de salir de la ducha y me había tumbado en la cama cuando oí un tímido golpe en la puerta.

—¿Eve? ¿Estás levantada? —preguntó Brian.

Puse los pies en el suelo, me cubrí con la colcha y fui hacia la puerta sin hacer ruido.

—Espero que no estuvieras dormida —se disculpó cuando abrí. Miró la colcha y creí ver que se le teñían ligeramente las mejillas.

—No, todavía no.

—Perdona —dijo avergonzado haciendo un gesto con la cabeza hacia la bandeja de desayuno que llevaba en las manos—. He pensado que querrías comer algo.

—Me muero de hambre —admití inspeccionando la comida. Había un plato de churros cubiertos con chocolate, dos trozos grandes de pan con mantequilla y mermelada, varias lonchas de jamón, una jarra de café y dos tazas.

—¿Cómo lo has conseguido? —pregunté echándome a un lado para dejarle entrar.

—Nuestro anfitrión puede ser muy amable si se le proporcionan incentivos suficientes —aclaró sonriendo mientras dejaba la bandeja en la mesilla y me mostraba un montón de ropa doblada que llevaba bajo el brazo derecho—. Es de su hija, no sé qué tal te quedará, pero al menos está seca y limpia.

—¿No te gusta este aspecto? —pregunté apretando la colcha contra mí.

—Te queda bien, pero es poco práctico.

—Gracias —dije cogiendo la ropa y dejándola a un lado.

—¿Te importa que le eche un vistazo a lo que hay en el lápiz? Sólo para ver si reconozco a alguien. He traído el portátil.

—Sí, claro —contesté buscando en la bolsa.

Brian salió al pasillo y oí que se abría la puerta de su habitación y luego se cerraba. Después entró con el ordenador.

Le di el lápiz de memoria y me senté en la cama.

—Si no te importa, preferiría no volver a verlo.

—Claro, claro —dijo mientras iba hacia el otro lado de la habitación.

Me tomé el café y comí mientras él veía el vídeo en silencio. Cuando acabó, cerró la tapa, se acercó a mí y se sirvió una taza de café.

—¿Te suena alguien?

—Lo siento, lo siento mucho —dijo meneando la cabeza y cerrando y abriendo las manos con torpeza a ambos lados de su cuerpo, balanceándose casi imperceptiblemente sobre los pies como si esperara algo, como si intentara decidir cómo sortear un gran obstáculo que se interpusiera entre nosotros—. En el Continental —dijo y después vaciló—. No podía... No sabía...

—Sabías lo que querías saber.

Se echó hacia atrás como si le hubieran dado un golpe.

Meneé la cabeza y lamenté lo que acababa de decir. Estaba ahí y eso era lo único que importaba.

—No tendría que haber dicho eso. Sé que no me habrías hecho daño —aseguré, aunque ninguno de los dos lo sabía.

Alargué la mano para coger la suya y tiré de él hacia mí dejando que cayera la colcha. Me sentía casi mareada, ebria de agotamiento y no quería pensar en el Continental.

Brian se puso de rodillas y apoyó la cabeza en mi estómago desnudo. También se había duchado y sentí su pelo mojado, frío y húmedo contra mi piel.

—No pasa nada —dije

Levantó la cabeza, me agaché y le besé. «No —pensé—, nunca lo sabremos. Aquella noche en Tánger podía haberme asesinado, pero de momento prefiero pensar lo contrario.»

Metí la mano con cuidado bajo su jersey y se lo saqué por la cabeza. Tenía la piel caliente, como si un fuego se hubiera encendido en su interior. Fuera el viento sonaba con fuerza, la arena golpeaba en los cristales y silbaba en las grietas del viejo edificio. Brian me puso una mano en el pecho y me estremecí. «Sí —me dije a mí misma—, de momento elijo creerle.»

Veinticuatro

Dormimos toda la jornada y al día siguiente salimos por la tarde hacia Sevilla en un viejo Seat que Brian había conseguido comprarle al dueño del hotel. Pagamos casi el doble de lo que valía, pero eso no parecía preocuparle. Cuando el anciano dijo un precio, sacó un fajo de euros de la mochila sin inmutarse. «Hay dinero de por medio —recordé que había dicho en el barco—. Un montón.» Evidentemente le habían dado su parte.

Cruzar España nos costó una noche sin otra compañía más que el vasto paisaje ibérico y alguna silueta del enorme y amenazador toro de Osborne. Nos turnamos al volante y avanzamos hacia el norte pasando por Córdoba y Madrid, y luego a través de la Cordillera Central hasta Burgos y San Sebastián. Unas doce horas después de abandonar el pueblo de Bolonia y la costa, cruzamos la frontera francesa.

Agotados por el viaje y con los ojos enrojecidos paramos en un restaurante de carretera a las afueras de Biarritz, para tomar café y desayunar, y después continuamos hasta Burdeos y París. Me alegré de haber seguido la ruta occidental del país, agradecí no volver a ver Borgoña, aunque en aquella brumosa luz diurna los viñedos desnudos de Burdeos y del valle del Loira me recordaron a mi antiguo hogar.

Cuando llegamos, por el sur, a la periferia parisina, era media tarde. Brian estaba dormido en el asiento del copiloto y lo zarandeé para que se despertara.

—¿Sabes llegar a la iglesia norteamericana? —pregunté.

—Creo que sí —contestó asintiendo de mala gana y frotándose los ojos.

—Estupendo.

Seguí sus indicaciones hasta llegar al centro de la ciudad y después la esquelética estructura de la torre Eiffel me sirvió de guía para llegar al Sena.

Durante el año que había estado en el convento había hecho un viaje a aquella ciudad, una breve visita en la que había pasado la mayor parte del tiempo haciendo papeleo en el consulado de Estados Unidos. Había dormido dos noches en uno de los conventos de las hermanas, en un barrio pobre cercano al Bois de Vincennes, pero en las pocas horas libres que tuve cruce el Pont de l'Alma desde el consulado y paseé por el Campo de Marte.

Mientras avanzábamos por el Quai Branly, dejando los jardines del Trocadero a la izquierda y la torre Eiffel a la derecha, recordé que aquello fue al mes más o menos de acogerme las hermanas. Mientras paseaba entre los turistas por los senderos de gravilla de aquel parque me había sentido ligeramente asustada, temerosa de que alguno de los blancuzcos norteamericanos con zapatillas de deporte y viseras para el sol me reconociera. Asustada y, sin embargo, con la esperanza de que alguien lo hiciera.

Como pudimos metimos el Seat en un aparcamiento a pocas manzanas del Quai d'Orsay y fuimos a pie hasta la iglesia norteamericana. Hacía un día precioso y el sol caía oblicuamente sobre los árboles desnudos, un *bateau mouche* casi vacío se deslizaba por el Sena. Una anciana, una solitaria silueta guiada por un perrito negro, se dejaba llevar por el paseo mientras su sombrero con plumas se agitaba con el viento y sus zapatillas avanzaban por el camino de gravilla. Era pleno invierno, hacía más frío incluso que cuando dejé Borgoña, el fúnebre y pesado frío de una ciudad europea. Sentí un escalofrío bajo la chaqueta de lona que el anciano español había incluido en el precio del coche.

La iglesia no estaba lejos del Pont de l'Alma, era una inmaculada estructura gris encajonada entre dos lujosos edificios, frente a la neblinosa extensión del triángulo de oro. Una pequeña y dispersa multitud esperaba en la acera y en las escaleras, mochileros norteamericanos recién bajados del tren, mujeres asiáticas de mediana edad vestidas con el atildado vestido de aspirantes a trabajadoras domésticas y estudiantes de intercambio con mocasines y tabardos.

—Perdón —dije acercándome a dos norteamericanas que había en las escaleras—. ¿Sabéis dónde está el tablón de anuncios?

—¿Cuál? —preguntó una de ellas.

—El que está fuera —precisé al acordarme de lo que había dicho Helen.

—Allí —dijo indicando con seguridad hacia la entrada cubierta de la iglesia.

—Me gustaría poner algo. ¿Sabéis si hay que pagar?

La chica dio una calada a su cigarrillo, aunque parecía demasiado joven para fumar.

—Tiene que entrar en la oficina. Creo que cuesta un par de euros.

—Gracias.

De camino al interior del edificio pasamos delante del tablón de anuncios, que estaba cubierto por un cristal. Nos paramos a echar un vistazo. Estaba bien cuidado y las notas escritas aparecían en fichas ordenadas por categorías, era una especie de centro de intercambio de información para la comunidad de expatriados en París. Daba la impresión de que se podía encontrar de todo: canguros, servicio doméstico, profesores, apartamentos, paseadores de perros con experiencia...

En uno de los extremos del tablón había un espacio para mensajes diversos. Los comunicados eran en su mayoría de

247

viajeros, gente que quería ver a amigos que habían perdido en el camino.

Julia, en el tren de Madrid a Sevilla. Hablamos de Capri. Dijiste que ibas a pasar el mes de diciembre en París. Estaré aquí hasta Año Nuevo. Deja un mensaje y dime dónde puedo encontrarte. Michael.

Phillip de New Haven. ¿Te acuerdas de los tacos del Jo's Bar en Praga? ¿Todavía piensas que Kafka está sobrevalorado? Llama, por favor. Jennifer.

—¿Crees que llamará? —preguntó Brian cuando entramos.

—Espero que no —contesté—. Parece gilipollas.

La oficina estaba en la planta baja, al final de un luminoso pasillo lleno de noticias sobre la iglesia, invitaciones a la tertulia de mujeres «Florece donde te han plantado», un calendario de clases de yoga y aeróbic en el sótano de la iglesia, y los horarios de las reuniones en inglés de los doce pasos de alcohólicos anónimos. Al leer aquellas multicolores noticias me di cuenta de que se podían pasar años en París sin abandonar realmente Estados Unidos.

—Me apuesto lo que quieras a que alguien sabe dónde encontrar salsa de arándanos para el Día de Acción de Gracias —observó Brian cuando nos acercábamos al mostrador de recepción.

Sonreí y me imaginé una escena de alguna película, una familia bien vestida, el sonido de un partido de rugby como telón de fondo y una larga mesa llena de comida, pavo, puré de patata y una masa rojiza temblando en un cuenco.

Una mujer jovial vestida con un elegante aunque soso conjunto de jersey y chaqueta de color beige se hizo cargo de mi mensaje y asintió de forma aprobatoria cuando mencioné el hotel George V.

—¿Saldrá hoy? —pregunté.

Asintió mientras dejaba la ficha en un montón de mensajes similares.

—Pongo los mensajes nuevos a las cinco.

—¿Qué hacemos ahora? —preguntó Brian mientras caminábamos de vuelta al Seat.

—Supongo que deberíamos buscar algún sitio en el que pasar la noche. Hasta mañana a las cuatro no veré al tío Bill.

—Conozco uno en Montparnasse. No es el George V, pero no creo que nadie nos busque allí.

Tenía razón, la calle de la Gaîte, llena de sex-shops, no era los Campos Elíseos, y el deteriorado hotel de l'Espérance distaba mucho de ser el hotel George V. Pero no cabía duda de que era el último lugar de París en el que imaginarían encontrarnos. Por treinta y cinco euros conseguimos una habitación con cama doble y cuarto de baño. La cucaracha muerta que había en el lavabo era cortesía de la casa.

Nos dimos una ducha y salimos a tomar una cena temprana en el grasiento bar restaurante de la esquina. A las nueve estábamos en la cama, bañados por la luz de un neón de color rojo subido de tono, soñando con la carretera que habíamos dejado atrás.

Veinticinco

*C*uando salimos del metro, bajo la mirada de san Miguel, que con su pie de piedra pisotea la retorcida forma del diablo, eran poco más de las tres de la tarde del día siguiente. «Y fue arrojado el gran dragón —pensé acordándome del pasaje de la Revelación—, la antigua serpiente que se llama Diablo; y Satanás, el que engaña a todo el mundo.»

La psicodélica visión de san Juan del Apocalipsis siempre había sido uno de mis pasajes favoritos del Nuevo Testamento. Me gustaba su absoluta falta de ambigüedad, la forma en que el loco ermitaño ve el fin del mundo en el bien y en el mal, una clara descripción en la que todos estamos marcados con el signo de la bestia o el nombre del Padre. Pero al mirar a san Miguel y sus alas extendidas llenas de excrementos de pájaros y sus pies cubiertos de colillas, dudé. ¿Acaso el diablo no sabía aparecer de otro modo que no fuera en forma de serpiente? ¿No era más fácil esconderse? En los pliegues y plumas de las alas de un ángel. En la cara que refleja el espejo.

A pesar del frío que hacía, la plaza Saint Michel estaba llena de gente, una mezcla de estudiantes parisinos del Barrio Latino que se encontraban con amigos y vehementes turistas que buscaban empaparse de la mística de los artistas exiliados del distrito quinto.

—Por aquí —dijo Brian tirando de mí para que le siguiera por la estrecha calle de la Huchette.

Íbamos a llegar pronto, lo que según Brian era bueno porque así tendríamos tiempo para estudiar el terreno. Habíamos repasado nuestro plan una docena de veces en el hotel, pero cuando nos acercábamos a la calle Saint Jacques, me cogió del brazo y me llevó a un lado de la calle.

—Una última vez —dijo.

—Nos separamos aquí. Cruzo el Petit Pont y después vuelvo por Notre Dame. Antes de ir al salón de té me paro en Saint Julien le Pauvre y rezo una oración en el segundo banco de la parte izquierda del pasillo.

—¿Y después?

—Tú estarás vigilando en la iglesia. Cuando salga del salón de té iré directamente a la parada de metro de Saint Michel y nos reuniremos en el andén.

—Muy bien. ¿Y si algo sale mal?

—Nos veremos en el hotel. Si uno de los dos no ha llegado a las siete, el otro se va.

—No me esperes, yo no te esperaré a ti —dijo Brian.

Me puso la mano en la espalda y tocó la culata de la Beretta por encima de la chaqueta de lona.

—Estás bien —dijo como si quisiera tranquilizarse a sí mismo.

—Te veo en la iglesia —dije con los ojos fijos en él y la mano en el lápiz que llevaba en el bolsillo. Después me alejé y eché a andar hacia la calle Saint Jacques para llegar a la Île de la Cité y Notre Dame.

Una ciudad de turistas, así es como definía la hermana Theresa a París, sin ocultar su aversión por la estupidez de los visitantes. Había nacido allí, en un hogar rico, era una niña bien, según me contó Heloise una noche mientras hacíamos una masa para brioche, evidentemente sin intención de halagarla. Aquella confidencia me dejó desconcertada,

251

sorprendida por la sensación profundamente arraigada de diferencia de clases en un lugar en el que ingenuamente había asumido que estaba por encima de semejantes distinciones.

Theresa había sido la última de las hermanas en demostrarme simpatía. Incluso después de haberme ganado su confianza, mostraba una peculiar forma de corregirme, de señalar mis errores en francés o en la forma de cocinar. «Ves —me decía dando un mordisco a uno de los pastelitos de crema de Heloise—, ésta es la verdadera *pâte à choux*.» Como si el destino de la república dependiera de mi incapacidad para hacer bien la masa.

Mientras avanzaba hacia las imponentes agujas de Notre Dame, me acordé de los prejuicios de Theresa. La isla estaba abarrotada de turistas, muchos de ellos evidentemente norteamericanos, familias agobiadas que iban corriendo de un monumento a otro, con guías de viaje y cámaras digitales en ristre. Entendí perfectamente el desprecio de la monja. Sí, había cierta ordinariez en esa gente, una arrogancia nacida de un indiscutible bienestar. Lo que no entendía era cómo encajaba yo entre ellos.

Y sin embargo, Theresa lo había visto, también Mohamed, mi amigo de las vías del tren. «Eres norteamericana», insistió cuando traté de negarlo. Y lo era, aunque seguramente no en la forma en la que lo admitirían mis compatriotas de la Île de la Cité. Había algo además de la ropa, las camisetas y las zapatillas de deporte, algo aparte de las caras de asombro que miraban la exquisita fachada de Notre Dame. Había algo más, aparte de la lealtad incondicional. «La verdadera *pâte à choux*», oí decir a Theresa chasqueando la lengua con desdén. Más tarde, cuando todo el mundo se había ido a la cama, entré a hurtadillas en la cocina y probé la mía y la de Heloise intentando encontrar alguna diferencia.

Hice el recorrido que Brian y yo habíamos discutido tantas veces: cruzar el Pont au Double y después caminar hacia el oeste siguiendo el río para después entrar en la calle Viviani e ir hacia Saint Julien le Pauvre. Antes de entrar por la puerta metálica del cementerio de Saint Julien divisé por primera vez el salón de té, un diminuto establecimiento incrustado en el acceso de un edificio medieval.

La puerta de la iglesia estaba cerrada, pero se abrió fácilmente, aunque sus viejas bisagras protestaron de forma enérgica. Entré y me quedé un momento en el cálido vestíbulo mientras mis ojos se acostumbraban a la falta de luz solar y distinguía la capilla de piedra. «No es católica», pensé al ver los recargados iconos del altar. No, fuera cual fuese su origen, en ese momento Saint Julien le Pauvre pertenecía a la iglesia ortodoxa griega.

A diferencia de su ostentosa prima del otro lado del río, la modesta iglesia de Saint Julien atraía a pocos visitantes. Aquel día sólo había una joven pareja de italianos que estudiaba con aplicación la arquitectura del siglo XII, una anciana encorvada y vestida de luto que rezaba el rosario y, en el segundo banco empezando por el final, a la izquierda del pasillo, un hombre solitario con la cabeza inclinada para rezar, Brian.

Comprobé el reloj, me aseguré de que había llegado a la hora prevista y después entré en el banco que había delante de él. Se arrodilló en el reclinatorio y puso las manos en la parte trasera de mi banco.

—No estoy seguro, pero creo que no hay nadie esperándote. Deberíais estar tú y tu misteriosa cita.

Miré el morboso crucifijo y las imágenes doradas de los santos.

—En el salón de té hay una puerta trasera, pero está en un pasillo muy estrecho que sólo tiene una salida. Yo no la utilizaría a menos que fuera necesario.

Asentí casi imperceptiblemente, me incliné hacia delante y me persigné, moviendo los dedos de la cabeza al estómago y después de éste a los hombros, como había hecho tantas veces en la abadía. Después salí del banco y me dirigí al fondo de la iglesia.

Había algo peculiar en aquel salón de té de techo bajo, algo que no presagiaba nada bueno en las camareras de delantal blanco, en los bocadillos minúsculos y en las gruesas rebanadas de pan de jengibre con delicados adornos de crema. El edificio quedaba muy cerca de Notre Dame y pensaba que estaría lleno de turistas y que servirían el tipo de comida que inevitablemente les acompaña, pero a primera vista parecía ofrecer sus servicios solamente a lugareños.

254   La mayoría de los clientes eran viejas damas parisinas, arcaicas criaturas con sombreros y elegantes vestidos de lana, pero también había tres hombres. El primero, del tipo abuelo benevolente con pelo entrecano y bigote bien cuidado, estaba sentado solo en la parte del fondo, absorto en un ejemplar de *Le Figaro* y en un trozo de tarta de fruta. El segundo, un despeinado burócrata cercano a los sesenta, estaba cerca de la puerta y tenía sobre su mesa una copia mal doblada de *Le Monde*, mientras su abrigo de lana marrón ocupaba la silla que había enfrente. El tercero era más joven, un universitario, imaginé, que tomaba el té semanal con su abuela. O bien era eso o bien estaba ante un *gigoló* que se ocupaba de octogenarias.

Ninguno de los tres parecía encajar con mi enigmático contacto. Ninguno de los tres se fijó en que entraba. Miré el salón una última vez, buscando algo que se me hubiera pasado por alto, y me senté en la única mesa que había libre. En mi reloj eran las cuatro en punto. Una de las camareras se acercó y pedí un darjeeling, tal como me había dicho Helen.

Me trajeron el té, caliente y humeante, me serví una taza con una buena dosis de crema de leche y miré el reloj una vez más. Eran las cuatro y cuarto y seguía sin haber ni rastro de la persona con la que se suponía me iba a reunir. «Han puesto tarde el mensaje —pensé—. Bueno, siempre puedo intentarlo mañana.»

Entonces, con el rabillo del ojo vi que el lector de *Le Monde* se levantaba de la silla y se ponía el abrigo. Se buscó en el bolsillo, sacó un billete y algo de cambio, y lo dejó en la mesa. Estaba a pocos metros mí y pensé que se iba a dirigir hacia la puerta, pero se acercó hacia donde estaba yo y su abrigo rozó las apretadas mesas.

—¿Katy? —preguntó deteniéndose frente a mí.

Dejé el té para mirarlo.

—Ha recibido mi mensaje, tío Bill.

Asintió, me miró nervioso y apretó el periódico.

—Siéntese —le pedí haciendo un gesto hacia la silla que había libre.

—Debemos irnos —dijo meneando la cabeza y sonriendo de forma poco convincente. Rebuscó en el bolsillo con sus dedos manchados de tinta y sacó dinero para pagar mi té.

«Algo no va bien», pensé mirando a través del escaparate hacia la fachada gris de Saint Julien. Me lo decían las tripas y las manos de aquel hombre, la forma en que le temblaban cuando dejó las monedas en la mesa.

—Tenemos que irnos —repitió.

Asentí y empecé a levantarme.

Por encima de su hombro vi que el joven estudiante se levantaba también y buscaba algo en su chaqueta. Mientras se giraba hacia nosotros, la punta de níquel de una automática apareció debajo de su abrigo.

—¡Al suelo! —grité agachándome, pero el estallido de la primera bala ahogó mi voz.

El hombre del abrigo marrón se retorció y soltó el periódico. Su cabeza cayó hacia atrás como empujada por una mano invisible y una oscura rosa sangrante apareció detrás de su oreja. Se desplomó hacia un lado, arrastrando una de las mesas con él, y aterrizó a mis pies envuelto en una lluvia de balas y porcelana rota.

La abuela también se había levantado, su elegante traje dejaba ver una pistolera colgada del hombro y debajo de la camisa dos firmes pechos que situaban su edad más cerca de los veinte que de los ochenta.

Gateé hacia atrás y, aprovechando los pocos segundos de caos que siguieron a la primera andanada de disparos, saqué la Beretta y busqué refugio detrás de una de las mesas. El resto de los clientes se había tirado al suelo y formaban una masa confusa de pelo blanco, agua de lavanda y miedo. Alguien lloraba al fondo del salón, pero el resto de la gente guardaba un silencio sepulcral.

Tomé aire y estudié mis posibilidades. Tenía la espalda literalmente pegada a la pared. El primer tipo que había disparado estaba entre mí y la puerta. Mi mejor opción era la puerta de servicio, pero estaba a unos diez metros y tenía que atravesar un espacio sembrado de mesas caídas y cuerpos acurrucados. Sin ayuda era imposible. Me volví y miré de nuevo hacia el escaparate rezando porque Brian hubiera oído los disparos y mi decisión de creerle no hubiera sido una grave equivocación.

La falsa anciana dio un paso adelante y se oyó un ruido de cristales rotos. Una de las mujeres mayores que había detrás de la mesa que tenía al lado levantó la cabeza y parpadeó. En su mejilla maquillada había un rastro de sangre, tenía un trozo de vidrio transparente, parte de un jarrón, alojado en la piel. Se llevó el dedo índice al ojo y después hizo un gesto hacia mis espaldas.

Miré hacia donde me indicaba. Detrás del marco de la entrada había una sombra escondida, una cabeza que no osaba asomarse. Brian, pensé, aunque no podía estar segura. Cuando volví la cabeza la mujer asintió y la imité. Sí, lo había visto. Sonreí para tranquilizarla y después moví los labios para decir «abajo» en francés. La mujer bajó la cabeza y apoyó su magullada mejilla contra el suelo.

Con cuidado, me incliné hacia un lado, divisé a la mujer que llevaba la pistola en la mano y disparé dos veces. La primera bala no dio en el blanco, pero la segunda se incrustó en su hombro izquierdo. Se estremeció y se llevó la mano con la que sujetaba el arma a la herida. Su compañero me disparó y su descarga astilló el endeble tablero de la mesa. Entonces, los dos se tiraron al suelo.

Alguien estaba disparando. Miré hacia el escaparate y vi que el cristal saltaba en pedazos y aparecía la cara de Brian.

—¡Vamos! —gritó arrancando lo que quedaba del vidrio destrozado con el cañón de su Browning.

Me moví sin ponerme de pie y fui de mesa en mesa hasta llegar al fondo mientras él se ocupaba de los dos pistoleros.

«Yo no la utilizaría si no es necesario», me dije repitiendo sus palabras mientras me acercaba a la salida trasera. De repente «necesario» se había convertido en una desafortunada realidad. Miré hacia atrás por última vez y Brian me hizo un gesto con la pistola para que me fuera.

—¡Ahora! —gritó volviendo a disparar y desapareciendo de mi vista.

Me incorporé y empujé la puerta con el hombro cayendo a ciegas en el callejón y estampándome contra la pared del edificio de al lado. Aquella callejuela tenía la anchura de una vereda, no tenía ni un metro, era demasiado estrecha como para extender los brazos. Olía a siglos de desechos humanos y animales, y a una perpetua falta de luz solar. Los muros estaban salpicados de detritos blancos.

Avancé poco a poco apretando con fuerza la Beretta. En

257

la esquina vi uno de los atestados callejones del barrio y una continua marea de viandantes. A lo lejos se oía el frenético gemido de una sirena de policía, un sonido cada vez más alto y cercano.

Salí a la calle y me metí la pistola en la parte de atrás de los vaqueros, dudando un segundo antes de orientarme. No había forma de volver a buscar a Brian. «Él no lo habría hecho por mí», pensé mientras me unía a la multitud para dirigirme hacia la plaza Saint Michel. Además, si alguien sabía cuidar de sí mismo, ése era Brian. Me estaría esperando en el metro y, si no estaba allí, en el hotel de l'Espérance. No le habría pasado nada.

En el atestado andén de la parada de metro de Saint Michel no había rastro de él. Cogí la línea Port d'Orléans en dirección sur hasta Montparnasse y después fui andando el resto del camino. Cuando entré en nuestra habitación eran las cinco y media, y seguía sin aparecer. Le habíamos pedido a la camarera que no entrara y parecía que había hecho caso. La cama estaba sin hacer y lo que se había ensuciado desde su última visita, sin limpiar. Aun así, comprobé el interior de mi bolsa de cuero y me tranquilicé al ver que los pasaportes seguían allí. Satisfecha, me senté al lado de la ventana para mirar la calle.

La más de media docena de sex-shops de la calle de la Gaîté hacían su agosto en aquella tarde. Su clientela era principalmente masculina, oficinistas que volvían en tren a sus casas y obreros que hacían una parada rápida después del trabajo, aunque también vi alguna mujer, la omnipresente urbanita de cara flaca y adusta con torturadores zapatos de tacón y deprimente traje gris. La tienda que había justo enfrente del hotel, un minúsculo escaparate por cuya puerta abierta sonaba a todo volumen un disco de música *rai*, parecía la más popular de todas. Un continuo flujo de clientes entraba y salía, sin duda atraídos por la pulcra fila de correas de cuero que colgaban en el escaparate, cuyas flácidas formas me recordaron los patos laqueados de un restaurante chino.

Observé, durante una hora aproximadamente, la procesión de caras iluminadas por el neón. A eso de las seis y media empecé a preocuparme. «Si uno de los dos no ha llegado a las siete, el otro se va.» Lo habíamos comentado una docena de veces y sin embargo no creía que pudiera ocurrir. Miré las llaves del Seat que estaban en la mesilla, nuestras escasas pertenencias, mi bolsa y la mochila de Brian. «Yo no te esperaré», había dicho y, sin embargo, si me iba en ese momento no tenía dónde ir.

Fui al baño y me mojé la cara con agua fría antes de tumbarme sobre la colcha para mirar las grietas del techo. Mi reloj marcó las siete menos cuarto, después menos diez. «Tengo que irme», me dije, pero fui incapaz de moverme. A las siete menos cinco, milagrosamente, oí unas llaves en la puerta.

Veintiséis

—*H*e cogido el tren a Bobigny. Quería asegurarme de que no me seguía nadie —explicó mientras se sentaba en la cama y se quitaba la chaqueta. En el hombro izquierdo de la camisa había una mancha de sangre y la tela se le había pegado a la piel—. Es sólo un arañazo —dijo intentando quitársela.

—A mí me parece algo más que un rasguño —dije apartándole las manos y desnudándole el otro brazo. El trozo de tela alrededor de la herida estaba pegado—. No te muevas, voy a tener que humedecerlo.

En el cuarto de baño no había manoplas, pero encontré una toalla para las manos limpia y la puse bajo el grifo del agua caliente.

—¿Ha sido una bala o un cristal? —pregunté aplicándosela en el hombro.

—Una bala —contestó gimiendo al sentir la presión—. Pero es superficial.

—Aun así, tendrá que vértela alguien.

—En mi mochila hay antibióticos. No me pasará nada.

—¿Tienes una navaja?

—En el bolsillo delantero.

Cogí las dos cosas, aparté la toalla y corté la manga. Tenía razón, sólo era una herida superficial, pero no muy limpia, y lo suficientemente profunda como para necesitar un par de puntos. Tenía los bordes de color rosa y arrugados, y se notaban los primeros signos de infección.

—Necesitas antisépticos y vendas —dije doblando la toalla y poniéndole la parte limpia sobre el hombro—. Voy a buscar una farmacia.

Cerca del hotel había una de guardia y, siguiendo las indicaciones del recepcionista, no me costó nada encontrarla. A la vuelta me paré en una *épicerie* y compré algunas cosas para cenar: queso, jamón, una hogaza de pan, una bolsa de naranjas, agua mineral y un par de botellas de Kronenbourg.

Cuando volví, Brian se había duchado y se había puesto una camiseta limpia. Le curé la herida lo mejor que pude, limpiándola con yodo y una pomada antibacteriana, y después la tapé con una gasa limpia. Le quedaría una fea cicatriz, seguro, pero aparte de eso, nada más.

Cuando acabé, abrí las dos cervezas y puse sobre la mesa destartalada los ingredientes de nuestra cena fría.

—Gracias —dijo Brian cortando una rebanada de pan y un buen trozo del camembert que había elegido.

—Era de lo que me encargaba en la abadía, de que todo el mundo comiera —apunté tomando un trago de cerveza.

—¿Cocinabas para las monjas? —preguntó ayudando a pasar el pan con un sorbo de Kronenbourg.

—Sí, estábamos dos personas al cargo de la cocina.

—¿Lo echas de menos?

—Sí. —Medité aquella pregunta un momento y la poca precisión de aquella frase. Decir que simplemente echaba de menos a las hermanas y la abadía era una afirmación tan exageradamente pobre que rayaba con el pecado. No era solamente el único hogar que había conocido, sino también la base sobre la que había construido todo mi ser.

—¿Y tu vida anterior?

Cogí una naranja de la bolsa y rompí la piel con el pulgar.

—¿Te refieres a si la echo de menos? —Asintió—. No hay nada que añorar —aseguré acabando de pelar la naranja y abriendo los gajos.

—Pero dijiste que tenías un hijo. Seguro que a veces piensas en él.

—A veces.

—¿No te acuerdas de nada? ¿De nada en absoluto?

Negué con la cabeza, pero era mentira. La verdad es que tenía imágenes, flashes tan breves y fragmentados que nunca me había permitido creer en ellos. Además, también había cosas de las que estaba segura, sensaciones táctiles y olorosas demasiado viscerales, que sólo podían ser reales.

—¿Qué me dices de ti? —pregunté metiéndome un gajo de naranja en la boca—. Debes de echar de menos a tu familia.

—Voy a verlos cada pocos años. Cada vez hay menos que extrañar. Mis padres eran mayores cuando me tuvieron. Él tiene alzhéimer y mi madre está tan agotada por tener que cuidarlo que se ha vuelto loca a su manera.

—Lo siento.

—No lo hagas, es la vida que elegí.

—¿No te arrepientes nunca?

—A todas horas, pero jamás me he visto haciendo otra cosa —dijo tomando un trago de cerveza.

—Supongo que de alguna forma te he jodido las cosas.

—Tengo algo de dinero guardado.

—¿Y qué vas a hacer?

—No lo sé, desaparecer. Hay una islita frente a Tórtola con un bar destartalado que siempre he querido comprar. Pero antes tendremos que aclarar esta historia, ¿no?

—¿Quién crees que era la pareja del salón de té?

—Socios de mi antiguo jefe, supongo. Gente a sueldo, como yo.

—¿No conoces a nadie en la NSA al que pudiéramos llevar el lápiz de memoria?

—Tengo algún contacto en la Central de Inteligencia aquí, pero ahora mismo no confío en ninguno de ellos. Como te dije, creo que esto no es cosa de una sola persona.

Corté un trozo de pan y cogí un poco de jamón. Tenía más hambre de la que creía y la Kronenbourg empezaba a subírseme a la cabeza.

—¿Y qué hay de Werner? ¿Puedes ponerte en contacto con él? —Me miró con incredulidad—. Estoy segura de que es la única persona que sabe quién es nuestro misterioso hombre del vídeo y conocía a mi madre. En su oficina había una fotografía de los tres juntos.

—¿En Pakistán?

—En Vietnam. Ya la había visto antes, pero no recuerdo dónde. Era otra copia, debía de tenerla mi madre.

—Te iba a matar, Eve —me recordó.

—Quiere lo que hay en el lápiz de memoria. A lo mejor podemos hacer un trato. Una copia de la cinta a cambio de lo que sepa.

—Eso es una locura —repuso Brian.

—Si tienes alguna idea mejor, soy toda oídos.

Comimos en silencio un rato, absortos en nuestros propios pensamientos. Sabía que mi plan cojeaba, pero era la mejor opción. Quería que me devolvieran mi vida y, por lo que sabía, Werner tenía un buen trozo de ella.

Finalmente Brian se acabó la cerveza y dejó la botella vacía en la mesa.

—Tengo un amigo —dijo de mala gana—. En Bratislava. Es piloto. A veces vuela para Werner y me debe un par de favores.

—Gracias.

—No me las des todavía —dijo meneando la cabeza.

263

ٮ

A la mañana siguiente salimos temprano y condujimos hacia el este, a través de Estrasburgo y Múnich, hacia Salzburgo y Viena. Cuando cruzamos la frontera eslovaca, atravesando los lúgubres restos del telón de acero para ir hacia el Danubio y Bratislava, era casi media noche. No nos habíamos preocupado por los papeles del viejo Seat y Brian tuvo que hacer una buena demostración de labia y que soltar un billete de cien euros para convencer al policía de la aduana de que el coche no era robado. Cuando finalmente nos dejó pasar estaba nevando y gruesos y húmedos copos empezaban a posarse en los hombros del abrigo de lana del guardia, como si fueran caspa.

Mucho antes de llegar a la ciudad divisamos la futurista torre del Novy Most, el puente de la era soviética suspendido sobre el Danubio que ensombrece los pintorescos edificios de la ciudad como una nave espacial invasora. Al otro lado, sobre una colina y con su adusta fachada de piedra bañada en luz y sus torres mirando altivamente la ciudad, está el antiguo castillo de Bratislava.

—¿Qué hora es? —preguntó Brian mientras conducíamos por una amplia extensión de barrios socialistas de la margen meridional del Danubio.

—Es casi la una —contesté mirando las interminables torres de pisos que íbamos dejando atrás. Producto de una sombría utopía, aquellos edificios monolíticos no podían parecerles acogedores a nadie. Eran sitios construidos para contener, diseñados para escuchar a escondidas con facilidad y frustrar sistemáticamente cualquier tipo de resistencia. Y era, una vez más, un lugar que conocía.

—He estado aquí —aseguré.

—¿Recuerdas algo? —preguntó Brian mirándome.

—No, es sólo una sensación. Hace tiempo, creo. Antes del fin de la Guerra Fría.

Era la misma que había sentido en la frontera, una sensación visceral, un oscuro recuerdo de alambre de espino y Kalashnikovs, de jóvenes muy serios vestidos con uniformes soviéticos que introducían espejos bajo los coches.

Hannah Boyle también había estado. Según Helen, había muerto aquí y por alguna razón me había apropiado de su nombre.

Empezamos a cruzar el puente para pasar al otro lado del río. Había empezado a nevar con fuerza y la nieve velaba con una cortina de encaje las negras aguas del Danubio, y así impedía ver el puerto y el casco antiguo que había detrás de él.

—¿Buscamos un sitio para pasar la noche? —pregunté.

—Creo que podemos intentar encontrar a Ivan. A estas horas ya estará levantado y se habrá recuperado.

Nuestra primera parada fue en un bar de jazz de la parte vieja de la ciudad, un pequeño local lleno de humo, cercano al palacio del Primado. Su clientela era gente joven que estaba en la onda, chicos flacos y pálidos con vaqueros negros y cazadoras de cuero, y universitarias de aspecto duro que cultivaban el estilo de una prolongada adicción a la heroína.

Cuando Brian preguntó por Ivan, la cara del camarero se avinagró.

—Hace un par de semanas que ese cabrón ruso no aparece por aquí —bufó en inglés con desprecio—. Si lo veis, decidle que me gustaría que me pagara las dos mil coronas que me debe.

—¿Sabes de algún sitio donde podamos encontrarlo? —preguntó Brian—. En caso de que quieras que le demos tu mensaje.

El camarero sirvió los dos martinis que había estado mezclando y después gritó algo en eslovaco a una camarera de mirada hostil que llevaba un minivestido negro y unas botas hasta las rodillas.

Dejó la bandeja en la barra y encendió un cigarrillo mientras le echaba un vistazo a Brian y sus ojos se fijaban rápida y despectivamente en mí.

—Últimamente se mueve por el Charlie's Pub, en Spitalska. ¿Lo conocéis?

Brian asintió.

La camarera dio una profunda calada a su cigarrillo y dejó que el humo saliera lentamente por la nariz.

—¿Podéis darle un mensaje de mi parte también? Decidle que Yana ha dicho que le den por el culo.

—Tu amigo Ivan es un tipo muy popular —comenté mientras volvíamos al Seat.

—No te dije que fuera míster simpatía. Además, no es tan malo. A la gente de aquí no le gustan los rusos.

—Da la impresión de que sabe tratar a las mujeres.

—Te has dado cuenta, ¿verdad?

—Hablando de mujeres, me ha parecido que a la camarera le pones.

—No es mi tipo. Me van más las amnésicas que corren peligro de muerte.

—Gracias. Ahora en serio, ¿cómo conociste a Ivan?

—Me cogió haciendo dedo a la salida de Jartum hace unos años. Estuvimos doce horas en el lago Victoria esperando una carga de tilapias congeladas. Nos caímos bien.

—¿Y qué hacías en Jartum? —pregunté cuando llegamos al Seat.

—¿Lo quieres saber de verdad? —replicó apoyando la mano en el techo del coche y poniéndose muy serio de repente.

—Sí.

—Escoltaba un cargamento de armas ligeras para el Frente Popular de Liberación de Sudán —explicó en tono grave. Después abrió la puerta y se sentó en el asiento del conductor.

Me puse a su lado y cerré la puerta. Puso en marcha el motor y se alejó del bordillo.

—¿Creías realmente en aquello? —pregunté mientras traqueteábamos por aquellas estrechas y adoquinadas calles—. Me refiero a Dios y patria, y todas esas cosas. ¿No tuviste momentos de dudas?

Un grupo de noctámbulos cruzó la calle dando traspiés y Brian tuvo que frenar. Miramos en silencio mientras pasaban por delante, cogidos por el brazo para darse calor y mantener el equilibrio mientras de sus bocas surgía una gran nube de vapor, como el humo de una gigantesca máquina.

—¿Te refieres a mí? —preguntó Brian finalmente—. Porque no sé cómo te sentías tú, ni si creías en lo que hacías o no.

El más rezagado del grupo levantó una mano protegida con un mitón para darnos las gracias antes de echarse a un lado y salir de la luz.

—Eso no es justo.

—Nunca he dicho que nuestro sistema sea perfecto, pero es el mejor que conozco —dijo. Metió una marcha para avanzar tranquilamente por los resbaladizos adoquines y señaló hacia lo que había más allá del parabrisas, las calles nevadas y los oscuros edificios de los Habsburgo—. Aquí, la alternativa no funcionó.

—No —admití, aunque no estaba segura de si la caída del sistema soviético era una justificación para la codicia. Ese tipo de argumento parecía, en el mejor de los casos, cínico—. ¿Estuviste aquí durante la guerra fría?

—Yo no conocí esos tiempos. Me enteré de la caída del muro de Berlín por la televisión de la cantina de la base.

Había visto los reportajes de la televisión sobre la caída del muro de Berlín y la multitud en la Puerta de Brandemburgo. Algunas de las hermanas del convento eran lo suficientemente mayores como para acordarse de la división de la ciudad y contaban cosas de hermanos y hermanas separados.

—Mi familia estaba en Checoslovaquia y lo perdió todo después de la guerra —explicó cuando paramos frente a un edificio vivamente iluminado con una marquesina que anunciaba cuatro películas—. Entonces, después del golpe comunista de mil novecientos cuarenta y ocho, mis abuelos se fueron a Estados Unidos. Mi padre era todavía un niño. Ya hemos llegado —dijo después de apagar el motor.

Enseguida me di cuenta de por qué el famoso Ivan había elegido el Charlie's como base de operaciones. La clientela era mucho menos sofisticada que la del diminuto bar de jazz y, afortunadamente para él, errática. Muchas de las chicas eran extranjeras, norteamericanas y británicas en busca de algo alejado de las trilladas urbes de Praga y Budapest. Ivan podía disfrutar cabreando a la gente, con la certeza de que en una semana o dos se habrían ido y que alguien igual de dispuesto ocuparía su puesto.

El espacioso club era un modelo para la sobrecarga sensorial, estaba lleno de televisores de enormes pantallas y vibraba al ritmo de música pop a todo volumen. No había pista de baile, así que la gente tenía que bailar entre las mesas moviendo peligrosamente los cigarrillos. Seguí a Brian hasta la barra y esperé mientras llamaba a una de las camareras, una chica sospechosamente morena con un top sin espalda ni mangas y pantalones muy ceñidos a las caderas.

Había demasiado ruido como para oírles, pero la mujer le dijo algo a Brian con una cara de indignación que empezaba a resultarme familiar y que me confirmó que habíamos encontrado a nuestro hombre. Indicó despectivamente hacia una de las mesas que había en un rincón, en la que un hom-

bre enjuto y fuerte de pelo moreno engominado hacia atrás
y con un largo abrigo de cuero bebía con dos rubias.

—¡Ahí está! —exclamó Brian dirigiéndose hacia el trío.

Seguro que el favor que le debía a Brian era menos odio-
so que la deuda que tenía con el camarero del bar de jazz. El
ruso nos vio antes de que llegáramos a su mesa y se levantó
abriendo los brazos, contento por la interrupción. Tras darle
un gran abrazo a Brian se volvió hacia las dos rubias y las
despachó antes de indicarnos que nos sentáramos.

—¡Hijo de puta! —exclamó sonriendo y dándole un ca-
riñoso puñetazo en el hombro. Tenía un acento ruso muy
marcado, casi como una caricatura de sí mismo, y pronunció
la «t» de forma que pareció decir «pura»—. ¿Qué cojones
estás haciendo en este agujero de mierda?

—Acabamos de llegar —le informó, y después hizo un
gesto en mi dirección—. Ésta es mi amiga Eve. Eve, éste es
Ivan.

Ivan me estudió y luego le lanzó una mirada de compli-
cidad a Brian.

—¡Este gilipollas me salvó la vida! —bramó poniéndole
el brazo sobre el hombro e inclinándose hacia mí lo suficiente como para que me llegara su alcohólico aliento—. ¿Te
lo ha contado?

Negué con la cabeza y miré a Brian.

—Es una larga historia —concluyó éste.

—¿Has venido por placer o por trabajo? —preguntó antes de acabarse la copa y mientras miraba a la clientela.

—Necesitamos que nos hagas un favor —le gritó Brian
para que pudiera oírle por encima del ruido de la música.

Ivan miró a los ojos a una camarera y le hizo una seña
con tres dedos levantados, haciendo un gesto circular alrededor de la mesa. La mujer asintió y se dirigió a la barra.

—¿Un favor? —inquirió levantando las cejas y sacando
un paquete de Marlboro del abrigo.

269

—¿Sigues volando para Bruns Werner? —preguntó Brian.

—A veces.

—Necesitamos que conciertes una cita con él.

—Vete a la mierda, tronco —respondió Ivan entre risas.

—Hablo en serio —le aseguró Brian.

La camarera llegó y dejó tres vasos de chupito en la mesa. Ivan le pagó y la despidió.

—¡Bebed! —nos animó mientras cogía su vaso y lo vaciaba con una rápida inclinación de cabeza hacia atrás.

—¿Qué es? —le pregunté a Brian oliendo el líquido transparente.

—Slivovitz —contestó—. Licor de ciruelas. Asqueroso.

Volví a olerlo y di un trago. Era áspero y fuerte, como el brandy que hacían los Tane todos los otoños con lo que les sobraba de prensar la uva.

—Mira —empezó a decir Ivan—. Werner es un buen cliente y no puedo permitirme joderla con él.

—Querrá vernos —aseguró Brian.

—¿A los dos? —preguntó escéptico.

—Sí.

El ruso encendió un cigarrillo y se recostó en la silla.

—No vais a decirme de qué se trata, ¿verdad?

Brian meneó la cabeza.

—Hijo de puta —exclamó Ivan mucho más serio, antes de que su boca dibujara una gran sonrisa. Se inclinó hacia delante y puso una rolliza mano en el hombro de Brian—. No puedo negarle nada a este hombre —dijo en mi dirección. Después levantó la cabeza y le hizo una seña a la camarera para que trajera otra ronda.

Cuando salimos de Charlie's y recorrimos dando tumbos las pocas manzanas que nos separaban del apartamento de Ivan, parando en el Seat para coger las bolsas, eran casi las cuatro. La casa era un piso de los tiempos soviéticos, cuadrada y sencilla, construida sin duda para que las habitaciones y la diminuta cocina albergaran a una familia de cuatro miembros, aunque era lo suficientemente espaciosa para alojar a Ivan y sus colecciones de arte pornográfico cutre y guitarras eléctricas.

Ivan insistió en tomar una última copa antes de dejarnos dormir en el sofá cama que había en el cuarto de estar. Cuando conseguimos convencerle de que la velada había llegado a su fin eran más de las cinco. Parecía decepcionado por nuestra falta de aguante y triste por nuestra flaqueza. Después de meternos en la cama lo oímos salir. Volvió poco antes del amanecer, pero acompañado. Medio dormida, oí que se abría la puerta de la calle y una risa femenina ahogada.

Quienquiera que fuese, había desaparecido cuando nos despertamos a la mañana siguiente con el sonido de alguien que cantaba, un olor a huevos fritos y el espantoso espectáculo del peludo cuerpo de Ivan y de sus escuálidas piernas, vestido solamente con unas viejas zapatillas azules y un tanga de leopardo.

271

El ruso acabó las últimas estrofas de *Material girl* y se volvió hacia nosotros con una espátula en la mano y un cigarrillo en la otra, como el cocinero encargado de la plancha de una mala película porno.

—Buenos días, dormilones —saludó jovialmente.

Veintisiete

Ya he dicho que algunos nuevos recuerdos son para saborearlos, y es verdad que ciertas sensaciones, sentidas de nuevo por primera vez, son como regalos inesperados. También es cierto que hay algunas experiencias que todos desearíamos poder olvidar. Despertarse en el cuarto de estar de Ivan con la boca seca, el estómago revuelto y la cabeza dándome vueltas por mi primera resaca era una de ellas.

—¿Por qué hace esto la gente? —pregunté a Brian mientras iba temblorosa hacia la mesa de la cocina atraída por el olor a café fuerte.

—Es una especie de amnesia, supongo. Se tiende a olvidar lo mal que se pasa —explicó riéndose por lo bajo.

—Dais pena —dijo Ivan sonriendo. Puso dos tazas en la mesa y se sirvió un vaso de vodka para él—. ¿Queréis? —preguntó ofreciéndonos la botella.

Meneé la cabeza y el olor hizo que me entraran arcadas.

Ivan se echó a reír y volvió a la cocina. Se colocó el cigarrillo en la comisura de los labios, abrió uno de los armarios, sacó tres platos grandes y puso una generosa cantidad de huevos, patatas y salchichas en uno de ellos.

—Tengo buenas noticias —anunció una vez que dejó la comida frente a nosotros y se sentó en una silla—. He llamado a Werner esta mañana. Sea lo que sea, debe de ser importante. Creía que iba a mearse de risa cuando le he dicho que queríais verlo.

Apagó el cigarrillo y se puso una servilleta sobre las piernas desnudas. Tenía un tatuaje en la parte derecha del pecho, un dragón desteñido y una mujer encadenada. Debajo de los pies de la mujer había una gran cicatriz en forma de estrella.

—¿Ha aceptado? —preguntó Brian.

Me llevé el tenedor lleno de patatas a la boca. Meterme algo en el estómago me estaba sentando muy bien.

—Esta tarde vuela a Viena. No estaba seguro de cómo queríais hacerlo, así que le he dicho que lo llamaría más tarde para darle detalles.

—Gracias —dijo Brian—. Cuando hables con él, dile que nos veremos mañana a las nueve en el monumento a los caídos de Slavin, que tenemos lo que quiere y que estamos dispuestos a negociar. —Ivan asintió y después se tocó la cicatriz con un movimiento reflejo—. Y que deje a sus matones en casa.

—¿Cuánto tiempo llevas en Bratislava? —le pregunté a Ivan cuando acabamos de desayunar y Brian se fue a dar una ducha.

La comida, tres tazas de café, un litro de agua y alguna aspirina me habían devuelto la mitad del cerebro y empezaba a pensar en Hannah Boyle y a preguntarme si habría sido como las chicas del Charlie's Pub o la mujer que había oído susurrar a Ivan la noche anterior.

—Desde los noventa.

—Tenía una amiga, una chica norteamericana. A lo mejor la conoces. Se llamaba Hannah, Hannah Boyle.

Pensó un momento y luego se encogió de hombros.

—Conozco a un par de mujeres que se llaman así, pero no sé si alguna de ellas será tu amiga.

—Murió en un accidente de coche hace bastante tiempo. Diez años por lo menos.

—Lo siento.

—Brian me ha dicho que conoces a un montón de gente —dije eligiendo las palabras con mucho cuidado.

Los pectorales de Ivan se contrajeron y el dragón movió la cola.

—Me dedico a conocer a gente.

—Era una buena amiga y no he conseguido saber nunca qué le pasó exactamente. Seguramente habrá algún dossier del accidente. Puede que en la policía.

—Es posible.

—Tenemos toda la tarde. ¿Hay algún sitio al que pueda ir o alguien a quien pueda preguntar?

Entrecerró los ojos y su mirada dejó claro que sabía que estaba mintiéndole y que quería que lo supiera, pero que lo haría de todas formas.

—Hay gente. Haré alguna llamada.

274

Cuando Brian salió de la ducha, dejamos a Ivan y fuimos dando un paseo hasta un Tesco. La ropa que había comprado en España para mí estaba sucia por el viaje y olía a sudor, cigarrillos y licor de ciruelas. Además necesitaba con urgencia ciertas cosas básicas.

—Le he pedido a Ivan que haga algunas preguntas —le expliqué mientras cruzábamos las vías del tranvía y nos dirigíamos a los grandes almacenes.

—¿Sobre qué?

—Sobre Hannah Boyle. Estuve aquí. Lo sé. Y según Helen murió aquí. Si encuentro a alguien que la conociera... —Meneé la cabeza al comprender lo absurdo de mi razonamiento—. No sé, alguna razón habrá para que eligiera ese nombre en Tánger.

—Si hay algo de lo que enterarse, estoy seguro de que se enterará —aseguró mientras nos uníamos a la masa de gente y nos abríamos paso por una de las puertas principales.

Huelga decir que el convento me había enseñado poco sobre moda. La ropa que tenía, en su mayoría heredada de alguien, la elegía por ser práctica, por abrigar en invierno y por su funcionalidad y fácil cuidado, y desde luego no la escogía de entre los percheros llenos de minifaldas de cuero y blusas con lentejuelas de la sección de ropa de mujer de Tesco. Si me hubieran dejado sola, habría vuelto a casa de Ivan con las manos vacías.

Me quedé momentáneamente paralizada ante semejante despliegue, hasta que Brian se hizo cargo de la situación y me llevó a una estantería llena de pantalones vaqueros. Una hora más tarde salimos victoriosos a la calle Spitalska con unas bolsas llenas: dos pares de vaqueros, unos polos de punto lisos, varias mudas, calcetines, unas botas negras y un chaquetón de lana negro.

Cuando volvimos al apartamento, Ivan nos esperaba preocupado. Se había quitado el tanga y las zapatillas y se había puesto unos vaqueros negros, un jersey del mismo color y un par de relucientes botas camperas negras.

—He encontrado a tu amiga —dijo nada más vernos entrar por la puerta.

—¿Ya? —pregunté sorprendida dejando en el suelo las bolsas de Tesco.

—Bueno, a ella exactamente no, sino el informe policial. Tengo una amiga que trabaja en los archivos municipales —dijo sonriendo por su éxito—. Me ha dicho que vayamos a verla dentro de una hora —comentó consultando su reloj. Me miró, volvió la vista hacia Brian y luego a mí otra vez, y se aclaró la garganta—. Tendría que llevarle un regalo, por las molestias.

Entendí la indirecta, fui a buscar la bolsa de cuero y saqué un billete de cincuenta euros. Empezaba a pensar que no había nada que no se pudiera comprar.

Ivan miró el billete y meneó la cabeza.

—Inflación —comentó con tristeza mientras sacaba otro billete.

Creía que cien euros serían más que suficientes, pero de camino al archivo insistió en que deberíamos entrar en una perfumería de la plaza Kamenne para comprar un frasco de Chanel de imitación.

—Para evitar un detalle de mal gusto —explicó metiendo los euros dentro de la cajita blanca y negra—. Mi amiga es muy elegante.

A primera vista, los archivos municipales de Bratislava parecían un modelo de moderna conservación de archivos, una oficina municipal como otra cualquiera, nutrida por todas las comodidades de la tecnología, ordenadores, faxes y teléfonos multilíneas. Pero cuando conocimos a la amiga de Ivan, Michala, y descendimos a las entrañas del edificio, descubrimos la verdadera naturaleza del archivo. Bajo tierra se extendían los vastos sótanos de la época anterior a la informática, habitaciones y habitaciones llenas de estanterías metálicas combadas por el peso de cajas y carpetas, un polvoriento monumento a la bestial burocracia soviética y a la gran cantidad de papel necesaria para alimentarla.

Puede que Ivan fuera un sinvergüenza con los camareros y camareras, pero evidentemente sabía cuándo una relación era lo suficientemente valiosa como para cuidarla. Ya fuera adulación o sinceridad, no podía estar segura, trató a nuestra anfitriona con un encanto y tacto que no le había visto exhibir antes.

No estaba muy segura de si «elegante» sería el término que yo habría utilizado para describir a Michala. Como muchas otras funcionarias que iban envejeciendo, ansiosas por reivindicar su personalidad, se vestía con un estilo que se acercaba al mal gusto. Llevaba sus prominentes pechos em-

butidos en un jersey de color rosa chillón y las caderas en-
fundadas en cuero negro. Era una mujer que conocía bien
los expositores de Tesco.

Brian y yo seguimos detrás mientras Michala e Ivan
abrían la marcha por unos corredores mal iluminados, al
tiempo que el pesado llavero de la funcionaria sonaba como
una pandereta al chocar contra sus anchas caderas con un
ritmo eslovaco que rebotaba en los pasillos vacíos. Finalmente se detuvo frente a una puerta en la que no había ningún cartel y empezó a buscar entre las llaves.

—Los archivos no pueden salir de aquí —nos avisó en
inglés mientras introducía la llave correcta en la cerradura y
ponía la mano en el pomo—. ¿Entendido?

—Por supuesto —contesté.

Miró a Brian como si quisiera recalcarlo, abrió la puerta
y encendió la luz, que iluminó varias filas de estanterías.

—Informes policiales —explicó cuando entramos en la
habitación—. Desde la época posrevolucionaria hasta el di-
vorcio. —Entonces, al darse cuenta de mi desconcierto, añadió como si hablara con un niño pequeño—. Desde la caída
del sistema comunista hasta nuestra separación de la República Checa. —Echó a andar haciendo ruido en el cemento
con los tacones—. Por aquí, por favor.

La seguimos hasta la mitad de una fila de estantes y la
observamos sacar con destreza una fina carpeta.

—Hannah Boyle —dijo, y el nombre sonó muy extraño
en aquella boca eslovaca.

—Gracias —dije mientras la abría y observaba la ininte-
ligible escritura del informe. Había trozos de texto tachados
con rotulador negro en varias secciones.

En la primera página había una fotografía sujeta con un
clip, la imagen de un Peugeot blanco completamente destrozado. El coche había chocado de tal forma que el lado del conductor estaba totalmente aplastado, el motor se había incrus-

tado contra el volante y el salpicadero se había clavado en el asiento. Sin embargo, el asiento del acompañante se había librado del impacto. La puerta estaba ligeramente abierta, como si alguien hubiera salido y no se hubiera preocupado por cerrarla. En el cristal de atrás había una pegatina ovalada que identificaba el país de procedencia como Austria.

La foto estaba sacada de noche y fuera del resplandor del flash había una oscuridad total, como si el mundo se hubiera reducido al coche y a una estrecha franja de asfalto salpicado de cristales. Sin embargo, yo conocía cada uno de los detalles como si estuviera allí. A la derecha, fuera de cuadro, estaba el camión que nos había embestido, con el parachoques ligeramente abollado, los faros rotos y una figurilla de san Cristóbal en el salpicadero. A la izquierda, la ambulancia y los trabajadores del servicio de urgencias fumando un cigarrillo mientras el cuerpo de Hannah Boyle yacía, sin vida, en el interior del coche siniestrado.

Era una noche fría y despejada en la que podía sentirse el modo en que se aproximaba la nevada. Los coches pasaban rápidamente detrás de nosotros, unos reducían la velocidad para curiosear y otros estaban demasiado preocupados por la frontera que tenían que cruzar como para prestarnos atención. Los cristales crujían bajo la suela de mis zapatos. Me estremecí ante la nitidez del recuerdo.

—¡Joder! —exclamó Brian mirando la fotografía por encima de mi hombro, y su voz me hizo volver al polvoriento sótano.

—¿Puede decirme lo que hay escrito? —le pregunté a Michala dándole el informe.

Abrió unas gafas de leer doradas que llevaba colgadas al cuello con una cadena y se las puso.

—Veintiuno de diciembre de mil novecientos ochenta y nueve —dijo pasando el dedo por las palabras conforme las leía—. Colisión frontal en la carretera de Bratislava a Viena.

Dice que el conductor del camión había bebido. La conductora del Peugeot, Hannah Boyle, norteamericana, murió en el accidente.

Llegó a uno de los trozos tachados y se calló, juntando las cejas como si intentara descifrar un complejo problema.

—¿Qué dice? —insistí.

—No lo sé. Quizá sea un error. —Evitó la parte emborronada y siguió leyendo para sus adentros—. El resto son datos técnicos. Velocidad, fuerza del impacto...

—¿Y los trozos que están tachados? —inquirí. La cuidada eliminación de las palabras me parecía demasiado deliberada como para ser el resultado de un error, a no ser que éste hubiera sido incluir esa información en el informe. De repente deseé ser capaz de leer eslovaco.

Michala meneó la cabeza.

—Lo siento, no lo entiendo. La verdad es que no lo sé. —Sus disculpas parecían auténticas, era consciente de que la información que nos estaba proporcionando no era completa, y la creí—. Esto sí que es curioso.

—¿El qué?

Indicó la firma que había en la última página y el nombre que había escrito debajo.

—El detective que firmó esto fue Stanislav Divin. ¿Ve las letras que hay al lado de su apellido? —Asentí—. No es lo correcto —dijo con la sorprendida indignación de alguien acostumbrado al orden extremo—. No es normal que investigara un accidente como ése.

—¿Por qué? —quise saber.

—Porque no es su departamento. Pertenece a la brigada de narcóticos —explicó poniendo una de sus uñas esmaltadas sobre el nombre.

Stanislav Divin, leí en voz baja una y otra vez, para memorizar el nombre. «Si no puedo llevarme el informe —me dije a mí misma—, al menos me llevaré esto.»

Υ

—Divin —dijo Ivan cuando salíamos por la puerta principal del archivo.

—¿Lo conoces? —pregunté levantando una mano que me sirviera de visera. A pesar de que la niebla del invierno filtraba la luz del sol, ésta era demasiado brillante después de haber estado bajo tierra.

—Seguramente se habrá retirado.

—¿Puedes enterarte? —preguntó Brian.

Ivan le dio una larga calada al cigarrillo y después expulsó el humo haciendo ruido.

—A veces me gustaría que no me hubieras salvado la vida —gruñó mirando a su amigo. Después buscó en el bolsillo de su abrigo de cuero y sacó un móvil.

280

Quienquiera que fuese la persona a la que intentaba localizar, evidentemente no estaba en casa, pero el ruso nos aseguró que había dejado un mensaje y que al día siguiente sabría algo. Cuando llegamos al apartamento ya era tarde. Me duché, me puse la ropa nueva y nos fuimos a cenar a un sitio que se llamaba Montana's Grizzly Bar, una hamburguesería norteamericana estrambóticamente situada en el laberinto de calles medievales que hay en la parte oriental del castillo.

—¡Montana! —observó Ivan cuando la camarera nos trajo la comida. Indicó con el tenedor hacia la extravagante decoración, las sarnosas cabezas de animales disecados y anuncios de cerveza norteamericana, y después me miró—. ¿De qué parte de Estados Unidos eres?

—No lo sé.

Ivan se calló un momento con el tenedor hundido en su filete poco hecho y el cuchillo en el aire.

—¿Qué cojones...? —empezó a decir, pero entonces se volvió hacia Brian y la mirada que intercambiaron le indicó que lo dejara ahí.

Después de cenar dejamos a Ivan en el bar y volvimos al apartamento. Para su fortuna, nuestra temprana retirada se vio recompensada por la llegada de tres azafatas británicas.

—Mañana veremos a Werner —me recordó Brian cuando cruzábamos la plaza Hlavne y nuestros pies dejaban huellas en la nieve que había caído mientras estábamos en el restaurante. Las casas con pequeños comercios que rodeaban la plaza habían cerrado, de sus aleros colgaban carámbanos y había luz en las ventanas—. ¿Sabes lo que vas a decirle?

Moví la cabeza y aspiré el aire frío y seco.

—Necesitamos un plan. Prepararemos uno —dijo volviendo la cara hacia mí.

—Sí —dije, pero en realidad no estaba pensando en Werner ni en la cita. Pensaba en el Peugeot blanco de Hannah Boyle, en la forma en que la puerta del acompañante estaba entreabierta y en las tachaduras con tinta negra del informe policial. Estaba cerca de algo, lo sentía, cerca del punto donde todo había comenzado.

281

Veintiocho

*D*urante la noche nevó con fuerza y desde la cima de la colina Slavin el casco viejo de la ciudad parecía un pueblecito navideño en miniatura, con sus agujas barrocas y sus techos góticos cubiertos de un blanco algodonoso. El sol brillaba, el cielo estaba despejado y azul, y la dorada corona que había encima de la torre de la catedral de san Martín relucía con la luz de la mañana. Un tranvía circulaba pegado al río y después torció hacia el interior, deteniéndose para dejar bajar una remesa de diminutas figuras antes de proseguir su camino. Por encima de todo aquello, se elevaba el castillo, gris y silencioso, observando el Danubio y la llanura que había más allá, atento ante la próxima invasión, como había hecho durante seiscientos años. Sólo el puente hipermoderno, que vibraba con el tráfico de la hora punta, y los horribles barrios de las afueras plagados de edificios altos rompían la sensación de perfección.

Como era muy temprano, el monumento a los caídos estaba prácticamente vacío y sus únicos visitantes, aparte de nosotros, eran dos ancianos que barrían la nieve de las anchas escaleras. La inmensa columna hacía que sus figuras encorvadas parecieran enanas. Una placa de bronce escrita en varias lenguas informaba de que aquella obra arquitectónica honraba la memoria de seis mil soviéticos, jóvenes que habían perecido expulsando a los nazis de Checoslovaquia.

—Las nueve en punto —comentó Brian mirando su reloj y dando pisotones para quitarse el frío.

Hundí las manos en los bolsillos de mi nuevo chaquetón, con los dedos de la derecha rocé la culata de la Beretta y con los de la izquierda la tarjeta de memoria en la que Brian había copiado el contenido del lápiz la noche anterior. El original se había quedado en casa de Ivan.

Detrás del monumento aparecieron dos figuras que empezaron a cruzar la plaza en nuestra dirección. Cuando se acercaron los reconocí, uno era Werner y a su lado estaba mi viejo amigo Salim.

—¿Lista? —preguntó Brian.

—Ha traído a su matón —susurré apretando la pistola y poniendo el pulgar en el seguro.

—Creía que le habíamos dicho que dejara a sus gorilas en casa —dijo Brian conforme avanzaban.

—El señor Aziz es mi secretario personal.

Meneé la cabeza.

—Venga, vámonos —dijo Brian cogiéndome del brazo.

Werner nos dejó llegar hasta el borde de la plaza.

—Seamos razonables —gritó finalmente, al tiempo que despachaba a Salim con un gesto y éste se retiraba.

—Estamos dispuestos a negociar, pero lo haremos en nuestros términos —dijo Brian mientras volvíamos sobre nuestros pasos.

—Me parece bien. ¿Tenéis la película?

Saqué la tarjeta de memoria del bolsillo y la mantuve en alto para que la viera antes de volver a guardarla.

—Éste es el trato. Primero me dice quiénes son el hombre y la mujer de la cinta. Segundo, quiero verlo. No me importa cómo tenga que hacerlo, consígalo.

Werner me lanzó una mirada en la que se mezclaba la compasión y el desprecio.

—Querida, ¿qué te hace pensar que conozco al hombre de la película?

—Lo conoce —aseguré.

283

—Por desgracia me robaron la cinta antes de que pudiera verla. Dicho esto, debo confesar que carezco de eso de lo que estás convencida.

—¿Me está diciendo que no sabe lo que hay en la película?

—Todo lo contrario —me corrigió—. Sé exactamente lo que contiene la cinta. Por eso accedí a comprarla. Es un asesinato, ¿verdad?

—Sí, el de una mujer, una periodista. Amiga suya. El hombre también era amigo suyo.

Werner se frotó las manos enguantadas. Tenía la nariz y las mejillas rojas por el frío y los labios blancos y secos.

—Para ser una mujer que no recuerda nada, sabes mucho.

—Vi la fotografía que tiene en su oficina en Marrakech. La de Les Trois Singes. El hombre y la mujer de la película son los mismos.

Werner se subió el cuello del abrigo. Era una maniobra de distracción, una forma de disimular, pero durante un instante dio la impresión de alguien al que le acaban de dar un puñetazo en el estómago.

—Estaba enamorado de ella, ¿verdad? —dije recordando la fotografía, la forma en que las dos cabezas estaban vueltas hacia la mujer y la mirada de sus caras.

—¿Estás segura de que es el mismo hombre? —inquirió fríamente sin hacer caso a mi pregunta.

—Sí.

Dudó un momento y miró a nuestras espaldas, hacia un punto en la otra orilla del Danubio, como si estuviera esperando a que los husitas llegaran a caballo en cualquier momento.

—Se llama Robert Stringer —confesó.

—¿Y la mujer?

—Catherine —contestó con ojos severos fijos en mi cara.

Su expresión contestaba mi anterior pregunta—. Catherine Reed.

«Ya está —pensé—. Un nombre. Si no consigo nada más, al menos tengo eso.»

—¿Quiénes son?

—Catherine era periodista, tal como has dicho, norteamericana.

—¿Y Stringer?

—Cuando nos conocimos en Saigón trabajaba para la USAID.

—¿Y en Pakistán?

—Oficialmente trabajaba para la Fundación Asia.

—¿Y extraoficialmente?

—Todo el mundo sabía que era de la CIA.

—Incluida Catherine Reed.

—Sí, también lo sabía.

—¿Y los negocios paralelos de Stringer con Naser Jibril? ¿También los conocía todo el mundo? —Negó con la cabeza—. Pero Catherine sí.

—Se lo conté yo —confesó jugueteando nerviosamente con su abrigo.

—Acaba de decir que no sabía que Stringer salía en la película —le recordé.

—Y no lo sabía. —Hizo una pausa antes de continuar—. En mi negocio se oyen cosas, hay un montón de rumores, algunos son verdad. Un amigo que trabaja en la policía fronteriza de Pakistán me dijo que había un norteamericano que estaba llevando cajas vacías a Afganistán. Los policías estaban muy contentos porque les pagaban el doble de lo habitual. Le pareció muy sospechoso y a mí también, así que se lo dije a Catherine como un favor. Creí que podría haber material para un reportaje.

—¿No estaba implicado en el pequeño negocio de Stringer?

—Ya te lo he dicho, ni siquiera sabía que era él.

—¿Y nunca se le ocurrió pensar que su favor podría causarle la muerte a Catherine?

Werner se estremeció.

—Ya te he dicho bastante. Te conseguiré una cita con Stringer. Será un placer, pero aquí hemos acabado. Dame la película.

Saqué la tarjeta de memoria del bolsillo. Una vez que Werner se había enterado de que Stringer salía en la película ya no tenía sentido que me la quedara.

—Una cosa más —le pedí—. ¿Leila Brightman trabajaba para Stringer?

—¿De verdad no lo sabes?

—No.

—Entonces trabajabas para él, al igual que cuando le robaste la película.

286 —En eso está equivocado —le contradije extendiendo la mano para darle la tarjeta de memoria—. Fui a su alcazaba por mi cuenta.

Werner cogió la tarjeta y se la metió en el bolsillo interior del abrigo.

—¿Y por qué ibas a hacer una cosa así?

Dudé un momento. Parte de mí quería confesarle por qué, que yo también quería a la mujer que él había amado. Pero algo me convenció de que no lo hiciera.

—Tenía mis razones.

—¿Acaso no las tenemos todos? —concedió antes de volverse para mirar a Brian—. Llamaré a Ivan dentro de un par de días.

—Estaremos esperando —dijo Brian.

Werner hizo un gesto con la cabeza y se dio la vuelta. Le costó un tiempo cruzar la plaza, sus tacones pisaban con fuerza la nieve. Solo, recortándose contra la inhóspita plaza blanca, con el monumento y su monolítica columna elevándose frente a él, parecía cansado y derrotado, como un anciano en una mañana de invierno. Cuando llegó al monumento a los caídos, se detuvo, se volvió para mirar y permaneció inmóvil un instante antes de desaparecer.

—¿Crees que conseguirá esa cita con Stringer? —pregunté a Brian mientras volvíamos donde habíamos aparcado el Seat.

—¿Y tú?

—Yo creo que sí.

—Yo también.

Cuando llegamos al apartamento, Ivan ya se había marchado, pero volvió al poco con provisiones para el desayuno: huevos frescos, pasteles, una hogaza de pan y una botella de vodka.

La noche anterior estaba profundamente dormida y no le había oído llegar, pero su cara pálida y sus manos temblorosas confirmaban que había vuelto a salir hasta tarde. En un lado del cuello llevaba una moradura, una marca ovalada del tamaño y forma de unos labios femeninos. Entendía por qué algunos tipos lo encontraban irritante, pero en aquel ruso había algo entrañable. Era una persona honrada, y la irredenta alegría que exudaba en su autodestrucción hacía que me cayera bien.

—¿Qué tal ha ido la reunión con el tipo importante? —preguntó dejando la comida en la mesa y quitándose el abrigo—. ¿Todo el mundo tiene lo que quería?

—Espero que sí.

Una de las mejores cualidades de Ivan era su discreción. No nos había preguntado a ninguno de los dos por qué queríamos ver a Werner, al igual que no había pedido explicaciones por lo de Hannah Boyle, y le estaba muy agradecida.

—¿Tienes planes para estos días? —le preguntó Brian.

—No tengo que volar hasta la semana que viene.

—Estupendo. Tenemos otro negocio con Werner. Te llamará dentro de un par de días.

—No hay problema, jefe —dijo sonriendo, pero me di cuenta de que no estaba nada alegre. Puso los pasteles en un plato y un cazo con agua a calentar. Después se dejó caer en una silla cerca de la mesa de la cocina con un cigarrillo en los labios—. Creo que me estoy haciendo viejo para toda esta mierda.

—De eso hace tiempo —apostilló Brian riéndose.

El móvil de Ivan sonó y éste buscó en el bolsillo del abrigo para contestar mientras le enseñaba a Brian el dedo corazón de la mano que tenía libre.

—Ivan —gruñó al teléfono y se oyó cómo le contestaba una voz con fondo de interferencias.

Ivan murmuró algo en eslovaco, se levantó y abrió un armario de la cocina. Sacó un lápiz y un trozo de papel y garabateó apresuradamente. A aquello le siguió una breve conversación con grandes carcajadas por parte de Ivan, después cerró el teléfono y se volvió hacia nosotros.

—Ya lo tengo —dijo con aire triunfal.

—¿El qué? —pregunté.

—A Stanislav Divin. Mientras estabais fuera he estado hablado con mi amigo de la comisaría de policía. Era él, para darme la dirección de Stanislav. Al parecer está jubilado y vive en el campo, se ha comprado una granja en algún agujero de mierda a las afueras de Košice —dijo ofreciéndome el papel.

—¿Dónde queda eso? —pregunté cogiéndoselo de la mano y leyendo su apenas legible escritura.

—Al este, cerca de la frontera húngara —me informó Brian.

—¿Podemos ir esta tarde? —pregunté.

—Si nos damos prisa podemos ir y volver —aseguró Brian mirando su reloj.

Veintinueve

«Catherine Reed.» Repetí aquel nombre para mis adentros mientras miraba por la ventanilla trasera del Seat los campos en barbecho que íbamos dejando atrás. Había una gran capa de nieve blanda y el paso del arado había esculpido en la tierra unos surcos poco profundos. A lo lejos, los espectrales picos de los Cárpatos se elevaban sobre la omnipresente bruma producida por la industria eslovaca.

Si todo lo demás fallaba, al menos tenía el nombre. Aquello, unido a los escasos datos que poseía, que Catherine había trabajado para la CNN en Islamabad y que había muerto allí en el verano de 1988, sería suficiente para averiguar algo más. Alguien sabría lo que le había pasado a su hija, lo que me había pasado a mí.

¿Qué hacía la gente en una situación como ésa? Habría abuelos, tías y tíos, un padre... La misma gente que estaría ocupándose del hijo que dejé atrás. Aunque yo habría sido lo suficientemente mayor como para ocuparme de mí misma. Calculando mi edad en la cronología de lo que había ocurrido, en el verano de 1988 tendría unos diecinueve o veinte años.

Un camión que iba a toda velocidad por la autopista nos adelantó, salpicó el parabrisas de nieve y sentí que se me encogía el corazón. El coche dio una sacudida empujado hacia un lado por la estela que había dejado el camión. En ese momento pensé en el Peugeot y en su chasis arrugado como una lata de conservas. Pero en mi temor había algo más que el simple miedo a morir.

«La encontraré», pensé. No a la niña de la abadía de Cluny, ni a la enigmática hija que aparecía en mis sueños, sino a una niña de verdad. Una persona real de cuya vida salí un día y a cuya existencia esperaba volver de alguna forma en algún momento. Estaba allí, parte de ella sin duda me habría olvidado y parte me estaría esperando.

—¡Imbécil! —exclamó Brian, esforzándose por mantener recto el volante mientras el camión desaparecía en la autopista.

La granja de Stanislav Divin estaba a unos veinte kilómetros de Košice. Era una descuidada casa de campo al abrigo de las colinas del Bajo Tatras. La dirección que nos había facilitado Ivan no era nada precisa y nos costó un tiempo encontrar el camino en los pueblos al norte de Košice, y tuvimos que detenernos de vez en cuando para que Brian pudiera hacer alguna pregunta en su imperfecto eslovaco.

Cuando entramos por la puerta destartalada y avanzamos por el camino sin cultivar hacia la casa de Divin casi se había puesto el sol. La propiedad estaba deteriorada, pero cuidada, con las dependencias remozadas y vueltas a remozar. No era exactamente una granja, sino más bien un gallinero, un pequeño granero y un par de Skodas averiados, pero era el tipo de sitio en el que un policía de ciudad jubilado soñaría retirarse. Sólo conseguía imaginármelo en verano, con las montañas verdes a lo lejos y el olor a heno recién cortado.

No habíamos llamado por teléfono para no asustar a Divin y me sentí aliviada al ver en la casa luces encendidas, así como una delgada columna de humo que salía por la chimenea. Cuando nos acercamos, alguien retiró las cortinas de una de las ventanas de la parte delantera y una cara cenicienta nos observó a través del cristal.

—Supongo que saben que hemos llegado —dijo Brian apagando el motor y saliendo del coche.

La puerta principal se abrió y una mujer con una camisa de franela y pantalones salió al porche. Tenía más o menos la edad de Divin, o la que había imaginado que tendría, unos lozanos setenta y tantos, era fornida y parecía segura de ella misma. Seguramente era su esposa.

Brian echó a andar en dirección a la casa hablando en eslovaco con un tono suave y cordial.

—Sonríe —me pidió por encima del hombro cuando la mujer me miró.

Esbocé una sonrisa idiota mientras Brian hacía gala de su encanto.

Noté que la mujer dudaba y estudiaba las posibilidades mentalmente, los dos extranjeros que habían llegado en un coche español querían ver a su marido. Aquello no era normal. Y sin embargo se acercó a la puerta y nos invitó a que pasáramos.

El interior estaba agradablemente caldeado, había una temperatura casi subsahariana provocada por una inmensa estufa de leña. Preparaba la cena y olía a carne hecha a fuego lento y a manzanas asadas.

—Divin está en el taller —me informó Brian cuando la mujer desapareció en la parte posterior de la casa—. Ha ido a buscarlo.

—¿Le has dicho por qué hemos venido?

—Le he contado que queríamos hablar de uno de sus antiguos casos, que eres norteamericana y que tu hermana murió en un accidente de coche. También he añadido que hay pendiente un juicio y que podría ganar algún dinero si sabía algo que pudiera ayudarnos a llegar a un acuerdo.

—¿Y se lo ha creído?

291

—Eso me ha parecido —contestó encogiéndose de hombros.

En algún lugar del fondo se oyeron voces nerviosas. Finalmente la mujer volvió a aparecer con su marido detrás. Le dijo algo a Brian y después nos abandonó para irse a la cocina.

Stanislav Divin era un hombre pequeño y delgado. Su cuerpo vigoroso contrastaba con las anchas caderas y las manos carnosas de su esposa. Iba vestido con sencillez, con unos vaqueros desgastados y una camisa de trabajo raída, y llevaba los antebrazos cubiertos por una fina capa de serrín. Con la mano derecha sujetaba una figurilla de madera, una hermosa y delicada reproducción de un colibrí volando.

Me sonrió y, por un momento, me asustó la idea de que me hubiese reconocido. Si estaba en el coche con Hannah seguramente se acordaría de mí, pero su expresión no dejó traslucir que lo hubiera hecho. Después miró a Brian y nos indicó que nos sentáramos. Con cientos de casos, recordar uno sucedido hacía tanto tiempo era casi imposible, ni siquiera yo habría reconocido a la joven que era en ese momento.

—Mi mujer me ha dicho que han venido por uno de mis antiguos casos —dijo en un inglés casi sin acento mientras se sentaba en un sillón cerca de la estufa y colocaba el pájaro en su regazo.

—Sí —dije quitándome el abrigo y cogiendo una silla que había frente a él. Cerca de la estufa hacía mucho calor, casi molestaba—. Mi hermana —comencé a decir siguiendo el consejo que me había dado Brian— murió en un accidente de circulación hace unos años y tengo entendido que usted investigó el caso.

—¿Un accidente? —preguntó Divin pensativo.

—Sí, en diciembre de mil novecientos ochenta y nueve. Conducía un Peugeot blanco con una pegatina de Austria. Un camión la embistió en la carretera de Bratislava a Viena.

—Un Peugeot blanco —repitió Divin. Puso una de sus manos en la cabeza del pájaro y echó la cabeza hacia atrás, como si buscase el recuerdo entre las vigas de madera del techo.

—Era norteamericana —dije para ayudarle—. Se llamaba Hannah, Hannah Boyle.

—Sí, ya me acuerdo. Fue una colisión espantosa. La chica... —Se estremeció y me miró—. Lo siento.

—Pasó hace mucho tiempo —dije mostrando una débil sonrisa, los posos del dolor. Nos quedamos en silencio un momento mientras decidía cómo continuar. Un tronco se movió en el fuego y el sonido retumbó en el vientre metálico de la estufa.

—Me han dicho que era detective de la brigada de narcóticos —arriesgué finalmente.

Divin se revolvió en su asiento y pasó rápidamente la vista de mí hacia Brian. Le dijo algo en eslovaco y éste le contestó. Fuera lo que fuese, debió de convencerle. Cuando dejaron de hablar, el anciano se volvió hacia mí.

—Así es.

—No pasa nada. Mi familia estaba al corriente de los problemas de mi hermana. No era una simple turista, ¿verdad? —pregunté volviendo a arriesgarme.

Divin negó con la cabeza.

—¿Heroína?

—Hachís —me corrigió

—¿Cuánto había en el coche?

—Varios kilos. No recuerdo la cantidad exacta.

—¿Y la otra chica? ¿Qué fue de ella?

Miró el pájaro de madera. Levantó la figura con suavidad y la dejó en la mesa que había al lado. Volvió a mirarme con unos ojos limpios y serios.

—No entiendo. ¿Qué otra chica?

—La amiga de mi hermana. Viajaba con otra mujer, una norteamericana.

293

—Se equivoca —insistió el viejo—. No había nadie más —aseguró dejando las manos en el regazo—. ¿Contra quién es el juicio exactamente?

Miré a Brian.

—Contra Peugeot —dijo rápidamente—. Había un fallo en los cinturones de seguridad.

—Bueno —dijo levantándose del sillón—. Les he dicho todo lo que sabía. Que yo recuerde, Boyle tenía todavía abrochado el cinturón cuando llegamos. Ahora, si no tienen más preguntas, me temo que la cena está casi lista.

—¿Cinturones de seguridad? —dije cuando subimos al Seat—. ¿Es todo lo que se te ha ocurrido?

—No creo que en ese punto nada de lo que dijera pudiera cambiar mucho las cosas —dijo Brian cerrando la puerta.

Tenía razón, por supuesto. Divin no era tonto y nuestra historia hacía agua por todos los sitios, pero aun así no podía dejar de pensar que en aquel accidente de coche había habido muchas más cosas que lo que el antiguo detective nos había contado.

—Crees que eras tú la que ibas en el coche con Hannah, ¿verdad? —preguntó cuando salíamos por la puerta.

—Sí.

—Ya sabes que aquí no se andan con tonterías con este tipo de cosas. Me refiero a las drogas. Si hubieras sido tú, seguramente estarías todavía en alguna cárcel eslovaca.

Miré mi reflejo en la ventanilla y observé la estrechez de la luna en aquella noche.

—Pero no lo estoy —dije pensando en el Peugeot, en la puerta del pasajero abierta y en el cristal que alfombraba el asfalto, en el que cada trocito brillaba como un diamante a la luz de las linternas de la policía.

Aparté la imagen de mi mente e intenté concentrarme en

lo que sabía, en el orden en el que habían pasado las cosas. En el verano de mil novecientos ochenta y ocho Catherine Reed había sido asesinada en Pakistán. Unos dieciocho meses más tarde, durante la frenética caída del comunismo, Hannah Boyle había muerto en un coche lleno de hachís, mientras que la hija de Catherine, que iba en el asiento del pasajero, había salido ilesa. No, algo no encajaba.

Treinta

Werner llamó la tarde del día siguiente. Brian, Ivan y yo estábamos cenando en un restaurante tailandés del casco viejo cuando sonó el móvil de Ivan. La conversación fue breve y la voz del ruso sonó muy profesional.

—Era Werner —nos informó después de colgar—. Se reunirá con vosotros en el embarcadero del castillo Devin. Pasado mañana, a las diez. Me ha dicho que Stringer estará allí.

Dejé el tenedor en la mesa y miré a Brian con pánico en los ojos. Por mucho que confiara en que Werner cumpliera lo prometido, no podía olvidar lo que sucedió en la alcazaba.

—Todo irá bien, no te preocupes —me tranquilizó.

Ivan se llevó un poco de arroz a la boca.

—Werner es un hijo de puta —dijo al tiempo que masticaba—, pero cumple su palabra. Es lo único que le queda.

Creí a Ivan, pero aun así me pareció extraño que hubiera accedido tan rápidamente a satisfacer mi petición. «¿Y por qué estará tan deseoso Stringer de vernos?», me pregunté.

—No te preocupes, iré contigo —aseguró Brian.

El viaje al castillo de Devin fue muy agradable, incluso en una mañana de invierno tan desapacible como aquélla, el río oscuro estaba jaspeado con láminas de hielo y las suaves laderas de los Pequeños Cárpatos se extendían hacia el norte. A pesar de estar cubiertas por la nieve y desnudas, desprovistas de todo follaje, las orillas del Danubio mostraban pocos signos de las enormes vallas de alambre de cuchillas que las habían rodeado durante tanto tiempo. Tampoco quedaba mayor rastro de las torres de vigilancia, separadas a la distancia suficiente para que se pudieran ver unas a otras, y en las que los centinelas no miraban hacia fuera, hacia Austria, sino hacia el interior.

Había hecho ese viaje antes, con otro clima, en una época muy diferente, y conservaba un fugaz, aunque vívido recuerdo de una valla cubierta de vegetación veraniega, del reflejo del sol en el río y de que cada cien metros escasos, se alzaba una señal oxidada en la que se decía que estaba prohibido sacar fotografías.

En realidad, el castillo Devin no era más que un grupo de ruinas, restos de lo que en su día había sido una enorme estructura colgada en lo alto de un risco, en las que la única torre que quedaba en pie mantenía un elegante equilibrio sobre el río medio helado, como un saltador a punto de zambullirse. Cuando llegamos con el Seat, el aparcamiento estaba vacío. De hecho, todo el complejo permanecía cerrado en invierno y la tienda de souvenirs y la pequeña cafetería lo estaban a cal y canto.

—En verano se puede coger un barco hasta la ciudad —me explicó cuando aparcamos frente al embarcadero.

—¿Por qué lo haces? —pregunté con ganas de que me diera una respuesta diferente a la que me había dado en el barco de Tánger, algo que fuera más que una alusión a la elección entre lo que está bien y lo que está mal y la conciencia necesaria para hacer esa distinción.

Apoyó la mano en la parte de arriba del volante y se miró los nudillos.

—Lo que te dije aquella noche en el Mamounia era verdad —contestó con calma.

Pensé en el jardín desierto, en los naranjos y en las flores de pascua, en el olor a tierra caliente enfriándose en la sombra y en el estoico minarete de la mezquita de la Koutoubia. «Si hubiera conocido a Hannah Boyle en el Ziryab también me habría enamorado de ella.»

¿Y qué me dices de aquella noche en el Continental?, quería preguntarle, pero no lo hice. No importaba lo que hubiese dicho, aquello siempre se interpondría entre nosotros.

Indicó hacia el otro extremo del aparcamiento y vi que un Mercedes de color negro se acercaba a nosotros.

—¿Lista?

—Sí —mentí.

El automóvil se detuvo cerca de donde estábamos y se abrió la puerta del conductor. Apareció Salim, que vino andando hasta el Seat y dio un golpecito en la ventanilla de Brian.

—El señor Werner quiere verla a solas —dijo mientras Brian bajaba el cristal.

—O voy yo también o no va nadie —contestó éste meneando la cabeza.

—Entonces ninguno de los dos verá al señor Stringer —replicó encogiéndose de hombros.

Le puse una mano en el hombro y abrí la portezuela. De alguna forma siempre había sabido que aquello tenía que hacerlo sola.

—Tranquilo, no pasará nada, tú mismo lo dijiste

—El arma —indicó Salim cuando bajé del coche. Sin esperar a que se la entregara, metió la mano en el bolsillo de mi abrigo y sacó la Beretta. Después se dirigió hacia el Mercedes y abrió la puerta de atrás. Werner estaba dentro.

Me volví para mirar a Brian.

—No pasa nada —dije para tranquilizarle.

—Puedes volver a la ciudad —oí que le decía Salim

mientras me sentaba en el asiento trasero del Mercedes—. Cuando hayamos acabado la llevaremos donde nos diga.

Cuando subí al automóvil, cerró la puerta y fue hacia la del conductor.

El coche era espacioso, tenía la calefacción puesta y se notaba el olor a cuero caro y puros cubanos. Mientras salíamos del aparcamiento, Werner apretó un botón y un cristal oscuro se elevó hasta el techo, separando el asiento delantero del de detrás.

—Te pone nerviosa —comentó Werner haciendo un gesto hacia la cabeza de Salim.

Me reí ante lo absurdo de aquella observación.

—Me resulta difícil imaginar por qué.

—Siento mucho lo que pasó en Marruecos. Espero que entiendas que la película era muy importante para mí.

—Claro, sin rencores —bromeé.

Werner me miró un momento, como un boxeador estudia a su adversario.

—Te pareces a ella —dijo finalmente—. Tendría que habérmelo imaginado. Una noche en la alcazaba lo noté, pero fue algo fugaz y no le di importancia.

—No sé de qué me está hablando —aseguré, incapaz de soportar su satisfacción por haberse dado cuenta.

—Fue la fotografía lo que te delató. En el monumento a los caídos dijiste que era la mujer que había en la fotografía de mi oficina. Sólo que, como muy bien sabes, su cara está borrosa.

Aparté la vista y miré a través de la ventanilla hacia las colinas nevadas. Nos estábamos alejando cada vez más de la ciudad y los campos mostraban filas y filas de viñas de una geometría perfecta. Cada planta, podada y nudosa, aparecía cuidadosamente sujeta a su improvisada cruz.

—Pero existe otra fotografía mejor. La tenía Catherine. La has visto, ¿verdad?

—¿Dónde me lleva? —pregunté volviéndome hacia él.

—Al chalet de un amigo, donde podrás hablar con Stringer.

—¿Ha accedido a verme?

—En cierta forma, sí.

Continuamos en silencio varios kilómetros, avanzando lentamente hacia el norte junto a las laderas de las colinas. Después, el Mercedes entró en un camino de tierra y empezamos a subir gradualmente.

—Sabes que si hubiera sabido que corría peligro, si hubiera sabido lo que estaba pasando realmente, no se lo habría dicho —explicó cuando entrábamos por una puerta vieja hacia los jardines de un extenso chalet—. Tu madre no era de las que dejan que ese tipo de cosas las detenga. Me refiero al miedo. En ese aspecto te pareces a ella.

De repente, deseaba con todas mis fuerzas acordarme de mi madre, conocerla como Werner lo había hecho, aquella mujer que no podía estarse quieta ni el tiempo que le cuesta a una cámara abrir y cerrar el obturador, aquella mujer que se ganaba la vida contando cómo era la guerra. Quería entender qué había visto en Werner, qué había amado. Debía de haber algo en su interior, una persona que yo no era capaz de ver. «Por supuesto —pensé—, quizá jamás habría conocido esa parte tan íntima de ella.»

—¿La amaba? —pregunté, repitiendo la misma cuestión que le había hecho en el monumento a los caídos.

—Fuimos amantes —confesó—. En Vietnam y después en Pakistán. Pero también éramos realistas. No estoy seguro de si nuestras vidas nos habrían permitido ser algo más.

El Mercedes dio la vuelta para dirigirse a la parte de atrás y se detuvo cerca de la entrada trasera de uno de los edificios. Werner abrió la puerta y me hizo una seña para que lo siguiera.

—Por aquí.

Entramos en la casa a través de la cocina, un espacio amplio e industrial, renovado para preparar grandes comidas. No pude ver mucho, sólo unas cuantas puertas abiertas que daban a largos pasillos y habitaciones de techos altos que insinuaban un nivel de opulencia que no había visto jamás. El personal de servicio, si lo había, era silencioso e invisible. Salim se había quedado en el coche, parecía que Werner y yo teníamos la casa a nuestra entera disposición.

Más allá de la cocina había un corto pasillo que llevaba a una amplia despensa y, finalmente, a una puerta cerrada. Werner sacó una llave del bolsillo y la abrió. Tras ella había un tramo de escaleras que bajaban hacia una fría oscuridad que olía a humedad. Me estremecí y me acordé de los días que había pasado en la alcazaba, en mi celda subterránea.

—No te preocupes —me tranquilizó accionando un interruptor de luz que iluminó la bodega que había a nuestros pies—. No tengo intención de hacerte ningún daño. Te doy mi palabra.

«Es lo único que le queda», había dicho Ivan.

Empezamos a bajar, Werner encabezaba la marcha hacia la antigua bodega del chalet. Aquel lugar estaba aprovisionado hasta los topes, las paredes llenas desde el suelo al techo con botellas, todas colocadas cuidadosamente como libros en una biblioteca. En la abadía también había una bodega, pero aquello no se parecía en nada a la exigua cava de las hermanas. Siglos de moho cubrían las estanterías y las paredes de piedra, que rezumaban una especie de espigadas estalactitas, envolviéndolo todo con una suave y grisácea tela de araña. En el ambiente se notaba un fuerte y primigenio olor a descomposición abundante y prolongada: el olor de una bodega.

—Durante la época soviética, esta casa perteneció al partido —explicó indicando hacia la asombrosa colección.

«Tenían más de lo que el proletariado podría apreciar»,

301

pensé mientras torcíamos por un estrecho pasillo y nos deteníamos frente a otra puerta cerrada. Werner volvió a sacar una llave del bolsillo.

—Puedes preguntarle todo lo que quieras al señor Stringer —dijo mientras acercaba la llave a la cerradura—. Creo que está dispuesto a decirte lo que quieres saber.

Había algo en su voz que reconocí instantáneamente, el mismo tono que había oído aquella mañana en su oficina en Marrakech. «No —pensé—, Stringer no ha venido voluntariamente y no saldrá vivo de aquí.»

Abrió la puerta y vi una habitación reducida, iluminada ligeramente por una sola bombilla. De hecho, se parecía mucho a la que yo había ocupado en la alcazaba, reducida y desnuda, amueblada con un catre, una silla y un cubo. Sentado en la silla, o más exactamente, desplomado en ella, con las manos atadas en la espalda y los pies descalzos, había un hombre cercano a los sesenta años con una espesa mata de pelo entrecana.

Daba la impresión de que alguien se había esforzado en limpiar la habitación y al hombre para mi visita, pero la verdad no se podía disimular. El olor a vómito y a heces permanecía en aquel reducido espacio. El hombre tenía sangre en la cara y en su sucia camisa. Por su aspecto, Robert Stringer llevaba tiempo siendo huésped de Werner. Sin duda, sus matones lo habían ido a buscar poco después de nuestro encuentro en el monumento Slavin.

—Hola, Cathy —saludó mientras me observaba. Tenía un ojo muy hinchado, casi cerrado y el labio inferior inflamado y partido—. Te estaba esperando. —Debí de ponerme pálida al oír el nombre porque su cuarteada boca dibujó una débil, aunque desdeñosa, mueca—. Sí, Catherine Reed, igual que tu madre.

—¿Fue usted el que envió los hombres a la abadía? —pregunté intentando encontrar algo que justificara la brutalidad de Werner. Sabía muy bien lo que significaba disfrutar de la hospitalidad de Bruns Werner.

—Sí —admitió tras mirar a su captor.

—¿Creyó que estaba muerta?

—Eso fue lo que me dijeron.

—¿Los hombres del coche, los que me dejaron aquel día abandonada en el campo? ¿También trabajaban para usted?

Asintió.

—¿Dónde me dirigía?

—Ibas a Ginebra, a verme. Me habías llamado desde Marruecos para decirme que habías visto la película y que yo salía en ella. Estabas enfadada y te dije que podía explicártelo.

—¿En ese momento no sabía que había dejado el lápiz de memoria en Tánger?

—No.

—Pero sí que había estado en la alcazaba de Werner y que tenía la cinta. ¿Cómo?

Stringer abrió la boca para contestar, pero le interrumpí.

—No, empecemos por el principio —le pedí, y por un momento pensé que el comienzo de todo podría ser aquel almacén en Peshawar hacía años—. Conoció a mi madre en Pakistán.

Stringer volvió a mirar a Werner y por la mirada que intercambiaron supe que jamás habían sido amigos, que ella se había interpuesto entre los dos desde el principio.

—Éramos amigos —dijo, y la última palabra sonó dura y amarga en sus labios.

De los dos hombres de la fotografía, él parecía la elección más natural para Catherine, alto y delgado, y mucho más elegante que el desgarbado Werner y, sin embargo, lo había elegido a él.

—Le habría gustado ser algo más, ¿verdad? ¿Por eso la asesinó en Peshawar? ¿Porque amaba a otra persona?

Stringer se aclaró la garganta y escupió. Una oscura flema con sangre cayó en el suelo al lado de los pies de Werner.

—Catherine murió porque alguien la envió a meter las narices donde no debía. Vino a verme, ya lo sabes —dijo dirigiéndose a Werner—. Me dijo que le habías dado una pista para un reportaje, la de un norteamericano que utilizaba los conductos de la CIA de forma muy extraña. Intenté convencerla de que aquello era basura, de que lo olvidara, pero no lo conseguí. Ya sabes cómo era.

—Así que se mantuvo al margen cuando los hombres de Jibril la mataron.

Stringer levantó la cabeza y miró directamente a los ojos de Werner con la imprudencia del que está completamente destrozado.

—No tendría que haber ido.

Werner apretó los puños, transpiraba rabia por todos los poros de su piel, aunque no supe precisar si contra él mismo o contra Stringer.

—Hábleme de Hannah Boyle. Yo estaba con ella aquella noche, ¿verdad?

—Muy aguda —dijo inclinándose hacia delante y haciendo presión contra las cuerdas—. ¿Siempre has sido tan lista?

—Hablé con Stanislav Divin y me dijo lo del hachís.

—Cumplía una promesa. Catherine no te dijo que tenía una hija, ¿verdad? —le preguntó a Werner y después se volvió hacia mí—. Cuando vino a verme en Peshawar me dijo que tenía miedo. Me pidió que si le pasaba algo cuidara de ti.

—Y lo hizo, sólo que no de la forma a la que ella se refería.

—De no haber sido por mí todavía estarías comiendo mierda en alguna cárcel de Eslovaquia.

—Hizo que Divin quitara mi nombre del informe.

—Te salvé la vida. Quizá habrías sobrevivido al accidente, pero cuando me enteré de lo que había pasado estabas en una celda de Bratislava y te enfrentabas a veinte años de cárcel. Hice un trato por ti, no fue fácil.

—Sólo que su generosidad tenía condiciones.

—Te di una vida con sentido. Era lo que querías, lo que todos queríais. En aquel tiempo había tantos idealistas en este país que daba asco y tú querías participar tanto como los demás. Querías formar parte de aquello y no llevar una vida de mierda pasando la frontera con drogas. Y te la di.

—Me contrató como agente, como a Patrick Haverman y como a Brian. Me dijo que trabajaba para la CIA, pero no siempre era así, ¿verdad?

—Siempre trabajaste en favor de los intereses del país.

—¿Y quién decide eso? Debería haber estado al corriente de la verdad.

—Sabías lo que querías saber.

Era lo mismo que le había espetado a Brian en España y no podía remediar pensar que tenía razón, que de alguna forma había elegido creerle.

—¿Me dejó ir porque estaba embarazada?

—Siempre habías sido libre para irte cuando quisieras.

—Pero volví a por la cinta. ¿Cómo lo supo?

—Me llamaste desde Tánger. Me dijiste que un viejo amigo se había puesto en contacto contigo, que se había enterado de que Al-Marwan había sacado al mercado una película, algo que parecía haber pertenecido a tu madre, y que él y Werner habían llegado a un trato. Necesitabas mi ayuda.

—¿Y me la ofreció?

—No podrías haberlo hecho sola.

—Así que envió a Patrick Haverman para que se hiciera cargo de la cinta cuando yo la hubiera encontrado. Sólo que no contó con que cambiara de idea.

—Estaba loco —afirmó chasqueando la lengua.

—Y cuando sus hombres, en Francia, no me encontraron encima la película envió a Brian a Tánger para que la buscara.

305

Hizo una mueca. Las reservas que lo habían mantenido en pie empezaban a agotarse.

—Ya he dicho que eres muy lista. No necesitas que te diga nada más.

—¿Dónde está mi hija?

Tosió doblándose hacia delante todo lo que pudo. Algo estalló en su pecho como si una piedra golpeara un tronco hueco.

—Está con sus abuelos, con los padres de Catherine. A las afueras de Seattle.

—¿Les dijo que estaba muerta?

—Sí.

—¿Saben por qué me fui?

Meneó la cabeza.

—¿Cómo se llama?

Volvió a escupir más sangre e hizo un esfuerzo por incorporarse.

—Madeline.

Cerré los ojos y repetí cada una de las sílabas para mis adentros. Madeline era el nombre que había elegido para mi hija. Ahora que lo sabía ya no necesitaba nada más de Stringer, ni siquiera venganza. De repente, aquella habitación estrecha se volvió insoportablemente claustrofóbica y su hedor, agobiante. Miré a Werner deseando salir de allí, pero pasó a mi lado y fue hacia Stringer.

—Es mía, ¿verdad? —preguntó parándose a pocos centímetros de él con el puño cerrado, temblándole todos los músculos del cuerpo.

Por un momento pensé que se refería a Catherine, pero entonces volvió la cara hacia mí y entendí.

Stringer sonrió.

—Tenía miedo de decírtelo, miedo de que quisieras deshacerte del niño. Los dos últimos meses que pasó en Saigón estuvo llorando en mi hombro prácticamente todas las noches y no te enteraste. Te odié por aquello. No la merecías. Nunca creyó que la quisieras. Después, durante los años que pasó en Peshawar, no se atrevió a confesarte que tenía una hija.

Werner lo miró un momento y después, lentamente, se apartó de él. Llevaba un traje negro y un largo abrigo de lana, pero de pronto pareció que estuviera desnudo y tan vulnerable como la ensangrentada figura de la silla. Se volvió hacia mí y abrió la boca como si fuera a decir algo, pero de ella no salió nada.

Por un momento vi a la persona que había sido antes de que nada de aquello hubiese ocurrido, antes de que la muerte de mi madre lo hubiera cambiado. Vi al joven de la fotografía, el hombre que estaba al lado de Catherine en aquel café de Saigón y al mismo tiempo vi al viejo que había visto aquella mañana en el monumento Slavin, una figura derrotada que se alejaba de nosotros arrastrando los pies en la nieve.

Levantó ligeramente la mano, como un sacerdote que fuera a dar una bendición, después abrió la puerta y salió al pasillo.

Me contuve un momento antes de seguirlo y eché una última mirada a Stringer.

—No estaba solo, ¿verdad? —le pregunté pensando en lo que había dicho Brian en el barco, en lo que llevaba sospechando mucho tiempo. Los hombres de la abadía, la pareja del salón de té, era demasiado para una sola persona.

Me miró, sonriendo, con la sonrisa de un hombre que sabe que va a morir.

—Todos estamos solos.

—No, me refiero a la agencia. Usted no era el único.

—Sé a lo que te refieres —dijo respirando con dificultad.

Podía llamar a Werner y enterarme de todo. Podía obligarle a que me lo contara, pero la verdad era que no había nada más que quisiera saber, nada más que pudiera saber.

¿Acaso no es ésa la verdadera naturaleza del recuerdo, lo que nunca había comprendido? ¿No era aquello lo que Heloise había intentado decirme aquella noche en la biblioteca del convento al ver el papel de las paredes? Que el pasado es un rompecabezas para todo el mundo, una despedazada colección de recuerdos y deseos. Que las personas a las que más deseamos comprender no son otra cosa que una suma de momentos estáticos que hemos elegido conservar. Una figura en un barco, una cara en la oscuridad sobre la cama por la noche, una mujer en un café de Saigón. En ese momento lo único que deseaba era la vida que había dejado, y a mi hija.

Me acerqué a Stringer, busqué en el bolsillo y saqué el lápiz.

—Se equivoca —dije metiéndoselo en el bolsillo de la camisa. Era a ellos, tanto a Werner como a Stringer, a los que les correspondía hacer con él lo que quisieran—. Todo menos solos.

De regreso a la ciudad permanecimos en silencio. Cuando llegamos a Bratislava era por la tarde, volvía a nevar y los copos blancos se estrellaban contra el oscuro olvido del Danubio. Cualquier cosa que tuviéramos que decirnos no se iba a mencionar en aquel día. Los dos lo sabíamos, ambos entendíamos la importancia del silencio, el peligro de una palabra, «padre», pendía sobre nosotros.

Cuando nos detuvimos frente al apartamento de Ivan y accioné la palanca de la puerta del coche, Werner se inclinó hacia mí y puso su mano sobre la mía.

—La amaba.

—Lo sé —dije. No debería haberle hecho semejante regalo, pero lo hice igualmente.

—Deja que te ayude, por favor —dijo buscando la cartera y sacando un montón de billetes de cien euros.

Me ofreció el dinero, pero meneé la cabeza.

—No lo necesito, no me pasará nada.

—Isla Whidbey —tartamudeó—. Es donde viven los padres de Catherine. Solía hablarme de ellos, tienen una casa en el agua.

—Sí —dije abriendo la puerta y poniendo un pie en la acera—. Ya lo sé, y un barco de vela.

Guardó el dinero en el billetero, sacó una tarjeta de visita y la metió en mi bolsillo.

—Lo que necesites —aseguró cuando salí.

Fui hasta la entrada del edificio y busqué en la lista de nombres. Cuando tenía el dedo encima del timbre de Ivan oí que el Mercedes se iba. Cuando desapareció, eché a andar por la acera, empezando a entenderlo todo, hacia la plaza de la Insurrección Nacional Eslovaca.

309

El tiempo había ahuyentado a todo el mundo y el extenso triángulo de la plaza estaba extrañamente desierto para ser media tarde. Un tranvía se detuvo y un puñado de pasajeros descendió de él, corriendo apresuradamente con copos de nieve en sus gorros de piel. El viejo monumento de bronce a la *Slovenské národné povstanie*, la insurrección de 1944 contra los nazis, era apenas visible a través de la espesa cortina de nieve; la «Familia enfadada», tal como la llamaban los nacidos en la ciudad, estaba borrosa hasta el punto de no distinguirse.

«Te di una vida con sentido», oí decir a Stringer mientras permanecía en el borde de la plaza y miraba a través del extenso espacio blanco hacia donde se había congregado la multitud aquel noviembre de años atrás. Sentía el calor de innumerables cuerpos pegados al mío, la gigantesca oleada de gente que deseaba lo mismo. La insurrección en aquel momento no era contra los fascistas, sino contra los que los derrotaron.

¿Cómo podía haber rechazado la vida que me ofrecía Stringer? ¿Cómo podía haber dicho que no cuando mi madre había muerto tan lejos del hogar con una vida tan llena de sentido? ¿Cuándo iba a cambiar finalmente el mundo, girando como el gigantesco barco de mis recuerdos, con su enorme proa deslizándose hacia delante mientras yo contenía la respiración?

El principio de todo estaba en ese sitio, una chica entre miles de personas, huérfana y sin ataduras, una norteamericana en un país desbordante de promesas de Estados Unidos. Stringer tenía razón, había oído lo que quería oír. Y aquí era adonde aquello me había traído, no sólo a mí, sino a todos. A ese momento de olvido colectivo.

En algún lugar sonó la campana de una iglesia, un toque bajo sobre la ciudad nevada. Las palomas posadas en el monumento de la plaza se dispersaron elevándose hacia el cielo con un leve rumor de alas. Temblando, me subí el cuello del abrigo y volví a casa de Ivan.

Treinta y uno

*E*l invierno de este lugar es más suave que otros que he vivido, casi tropical por la cantidad de agua que trae consigo. A veces llueve durante días seguidos, no a mares, sino moderadamente, una amable bruma que se instala con un vibrante susurro en las bahías de aguas profundas y en las ensenadas sembradas de guijarros de la isla. Algunas mañanas, cuando no puedo dormir, cojo mi coche alquilado y me voy a Mukilteo o a Keystone y veo entrar y salir del puerto a los primeros transbordadores del día. Es un ritual que me recuerda mucho a la abadía, todos los miembros de la tripulación están en su puesto y los cabos bien sujetos. La forma en que suenan las cadenas, el modo en que el barco gruñe y cruje contra los pilones de madera y los parachoques de goma, o las llamadas que se hacen entre sí los marineros de cubierta. A menudo, todo eso suena como una oración.

A veces, los fines de semana me quedo hasta media mañana, pero los días de diario me voy a las siete y media y conduzco hacia Greenbank, hacia la esquina en la que Madeline y su bisabuela esperan juntas el autobús del colegio. Es una niña muy seria. Lo sé por la forma en que sujeta la fiambrera y por cómo mira con impaciencia hacia el final de la calle. A veces, cuando paso a su lado, están hablando y Madeline mira a la mujer mayor frunciendo el entrecejo, acercando entre sí sus pequeñas cejas. No parece echarme de menos y me alegro, pero también sé que eso forma parte de su cuidadoso comportamiento y que a veces, cuando mira hacia la calle, se imagina que voy a aparecer por la esquina.

Me quedaré sin dinero pronto, dentro de una semana o dos mi habitación a treinta y nueve dólares la noche en el Bay View Motel habrá agotado todos mis ahorros y no me quedará otra opción que parar el coche. Pero de momento sigo conduciendo. Cuando llegué no tenía intención de esperar. El primer día conduje directamente desde el aeropuerto de Seattle hasta Greenbank, pero cuando aparqué frente a la casa y vi la bicicleta de Madeline en el porche y el viejo columpio de metal en el jardín, algo me oprimió el pecho y supe que todavía no estaba preparada.

«Voy a acercarme a ellas», me digo todas las mañanas cuando paso a su lado. Pero luego pienso: «¿Qué importa un día más? ¿Una semana más?»

Por las tardes voy a la playa del estrecho de Decepción y miro las gaviotas que cabalgan las corrientes de aire bajo el alto puente de caballetes. A veces pienso en Brian, en su boca contra la mía cuando me besó por primera vez en Marrakech. Me parece bien que hayamos encontrado una isla cada uno, que esté en una playa en algún sitio, con las suaves y verdes colinas de Tórtola en la distancia. Aquella noche en casa de Ivan, cuando le conté la reunión que había mantenido con Stringer, me escuchó sin decir lo que sabía que los dos estábamos pensando, que nada había acabado, que Robert Stringer era sólo parte de algo más grande.

El doctor Delpay me dijo en una ocasión que los recuerdos dependen principalmente de nuestro sentido del olfato. En ese momento no lo entendí, pero empiezo a hacerlo. Hay algo en este aire, en el penetrante aroma del mar, en la dulzura de los cedros húmedos y en el intenso olor a humedad de la maleza empapada en lluvia que me resulta muy familiar. Ahora sé que no lo recordaré todo, pero empiezo a vislumbrar mi pasado.

Estos últimos días me he atrevido a sentarme en el parque que hay frente a su colegio. La he observado mientras está en el recreo con el resto de los niños. La otra noche fui hasta el bosquecillo que hay detrás de la casa de mis abuelos y les espié mientras preparaban la cena. Vi que Madeline se sentaba en un taburete, en la encimera, con los pies colgando. Era como si me estuviera viendo a mí misma.

313

Agradecimientos

Como siempre, mi más sincera gratitud a toda la gente de Henry Holt, SobelWeber y Orion, responsables de transformar el patito feo de mi manuscrito en un hermoso libro. Gracias a Nat Sobel, Judith Weber, Jack Macrae y Jane Wood por sus incansables lecturas y relecturas. Un especial agradecimiento a la increíble Vicki Haire por su sobrehumana habilidad como editora y correctora. Gracias también a mi familia y amigos, en especial a mi marido, Keith, y a mi adorable gato, *Frank*.

Este libro utiliza el tipo Aldus, que toma su nombre
del vanguardista impresor del Renacimiento
italiano Aldus Manutius. Hermann Zapf
diseñó el tipo Aldus para la imprenta
Stempel en 1954, como una réplica
más ligera y elegante del
popular tipo
Palatino

* * *

* *

*

Flashback se acabó de imprimir en un día de
primavera de 2005, en los talleres de Brosmac, S. L.
carretera Villaviciosa - Móstoles, km. 1
Villaviciosa de Odón
(Madrid)

* * *

* *

*